SCIENCE FICTION

Herausgegeben
von Wolfgang Jeschke

Ein Verzeichnis aller STAR-TREK®-Romane finden Sie am Schluß des Bandes.

VICTOR MILAN

STAR TREK®
CLASSIC

AUS OKEANOS' TIEFEN

Roman

Star Trek®
Classic Serie™
Band 73

Deutsche Erstausgabe

WILHELM HEYNE VERLAG
MÜNCHEN

HEYNE SCIENCE FICTION & FANTASY
Band 06/5473

Titel der amerikanischen Originalausgabe
FROM THE DEPTHS
Deutsche Übersetzung von UWE ANTON

Umwelthinweis:
Dieses Buch wurde auf
chlor- und säurefreiem Papier gedruckt.

Redaktion: Rainer-Michael Rahn

Erstausgabe bei Pocket Books / Simon & Schuster, Inc., New York

Printed in Germany 1997
Umschlagbild: Pocket Books / Simon & Schuster, New York
Umschlaggestaltung: Atelier Ingrid Schütz, München
Technische Betreuung: M. Spinola
Satz: Schaber Satz- und Datentechnik, Wels
Druck und Bindung: Ebner Ulm

ISBN 3-453-12652-1

Für Joan-Marie

PROLOG

Aileea dinAthos blinzelte in geschmolzenes silbernes Sonnenlicht, als sie das Ranchhaus verließ, und stellte fest, daß ihr Vater, nur mit Khakishorts bekleidet, auf dem Achterdeck saß, einen Becher mit dampfendem schwarzen *Chai* in der Hand. Ein weißer Augenschirm schützte sein Gesicht vor dem grellen Licht der winzigen Eris, die im Osten, nicht weit über dem Ozean, der ihre Welt war, ein Loch in den blauweißen Himmel brannte.

Sie stellte sich auf die Zehenspitzen, streckte die Arme hoch über den Kopf aus, legte die Finger um die Handgelenke und bog den Rücken durch. Sie trug nur einen weißen Tanga und einen Gürtel mit einem Waffenhalfter. Eris' Licht fiel wie ein Nadelregen auf ihre nackte braune Haut. Abgesehen von einem aufgeblähten grauen Rauchwurm, der sich über den südlichen Horizont ausbreitete, und einer schiefergrauen Wolkenbank im Nordosten war der Himmel klar. Das würde wahrscheinlich nicht über den Mittag hinaus anhalten, aber wie jede echte Vari verstand sie es, den Augenblick in vollen Zügen zu genießen.

Dann trat sie hinter ihren Vater, wobei sie nicht mehr Geräusche erzeugte als sonst auch, also praktisch keine, trotz des leichten Niederschlags von Vulkanasche, der das Deck bestäubte. »Du stehst spät auf«, sagte er jedoch, bevor sie den Rand seines Blickfelds erreichte. »In der Stadt nimmt der Körper schlechte Angewohnheiten an.«

Sie lachte und hockte sich auf die Lehne seines

Stuhls. Ein leichter Wellengang spülte über die weißen Auftriebzylinder, die das Deck stützten. Der Schwimmkörper schaukelte sanft. Eine leichte Brise fuhr durch ihr kurzgeschnittenes Haar.

»Wenn das die schlimmste Unart ist, die ich mir in der Stadt angewöhnt habe«, sagte sie, »haben wir alle größeres Glück, als ich gedacht hatte.«

Aagard dinAthos hob zum Gruß den Becher, der aus weißem Porzellan bestand und am Rand abgesplittert war. So sehr sie sich auch darüber ärgerte, er weigerte sich, ihn wegzuwerfen. Er habe eine Geschichte, behauptete er.

»Es ist nie zu spät, nach Hause zu kommen. Das Leben auf einer Ranch ist hart, aber auch ehrlich und sauber.«

»Ich gehe auch einer ehrlichen Arbeit nach«, sagte sie. Sie erhob sich schnell und bedauerte sofort ihren scharfen Tonfall. Ihr Vater grinste sie nur durch seinen grauen Bart an und nickte.

Sie seufzte. Sie wußte, daß ihr Vater sie sowohl liebte als auch respektierte. Und sie war schon seit Jahren eine Vollerwachsene, seit ihrem vierten Geburtstag, unabhängig und selbstbewußt. Sie war jetzt siebeneinviertel, aber er hatte nie damit aufgehört, sie auf die Probe zu stellen.

Das war einer der Hauptgründe dafür, wieso sie niemals auf Dauer zu Hause bleiben konnte.

Als Mom noch lebte, war es etwas anderes. Aagard und Aileea dinAthos waren aus dem gleichen Holz geschnitzt. Sanabar – sanft, aber unverwüstlich, und weder ihrem Mann noch ihrer Tochter ähnlich – war die Notbremse gewesen, die verhindert hatte, daß sie die kritische Masse erreichten. Einer der plötzlich auftretenden schrecklichen Stürme, die den Planeten verwüsteten, hatte sie aus ihrem Leben gespült und eine Leere hinterlassen, die nicht gefüllt werden konnte.

Es gab viele Gründe, wieso sie die Welt Discord

nannten – was unter anderem Streit, Dissonanz oder auch Mißklang bedeuten konnte.

Aileea wanderte an der Reling entlang und schirmte die Augen ab, um zu der Rauchbank im Süden zu sehen. Nicht ganz so weit entfernt trieben zwei Hinds über einem Floß, ein jedes auf sechs roten Schwingen, und hielten nach den Lebensformen Ausschau, die in und auf dem verfilzten Seetang krochen.

»Ein neuer Vulkan?« fragte sie. »Als ich Kind war, sind wir nie hier hinaus gezogen.«

Ihr Vater nickte. »Er steckt den Kopf gerade durch das Wasser raus«, sagte er. »Um nicht unter die Rauchwolke zu geraten, halte ich das Floß leicht unter Energie. Vielleicht muß ich noch etwas mehr Schub geben und ein Haar weiter nach Norden steuern« – er fuhr mit der Hand über den grauen Staubfilm auf der Stuhllehne –, »damit wir nicht mit Respiratoren rumlaufen müssen.«

Sie nickte. »Vielleicht zische ich mal rüber und sehe mir den Neuankömmling an.«

»Nimm lieber einen Scooter. Er ist ein ziemlich aktives kleines Kerlchen.« Wie als Bestätigung seiner Worte rollte vom Süden ein Grollen heran, fast so tief, daß man es schon als unterschwellig bezeichnen mußte, und vibrierte in ihren Knochen und Zähnen.

Vor ihr wölbte sich die Oberfläche des Meeres von Discord nach oben und teilte sich dann mit einem stillen, beharrlichen Rauschen, keine zwanzig Meter vom Ranchgebäude entfernt. Wasser fiel in Kaskaden über den gesprenkelten dunkelblauen Rücken einer Garnele hinab. Der Waverider-Kamm war mit einem Laser einen Zentimeter tief und einen Meter breit in die Schale des Tiers gebrannt worden, die so dick wie die Panzerung eines Schlachtschiffs und auch fast so hart war. Wie die meisten einheimischen Lebensformen von Discord wandelten die riesigen Krustentiere die überreichlich in der Planetenhülle vorkommenden Metalle um und nutzten sie.

Wie immer betrachtete Aileea mit Ehrfurcht den Rücken des Tiers, der an der breitesten Stelle zehn Meter maß, wie die Oberfläche eines riesigen, sich drehenden Rads rollte und wieder unter der Wasseroberfläche verschwand. Das Haus erzitterte in der Dünung, die das vorbeiziehende Geschöpf erzeugte. Die fünfzig Meter lange Garnele war ein Meeresweidetier ohne jede Aggressionen, das sich auf seine Größe und die ausreichende Panzerung verließ, um selbst die gierigsten Raubtiere der Welt namens Discord abzuschrecken. Ein Ton, den die Ultraschallfokussierer des Hauses ununterbrochen abgaben und der für die Ohren Aileeas und ihres Vaters unhörbar war, verhinderte, daß die Tiere gefährlich nah kamen.

Die Brise blies den stinkenden Salzgeruch des Meerestieres zu ihr herüber, und noch etwas anderes, das gleichzeitig süß und scharf war. »Das ist die alte Lucy, nicht wahr?«

»Die Matriarchin persönlich.«

»Sie ist jetzt soweit. Wir können sie schaben.«

»In der Tat. Aber sie hat gerade erst gelaicht. Wollte sie nicht belästigen.«

Vor ihnen auf dem Wasser tanzten die kleinen Wellen weiß leuchtend wie Porzellan, das zerbrochen auf einem Tisch lag. Ein Scooter flog dicht über der Oberfläche und zog eine geschlängelte Gischtlinie über die Scherben: ein Rancharbeiter, der die Herde der riesigen Krustentiere im Auge behielt oder den Schwarm der Robot-›Hirten‹ inspizierte, die die riesigen Meerestiere unter Kontrolle hielten und führten. Die Gestalt hob einen Arm und winkte.

»Wer ist das?« fragte Aileea und winkte ebenfalls. »Ich kann ihn nicht erkennen.«

»Gita, natürlich«, sagte ihr Vater schroff. »Das siehst du schon daran, wie unbesonnen sie rast.« Er warf seiner Tochter einen kritischen Blick zu. »Die Spielkameradin deiner Kindheit, und du erkennst nicht, wie sie fährt?«

Aileea merkte, daß sie die Lippen zu einem schmalen Strich zusammengedrückt hatte. Sie war sich nur allzu deutlich der Kluft bewußt, die nun zwischen ihr und der Frau klaffte, die praktisch wie eine Schwester für sie gewesen war. Nicht, daß sie mit Gita nicht zurechtkam. Es war nur so, daß sie … sich voneinander entfernt hatten, und nun verspürte sie eine schmerzende Leere in sich.

»Es ist schon lange her, daß ich sie fahren gesehen habe, Vater.«

»Du verlierst die Verbindung mit deiner Heimat, Mädchen.«

Sie funkelte ihn wütend an. Er betrachtete sie mit Augen, die so scharf und schwarz wie Obsidian waren. »Komm nach Hause, Aileea«, sagte er leise. »Du kennst die See so gut wie jede Vari – du bist ein Teil von ihr. Und du wirst dich ganz schnell wieder an das Leben auf einer Ranch gewöhnen.«

Er bedachte sie mit einem sardonischen Grinsen. »Und du mußt dir auch keine Sorgen machen, daß dir hier langweilig wird. Wir erleben hier jede Menge.«

Eine Grimasse flackerte über ihr Gesicht wie eine Wolke, die über die Sonne glitt. »Ich habe schon alles erlebt, was ich je erleben will, Vater. Und noch einiges mehr.«

Sie ging über das langsam rollende Deck und schlang die Arme um den Oberkörper. »Kommen die Stelzengeher häufig?«

»Dieser Tage sogar sehr oft.«

Sie drehte sich um. »Aber ihr werdet mit ihnen fertig?«

Ihr wurde sofort klar, daß es sich um eine törichte Frage handelte. *Offensichtlich. Sonst wären wir nicht hier.*

»Einigermaßen«, sagte ihr Vater. »Aber allmählich wird es immer knapper …«

Ein schriller Pfeifton erklang. Er griff nach unten, hob einen Minicomputer hoch und betrachtete stirnrunzelnd den Bildschirm.

Aileea spürte, wie sich auf ihrem Rückgrat eine Gänsehaut bildete. »Die äußeren Hirten haben mit dem Sonar irgend etwas geortet.« Es war keine Frage.

Ihr Vater nickte und murmelte schnell Anweisungen in das Handgerät. Kabel aus einer leichten, aber überaus zugfesten Legierung rollten aus einem Gehäuse über dem Ranchgebäude und erlaubten dem Radarauge, das unter dem Fesselballon aus polymerisiertem Aluminium befestigt war, höher zu steigen und weiter über den Horizont hinauszuschauen.

»Wenn man vom Leviathan spricht«, fluchte Aagard dinAthos, als er sah, was das Auge ihm zeigte. »Wenn man vom Teufel im Meer spricht ...«

»Geh nach unten«, sagte Aileea scharf. »Du kannst die Hirten vom Kommandozentrum aus steuern.«

»Ich kann sie auch von hier aus steuern, Tochter«, sagte er und erhob sich zu voller Größe, die für einen Mann aus ihrer Gens beeindruckend war. Er sprach ohne Erregung, aber nachdrücklich.

Ihr Blick löste sich von dem seinen. Zu einem gewissen Maß war die Fremdartigkeit des Berufs, für den sie sich entschieden hatte, dafür verantwortlich, daß sie einen Moment lang vergessen hatte, wie deplaziert es war, nicht nur ihrem Vater, sondern irgendeinem Vari beiläufig Befehle zu erteilen.

Ihr blieb nicht viel Zeit, beschämt herumzustehen; sofort setzte sie sich in Bewegung, stürmte mit ihren langen, schlanken, von der erbarmungslosen Sonne gebräunten Beinen über das Deck und ins Cockpit ihres eigenen Scooters, der am Heck des Floßes vertäut war. Auf ihren Befehl fuhr er seine bruchsichere Kanzelhaube zurück. Obwohl sie fast unbekleidet war, glitt sie ohne das geringste Zögern in den schwarzen Sitz, der sich automatisch ihrer Körperform anpaßte, und setzte den leichten Kopfhörer auf. Sie brauchte weder eine Schwimmweste noch ein Atemgerät, würde vielleicht aber den Individualschild vermissen, den sie bei der Arbeit normalerweise trug, wenn auch nur wegen seiner Panzerung.

Sie legte ab, warf die elektrischen Turbinen an, die Wasser durch Rohre trieben, die entlang des winzigen Fluggeräts verliefen. Als es beschleunigte, gestattete sie sich den Luxus, einen Blick zurück auf das Floß zu werfen, auf dem sie geboren und aufgewachsen war. Ihr Vater stand noch auf dem Achterdeck, die Arme vor der drahtig-muskulösen Brust verschränkt, und starrte zum Horizont hinüber, über dem die Eindringlinge bald erscheinen würden. Sie erhaschte einen Blick auf den riesigen Mansur, der mit dem Hackbeil in der Hand auf der Schwelle stand, schaute dann nach vorn und beschleunigte den Scooter, so stark sie konnte.

In Kopfhöhe erhellten sich Holos zwischen dunklen Jadeaugen und der Windschutzscheibe und fütterten sie gleichzeitig mit verschiedenen Informationen. Noch mehrere Minuten bis zum Kontakt; sie ließ die Kanzelhaube noch geöffnet. Sie wollte so lange wie möglich den Wind auf ihrem Gesicht und in ihrem Haar spüren.

»Waverider«, sagte sie zum Kommunikator. »Wer ist heute morgen da draußen?«

»Lange genug geschlafen, Aili?« erwiderte Gita.

»Fast zu lange. Wer noch?«

Die anderen meldeten sich kurz und knapp: Krysztof, Lev, Haidar, Jasmine. Nicht nur Angestellte, sie alle besaßen Anteile an der Ranch. Sie würden nicht nur ihre Heimat, sondern auch ihr Eigentum verteidigen.

Sie würde Anweisungen erteilen, und die anderen würden sie befolgen, obwohl sie Varis waren und ihre Rechte nachdrücklich verteidigten. Nicht nur, weil sie die Tochter des größten Aktionärs war, nicht mal, weil sie alle Freunde und Krysztof und Haidar – wie Gita – die Spielkameraden ihrer Kindheit gewesen waren. Sie hatte vielleicht nicht den angesehensten Beruf, aber ihre Fachkenntnisse darin waren unbestritten.

»Drei Teufel nähern sich auf Kurs zwei-neunzig, Geschwindigkeit einhundertfünfzig Stundenklicks«, sagte sie, während sie die Daten ablas, die die Hirten und die Haussensoren lieferten. »Sieht nach Tragflügelbooten aus, Sechzigtonner. *Kosak*-Klasse.«

Die Stelzengeher lernten dazu. Bislang hatten sie konventionelle Oberflächenboote bevorzugt, die mehr Feuerkraft hatten und größer, aber auch langsamer waren. Das machte sie zu schlagkräftigen Gegnern – aber auch zu einladenden Zielen für die Marschflugkörper und Torpedos der Varis.

Es hatte den Anschein, daß ihre Berater von den Sternen sie gut unterwiesen.

»*Kofirlar«,* schnaubte Lev. Keiner von ihnen wußte, daß dieses Wort einmal ›religiöse Ungläubige‹ bedeutet hatte; sie bezeichneten damit ›Eindringlinge‹. Es war der Name, den sie den neuen Freunden ihrer uralten Feinde gegeben hatten.

»Sie kommen«, stimmte Haidar ihr bei, »aber es sind nur ein paar. Die Besatzungen werden aus Stelzengehern bestehen.«

Aileea nickte, nagte aber mit den Zähnen an der Unterlippe. Haidar hatte das Talent, die Dinge stets von der besten Seite zu sehen, doch in diesem Fall lag er höchstwahrscheinlich richtig.

»Augenblick«, sagte Krysztof auf seine langsame, schwerfällige Art. »Ich bekomme eine Rückmeldung von Siebzehn. Ein Schiff im Tausend-Tonnen-Bereich, derselbe Kurs, fünfzig Kilometer weiter draußen.«

»Das wird der Träger sein, das Mutterschiff«, sagte sie.

»Es hält sich außerhalb unserer Reichweite«, sagte Lev.

»Kannst du ihnen das verdenken?« fragte Haidar lachend.

»Sie sind trotzdem siebzig oder mehr, wir nur sechs«, warnte Jasmine.

Gitas Gelächter erschallte in Aileeas Ohren. »Unfaire Voraussetzungen«, sagte sie. »Vielleicht sollte die Hälfte von uns zurückbleiben.«

Während ihrer Unterhaltung flogen die sechs einen Abfangkurs, schwärmten aus zu einem Bogen, der drei Kilometer Ozean abdeckte. Die Scooter waren winzige Flugzeuge ohne nennenswerte Panzerung, die hauptsächlich auf Schnelligkeit angewiesen waren. Doch wie so viele von Discords kleineren Lebensformen war jeder mit einem tödlichen Stachel versehen.

Sie rief die Daten von Hirte 17 auf, überflog sie schnell und überspielte die Aufnahmen der Kamera des Robots. »Ja, das ist ein Tender. Sieht aus wie ein *Goebbels*.«

Sie benutzte den Decknamen der Varis für das Gefährt. Sie kannte auch den Namen der Stelzengeher dafür – die elektronische Überwachung der Varis war gut, viel besser als die Gegenmaßnahmen der Stelzengeher, und nach fast vierzig Jahren ununterbrochener Kriegführung konnten Varis und Stelzengeher die Sprache des jeweils anderen übersetzen. Aber die Varinamen gingen leichter von der Zunge – wenn man in der Stelzengehersprache redete, kam man sich vor, als wolle man mit den Lippen einen halben Schlag knoten.

Sie runzelte die Stirn. »Der Goebbels kann vier Kosaken tragen. Seid vorsichtig – vielleicht ist noch einer da draußen.«

»Sollte nicht jemand von uns zurückbleiben und nach ihm suchen?« fragte Krysztof.

»Dafür sind wir zu wenige«, sagte Jasmine.

»Sie hat recht«, sagte Aileea. »Jetzt seid vorsichtig. Wir sind bald in Reichweite ihrer Raketen.«

Plötzlich sah sie sie vor sich, drei weiße Kerben, die in den blauen Horizont geschnitten waren, die Bugwellen der schnellen Tragflügelboote. Sie rief eine Vergrößerung auf. In der Tat, Kosaken, gedrungene, keilförmige Hüllen, lackiert mit unregelmäßig gezackten, blauen, schwarzen und weißen Mustern, die ihre Silhouetten aufbrachen, und starrend vor Waffen wie ein Seestachel auf einem Riff. Und viel zu dicht zusammengruppiert, wie man es von den Stelzengehern kannte. Sie fragte sich, ob die Kofirlar versuchten, sie damit hereinzulegen.

Sie schaltete auf einen privaten Seitenbandkanal um. »Dad, hast du das mitbekommen? Vielleicht halten sie ein Schiff zurück.«

»Ich komm schon klar, Kind. Ich hab schon gegen die Stelzengeher gekämpft, als du noch nicht geboren warst.«

»Das waren Stelzengeher und nicht ihre neuen Freunde mit ihrer außerirdischen Technik und ihren Energiewaffen.«

»Pah. Es sind keine Übermenschen.«

»Geh wenigstens unter Deck, ja, Vater? Bitte? Unter der Wasserlinie ist es sicherer, und du kannst die Monitore genauso gut im Kommandozentrum wie auf Deck beobachten.«

»Ich habe nicht den Wunsch, in Sicherheit zu sein, während meine Leute kämpfen. Einschließlich mein Fleisch und Blut.«

Sie entblößte die Zähne in einer Grimasse der Niederlage. Für diesen Ausdruck hatte sie bisher in ihrem Leben kaum Verwendung gehabt – abgesehen von den Auseinandersetzungen mit ihrem Vater.

»Es ist ein freier Planet«, sagte sie müde.

»Genau«, bestätigte ihr Vater. »Deshalb kämpfen wir.« Sein Bild verschwand.

Als die Tragflügelboote an Steuerbord Raketen abschossen, kräuselten sich Blitze. Wellen schäumten links und rechts über Aileeas nackte Beine, als sie mit ihrem Scooter einen Zickzackkurs flog. Hier oben in den vierziger Breitengraden war das Wasser blutwarm, doch nach Eris' heißer Liebkosung fühlte es sich ziemlich kühl an. Die Kälte belebte sie. Die Gischt auf ihrem Gesicht, die feuchte, salzige Luft und die Nähe der Gefahr erfüllten sie mit wildem, brennendem Vergnügen.

Sie schaute über das Meer hinaus, das vom auffrischenden Wind aufgewühlt wurde. Da war Gita, die Kanzelhaube geöffnet; ein Nebel aus schwerem, dunklem Haar wehte ungehindert hinter ihr her. Sie schien zu spüren, daß ihre alte Freundin sie ansah, und hob in freudigem Trotz eine Faust.

Aileea grinste und erwiderte das Winken, doch sie zwang das Gefühl der Erhebung bereits zurück. Es war nicht gut, allzu ausgelassen zu werden. Sie fragte sich, ob Gita ihren Überschwang im Kampf beherrschen konnte.

Die Raketen schlugen ein und schufen weit achtern von Aileeas Scooter kurz aufspritzende Geysire. Die motorisierten Hirten meldeten sich umgehend. Sie wußte bereits, daß die Salve sie weit verfehlt hatte.

»Oha«, sagte Haidar rechts von ihr. »Jemand hat mich erfaßt.«

»Geh tief runter!« rief Aileea.

Ihr alter Freund schloß bereits die Kanzelhaube, während er seinen Scooter schwer zum Schlingern brachte. Gita hätte die Aktion bestimmt Spaß gemacht. Er fuhr seine Tauchtragflächen aus und war mit der Nase bereits unter Wasser, noch bevor die Kanzel sich vollends geschlossen hatte. Der Scooter verschwand.

Eine Sekunde später schoß das von dem eingetauchten Gefährt aufgewühlte Wasser hoch.

»Haidar!« Keine Antwort. Sie war mittlerweile fast auf gleicher Höhe mit dem Tragflügler an Steuerbord, zog zur Seite und hielt dann mit vollem Schub auf den Flügler zu. Die anderen waren auf größere Beute als auf die Scooter aus.

Aileea beharkte den Flügler mit ihren beiden Maschinengewehren. Es waren leichte Waffen, zu leicht für diese Aufgabe. Das Tragflügelboot zeigte keine Spur einer Beschädigung.

Haidars Scooter schoß aus dem Meer wie ein auftauchender *Volk*, verließ das Wasser in einer aufwärts gerichteten Lawine aus Gischt. Aileea rutschte das Herz in die Hose, befürchtete, daß Haidar sich auf ein zu gefährliches Spiel eingelassen hatte und auf der unruhigen Wasseroberfläche zerschellen würde.

Er ging wieder unter, in einer Fontäne, die auch von einem weiteren Raketeneinschlag hätte stammen können. Aileea sah, daß sein Scooter gegen den Uhrzeigersinn zu treiben begann. Dann richtete er sich auf und schoß davon. Sein Kielwasser wurde von der Salve einer automatischen Kanone der Stelzengeher zerfetzt. Haidars triumphierender Schrei schien Aileeas Trommelfell zu zerreißen.

Ein Anzeiger im Display vor Aileeas Kopf blitzte auf; sie hatte ein Ziel erfaßt. Sofort schoß sie eine Rakete auf den nächsten Flügler ab. Diese wurde auf ihrem Display wie von einem orangefarbenen Kasten umgeben, so daß sie ihren Flug verfolgen konnte. Sie war genau gezielt und schlug einen leicht gekrümmten Abfangkurs ein.

Im letzten Augenblick legte das Tragflügelboot sich hart auf den Backbordflügel und riß halbmondförmig das Wasser auf. Die Rakete raste durch diese Bugwelle, hüpfte zweimal auf der Meeresoberfläche auf und explodierte einen halben Kilometer vor dem Ziel, ohne einen Schaden anzurichten.

»Verdammt!« rief Aileea frustriert. Im Ausweichen waren die Stelzengeher verdammt gut. Und im Gegensatz zu ihren größeren Schiffen bestanden die Hüllen ihrer neuen Tragflügelboote größtenteils aus nichtmetallischen Komponenten, an denen der Zielradar der Varis sich die Zähne ausbiß.

Bislang hatte sie nur wenig Anweisungen geben müssen – und nun wagten ihre Gefährten etwas, worum sie sie im Traum nicht gebeten hätte. Sie schossen in gefährlicher Nähe der verwirrend lackierten Schiffskörper vor den Flüglern hin und her. Die Flügler waren nicht unbedingt die stabilsten Gefährte. Obwohl sie wesentlich größer als die Scooter waren, würde ein Zusammenstoß ein Tragflügelboot zum Kentern bringen, wenn nicht sogar in Stücke reißen. Die größeren Fahrzeuge wurden langsamer und brachen seitlich aus, um ihren Angreifern zu entgehen. Aileea zog ihren Scooter herum und gab Schub, um an dem gefährlichen Spiel mitzuwirken.

Die Stelzengeher-Kanoniere feuerten begeistert auf die Scooter. Ihre Ziele waren klein, schnell und beweglich, und die Stelzengeher waren außergewöhnlich schlechte Schützen. Doch während sie Geschwindigkeit zurücknahmen, senkten die Flügler sich langsam ins Wasser zurück. Das machte sie zwar langsamer, aber auch nicht so anfällig für Treffer.

Das Fahrzeug, auf das sie geschossen hatte, entfernte sich in einem weiten Bogen nach Westen; vielleicht floh es, vielleicht zog es auch nur einen Kreis, um wieder ins Geschehen eingreifen zu können. Für den Augenblick stellte es keine Bedrohung mehr dar. Aileea übernahm das ehemals in der Mitte postierte Gefährt und wendete, um dessen Bug zu kreuzen. Vor ihr sah sie Gita, die tatsächlich, aus allen Rohren feuernd, auf den Flügler zuhielt.

Das Tragflügelboot machte mit voller Kraft einen Satz und versuchte, den Angreifer zu erwischen, bevor die Tragflächen faßten und es wieder aus dem Wasser hoben. Aileea schrie wortlos auf, als sie zusehen mußte, wie das große Schiff über ihre Freundin hinwegpreschte.

Sie hielt auf den Flügler zu, der noch immer beschleunigte und hoffte, die Hirten zu überraschen und ihre Reihen zu durchbrechen, um zu dem Ranchfloß zu gelangen. Aileea raste die Flanke des Schiffs entlang, beharkte es längsschiffs mit Salven ihrer Bordgeschütze, die es erzittern ließen, und versuchte, den Scooter trotz des Rückstoßes ruhig zu halten. Das Wasser schien um sie herum zu kochen, als die Kanoniere der Flüglers mit allem, was sie hatten, das Feuer auf sie eröffneten.

Dann war sie vorbei, zog um das Heck des Tragflügelbootes und verfluchte den Umstand, daß sie ihm nun zu nah war, um ihre restlichen Raketen abzufeuern. Sie bereitete sich darauf vor, an der anderen Seite des mittleren Flüglers entlangzurasen. Damit war sie dem Feuer aus kürzester Entfernung zwei feindlicher Schiffe ausgesetzt. Es kümmerte sie nicht.

Als sie zu dem Manöver antrat, blitzte in ihrem Augenwinkel etwas auf. Das Heck des Tragflügelbootes explodierte mit zwei gelborangenen Stichflammen.

Siegesrufe erklangen aus ihrem Kommunikator. Sie scherte nach backbord aus und nahm Tempo zurück, während das Heck des Tragflügelbootes zu sinken begann. Langbeinige Gestalten rannten in Panik über das geneigte Deck, stolperten, traten und schlugen im Wasser um sich. Später würde sie versuchen, Überlebende zu retten – falls es ein Später gab.

Ein halber Kilometer achtern vom brennenden Flügler schaukelte ein Scooter zwischen den beiden langgezogenen Spuren seines Kielwassers.

»Gita?« sagte Aileea.

»Ich bin unter der Seeschnecke hinweggetaucht«, erwiderte die Stimme ihrer alten Freundin. »Ich hab sie wohl genarrt. Und dich auch, oder?«

Aileea öffnete den Mund, doch die Worte blieben ihr im Hals stecken. »Toller Urlaub, was, Aili?« sagte Gita mit einem glockenhellen Lachen.

Lev stieß einen rauhen Triumphschrei aus, als das dritte Tragflügelboot hart wendete und floh. Das Fahrzeug, das Aileea beschossen hatte, näherte sich mittlerweile schnell dem Horizont.

»Gut gemacht, Leute«, sagte Aileea.

»Tochter«, sagte Aagard dinAthos' Stimme, »gute Arbeit ...«

»Es war Gita, Vater.«

»Aber ich fürchte, es ist noch nicht vorbei.«

Das Bild eines weiteren Tragflügelbootes erschien in ihrem Kopfdisplay, eine Übertragung vom Floß. Daneben befand sich eine Karte, die einen aufblinkenden roten Punkt zeigte, der sich schnell dem gleichmäßigen weißen Fleck näherte, der das Ranchhaus kennzeichnete.

»Vater!« rief Aileea und fuhr ihre Turbinen hoch. »Warum hast du mich nicht gewarnt?«

»Ihr hattet zu tun. Ich wollte euch nicht ablenken.« Während er sprach, betätigte er außerhalb ihres Blickfelds Kontrollschalter. Hinter ihm sah sie den blauweißen Himmel. Er stand noch auf Deck. »Außerdem habe ich die Situation unter Kontrolle.«

Unwillkürlich zog sie die Lippen zurück und entblößte die Zähne. Die anderen Piloten zogen nach backbord und steuerbord und nahmen hinter ihr eine V-Formation ein. Sie beschleunigten und prallten wie flach geworfene Steine von den Wellen ab. Es ging bei diesem Rennen darum, wer das Ranchgebäude zuerst erreichte, die Scooter oder der Flügler.

Aileeas Blicke huschten verzweifelt von der Windschutzscheibe zum Display. Siebenhundert Meter, sechshundert, fünfhundert. Das feindliche Schiff war nur etwas weiter vom Floß entfernt.

»Ich glaube, sie werden versuchen, die Ranch zu entern, Vater«, sagte Aileea.

Aagard dinAthos stieß ein triumphierendes Krächzen aus. »Die Chance haben sie verspielt! Ich habe ...«

Eine Lanze aus roter Energie traf Aagard. Einen Augenblick lang wurde er zu einer Lichtgestalt, die sich bleich vom Sonnenschein abhob. Dann verschwand der rote Strahl, und mit ihm Aagard dinAthos und ein Teil der Reling.

»*Vater!*«

Wasser schoß unter dem Steuerbordflügel des Schiffs der Stelzengeher hervor, als ein Hirte, der von Aagards Signal in eine Zielsuchmine umgewandelt worden war, das Gefährt traf. Der Flügel wurde abgerissen. Einen Moment lang trug der Schwung das von einem Flügel gehaltene Schiff weiter. Dann neigte es sich bedächtig dem Wasser zu. Es scherte nach rechts aus, legte sich auf die Breitseite und kippte um. Und dann prallte es wieder hoch, mit dem Heck nach oben, torkelte über die Wellen und löste sich dabei auf. Als Aileea am Floß vorbeiraste, war der Flügler nur noch ein Finger aus brennenden Trümmern, der auf sein beabsichtigtes Opfer deutete.

»Aileea«, sagte Krysztof. »Der Tender bereitet einen Raketenabschuß vor.«

»Ich leite die angemessenen Schritte ein«, erklang Mansurs Baßgepolter. »Aileea, das mit deinem Vater tut mir leid.«

Aileea schrie vor Trauer und Frustration und Zorn auf. Die über den Horizont greifenden Raketen der Stelzengeher waren nicht sehr treffsicher, aber so durchschlagkräftig, daß es nicht ratsam war, sich in der Nähe der Einschlagstelle aufzuhalten.

»Ausschwärmen!« rief sie ihren Freunden zu. Sie zog ihren Scooter herum und raste mit Höchstgeschwindigkeit in nördliche Richtung.

Hinter ihr versank das Floß, auf dem ihr Leben begonnen hatte, langsam in den Fluten.

Das Hauptquartier war mit groben Energiestößen in das Lavagestein geschnitten worden. Nur der Boden war zu einer glasartigen Glätte geschmolzen. Die Wände und die Decke blieben scharfkantig, jederzeit bereit, dem Unvorsichtigen Schnittwunden zuzufügen.

Klingonen legten durchaus Wert auf Bequemlichkeit. Aber sie taten gern so, als wäre dem nicht so.

Der junge Fähnrich lag bäuchlings ausgestreckt auf dem geglätteten schwarzen Gestein, auf das ihn zwei stämmige Mannschaftsdienstgrade geworfen hatten. »*Qeyn HoD wa'DIch*«, sagte er zu den auf Hochglanz gewichsten Stiefeln des Mannes, der vor ihm stand. »Wir haben zwei Schiffe verloren – *Pajwl'* und *'urng* sind mit ihnen gestorben.«

Er hob den Kopf. Sein Gesicht war jung und bleich. Auf einer Wange glühte eine Brandwunde. Sein Bart war noch längst nicht voll und erinnerte an Seetang, der von der Flut auf Felsen abgelagert worden war.

»Die Herdentiere laufen wieder, Erster Captain«, sagte er. »Ich trage die Schuld. Wir haben versagt.«

Die Offiziere, die sich hinter dem Rücken des Captains versammelt hatten, stießen ein leises Grollen aus. Sie befanden sich nun seit fast einem halben klingonischen Jahr auf diesem verfluchten Planeten und kämpften, während ein Arm ihnen auf den Rücken gebunden war, gegen einen Gegner, der wesentlich entschlossener und einfallsreicher war als ihre Verbündeten. Die Frustration und die zermürbenden Unannehmlichkeiten des Lebens auf dieser heißen, nassen, fauligen Welt zerfraßen die Moral genauso schnell, wie die Brandung Inseln zermahlte, kaum daß der überaktive Mantel des Planeten sie aufgeworfen hatte.

Der Captain des Ersten Dienstrangs Kain schaute mit seinem erhaltenen Auge zu dem Jungen hinab. Er fuhr mit der Hand über sein langes Kinn, das, abweichend von der üblichen klingonischen Mode, glattrasiert war. Wie als Ausgleich schwang sein Schnurrbart sich auf beiden Seiten seines vollippigen Munds dramatisch nach oben. Er war eine beeindruckende Gestalt, groß, mit tonnenförmigem Brustkorb, breiten Schultern und schmalen Hüften, sowohl nach klingonischen als auch nach menschlichen Maßstäben.

Ganz kurz glitt die von einem schwarzen Stulpenhandschuh bedeckte Spitze eines Daumens über die Klappe, die sein rechtes Auge bedeckte.

»Ich kenne den Geschmack des Versagens«, sagte er mit volltönender Stimme, die viel glatter als das übliche gutturale klingonische Schnauben war. Wer ihn nicht kannte, riß manchmal Witze über seinen Tonfall, den andere für piepsig hielten.

Aber nur einmal.

»Und auch den Preis dafür.« Er ließ die Hand auf den Griff einer seltsam kreisförmigen, mehrklingigen Waffe fallen, die an seiner Taille hing.

Der Fähnrich senkte seinen Schädelwulst auf den Boden. »Ich bitte um die Erlaubnis, durch eigene Hand zu sterben, um für mein Versagen Buße zu tun.«

»Verweigert.«

Der junge Klingone schaute auf. Erneut das Grollen hinter Kains Schulter, diesmal lauter.

»Wir sind nur wenige«, sagte Kain, »zu wenige, um uns Vergeudung leisten zu können. *luHoHta'.*« Das letzte Wort sprach er über die rechte Schulter zu seiner Adjutantin, einer stattlichen jungen Frau, die das Rangabzeichen eines Senior-Lieutenants auf ihrer goldenen Rangschärpe trug. »Der Fähnrich wird zu zehn Minuten Haft in der *Qighpej* verurteilt.«

Das Gesicht des jungen Fähnrichs sackte zu einer Parodie der ungläubigen Erleichterung ab. Zehn Minuten in der Agoniesimulationskabine, die direkt das Schmerzzentrum des Gehirns anregte, war praktisch eine Ewigkeit. Doch das Urteil bedeutete, daß er überleben und seine Ehre gewahrt bleiben würde.

Solch eine Nachsicht war ein Akt großmütterlicher Freundlichkeit.

Hinter der linken Schulter des Ersten Captains Kain verzog ein schweres Gesicht sich zu einem Schnauben, und eine schwere Hand griff nach einem Phaser. »Daß dein Vater vor den *Tera'ngan* im Staub gekrochen ist, hat dich so weich und rückgratlos gemacht, wie sie es sind!« brüllte der ergraute Einsatzoffizier. »Stirb, Wurm!«

Zumindest wollte er brüllen. Die Worte verloren sich in einer plötzlichen Blutfontäne, die um das *Kligat* aufspritzte, die seltsame Wurfwaffe, die plötzlich zwischen seinem Bart und dem Kragen seiner Uniformjacke steckte.

Einen Moment lang stand Kain da und schaute zu dem Möchtegern-Meuterer hinab, dessen Blut auf den geglätteten schwarzen Stein sprudelte. »Dieses *Kligat* hat meinen Bindungsbruder getötet, Juk«, murmelte er. »Eigentlich hast du nicht verdient, dadurch zu sterben.«

Er bückte sich, zog die Waffe aus der Kehle und wischte sie sorgfältig an Juks Uniformjacke sauber. Er hielt sie lässig in der Hand, während er sich zu den anderen Offizieren umdrehte.

»Hält noch jemand Besonnenheit für Schwäche?« fragte er. Niemand sagte etwas.

»Wir dürfen nicht vergessen, was wir hier tun«, sagte Kain und sprach dabei lauter, so daß seine Stimme von den schlangenzahnigen Wänden zurückgeworfen wurde. »Wir sind nicht hierher gekommen, um diesen Planeten zugunsten von unseren törichten Verbündeten den verschollenen *Tera'ngan* zu entreißen. Wenn der richtige Augenblick gekommen ist, werden wir ihn für uns beanspruchen.«

Er ließ die freie Hand zuschnappen. Die anderen nickten und knurrten ihre Zustimmung. So sprach ein Klingone. Juk mußte verrückt gewesen sein.

»Es kommt kaum darauf an, wie der Krieg verläuft. Wichtig ist nur, daß er geführt wird. Wir sind hier, um die Waffen zu schmieden, die die verhaßte Föderation spalten wird – um dem Teufel im Meer zu dienen. Und wir sind *Köder*. Uns ist es bestimmt, den Erdling anzulocken, der unserem Imperium mehr Schaden zugefügt hat als jeder andere.«

Er steckte das *Kligat* ein, ging zu dem Fähnrich und zerrte ihn an der Rückseite seiner zerrissenen Uniformjacke auf die Füße. Dann stieß er ihn an, und der junge Mann stolperte zu *luHoHta'* hinüber. Sie ergriff seinen Arm und hielt ihn aufrecht, ohne daß ihr dabei Anstrengung anzumerken war.

»Der Felsbrocken rollt schon den Hügel hinab und gewinnt an Schwung. Unsere Verbündeten haben die Föderation gerufen. Sie halten das für ihre Idee. Wenn dieser Felsbrocken auf dem Boden aufschlägt« – er lächelte –, »wird er den Mann zerschmettern, der mich ein Auge und meinen Bruder gekostet hat.

Und wir sind der Stein, auf dem James Kirk und seine Enterprise *zerschmettert werden!*«

Und seine Offiziere, die wieder eins mit ihm waren, rissen die Hände in die Luft und brüllten in der glücklichen Raserei der Jagd.

1

»Mr. Scott«, sagte Captain James Kirk überrascht. Er kehrte in eine Ecke von ›Min und Bills Pub‹ auf der Starbase 23 zurück, zu einem Tisch, an dem Lieutenant Commander Montgomery Scott mit ausgestreckten Beinen und einem Buch in den Händen saß. In dem Pub herrschte eine sehr entspannte Atmosphäre, und deshalb war es sehr beliebt bei gerade eingetroffenen Raumschiffbesatzungen, die Spannungen abbauen wollten. Doch im Augenblick waren der Captain und Scott die einzigen Gäste. »Ich hätte nie erwartet, Sie hier zu sehen, während die *Enterprise* so umfassend umgerüstet wird.«

Scott fuhr zusammen und schaute schuldbewußt auf. »Captain«, sagte er, legte das Buch auf den Tisch und sprang hoch, »ich würde die Modifizierungen rund um die Uhr überwachen – das wissen Sie, Sir –, wenn ich nur könnte. Aber Commodore Snodgrass hat mich weggeschickt. Sie hat gesagt, ich würde mich zu Tode schuften.« Er schüttelte den Kopf. »Stellen Sie sich das mal vor! Sie wirft mich aus meinem eigenen Maschinenraum. Wäre sie keine Frau, hätte ich ihr gründlich die Meinung gesagt.«

»Dann seien Sie froh, *daß* sie eine Frau ist, Mr. Scott. Wer Commodore Snodgrass lediglich nach ihrer Größe beurteilt, handelt sich meist erheblichen Ärger ein.« Die Hauptverwalterin der ausgedehnten Raumdock-Einrichtungen der Starbase stand im Ruf, daß mit ihr nicht gut Kirschen essen war.

Kirk gab Scott einen Klaps auf die Schulter. »Setzen

Sie sich, setzen Sie sich. Wenn es dem Commodore tatsächlich gelungen ist, Sie zu einer Pause zu überreden, soll diese heldenhafte Leistung nicht sinnlos vergeudet werden. He, was lesen Sie da?«

Er schaute auf das Buch hinab. Auf der einen Seite des Bildschirms standen mehrere Standard-Redewendungen untereinander, auf der anderen die entsprechenden Übersetzungen in einer fremden Sprache. Es bereitete Kirk Kopfschmerzen, die krächzenden Konsonanten, harten Gaumensegellaute und Glottisschläge auch nur zu lesen.

Und dann verknüpften die Geräusche sich in seinem Geist zu einer Sprache, und er sah seinen Chefingenieur erstaunt an. »Mr. Scott«, sagte er, »ein *klingonisches* Wörterbuch?«

Scott nickte. »Aye, Captain.« Er sah Kirk dabei nicht an.

Kirk bemühte sich, ein Grinsen zu verbergen, und setzte sich. »Trotz der Behauptung, die Captain-Lieutenant Korax damals auf Station K-7 gemacht hat, lernt *nicht* der halbe Sektor Klingonisch. Wie Sie sich vielleicht erinnern, haben wir uns damals nicht von ihnen unterkriegen lassen – ganz zu schweigen von den paar Gelegenheiten, die sich seitdem ergeben haben.«

»Oh, aye«, sagte Scott und lächelte, als er sich an den Vorfall erinnerte. Obwohl er – alles in allem – nicht besonders viel überflüssiges Gewicht mit sich herumschleppte, bekam er beim Nicken ein Doppelkinn. »Wir haben es diesen verdammten Engländern* wohl ausgetrieben, schlecht von der *Enterprise* zu sprechen.«

»Äh ... ja, das haben wir wohl.« Kirk setzte sich. »Warum also lernen Sie Klingonisch, Mr. Scott? Ich wußte gar nicht, daß Sie sich für Sprachen interessieren.« *Fast fünf Jahre mit dieser Crew,* dachte er, *und ich*

---

* Für einen Schotten stellt dies ein böses Schimpfwort dar – *Anm. d. Red.*

finde noch immer Neues über sie heraus. Diese Tatsache störte ihn nicht; das war nur eine weitere Forschungsreise, und für die lebte er ja schließlich.

»Oh, nein, das tue ich nicht, Sir«, sagte Scott. Kirk betrachtete ihn stirnrunzelnd, eine Geste, die er unbewußt von seinem Ersten Offizier übernommen hatte. »Es ist nur so ... jetzt gewähren die Klingonen den Romulanern technischen Beistand, und dann finden ja Friedensgespräche mit der Föderation statt, und hier in der Gegend gibt es eine Menge technischer Handbücher der Klingonen ...«

Kirk betrachtete seinen Chefingenieur und seufzte laut. »Scotty, sind Sie wirklich der Ansicht, Sie würden sich *entspannen*?«

Scott sah ihn verwundert an. »Ja, natürlich, Captain. Wie würden Sie das denn sonst nennen?«

Das Piepen seines Kommunikators ersparte Kirk die Mühe, eine Antwort zu geben. Er nahm das Gerät von seinem Gürtel und klappte es auf. »Hier Kirk.«

»Chekov, amtierender Captain der *Enterprise*«, sagte eine Stimme. Obwohl das Raumschiff sich zur Zeit unter der Obhut von Commodore Snodgrass und ihrer fröhlichen Elfen befand, trug Kirk noch immer die Verantwortung dafür. Kirk hörte aus Chekovs Tonfall, daß der Stolz des jungen Offiziers, das Kommando über das mächtige Schiff zu haben – und daher höflichkeitshalber als Captain angesprochen zu werden –, im Wettstreit mit seinem Verdruß darüber lag, an Bord bleiben zu müssen, während der Rest der Crew Landurlaub bekommen hatte. »Admiral Satanta bittet Sie, ihn in seinem Büro aufzusuchen, sobald es Ihnen paßt, Sir.«

»Ist Mr. Spock an Bord?«

»Nein, Sir. Er befindet sich zur Zeit in Rosas Kantine.«

Kirk war erneut verblüfft; normalerweise pflegte sein vulkanischer Erster Offizier sich nicht zu erholen, indem er in einer Bar herumhing. »Dann hole ich ihn da ab – es liegt auf dem Weg. Danke.« Er wollte den Kommunikator wieder zuklappen, hob ihn dann aber noch einmal vor den Mund. »Machen Sie so weiter, *Captain*.«

»Aye, aye, Sir!«

Scott schaute von seinem Buch auf, das er sich wieder geschnappt hatte, kaum daß das Interesse des Captains abgelenkt worden war. »Brauchen Sie mich noch, Sir?«

»Nein, nein, Scotty. Bleiben Sie hier und ... entspannen Sie sich.«

Strahlend vor Erleichterung steckte Scott die Nase wieder in das Buch. Kirk drehte sich zur Tür um und wäre fast gegen Min geprallt, die stämmige, fröhliche terranische Inhaberin, die mit Schürze und Tablett herbeieilte, um seine Bestellung aufzunehmen.

»Tut mir leid, Min. Ich muß weiter.«

»Kommen Sie bald wieder, Captain. Sie sind hier immer willkommen.« Sie lächelte breit. Die meisten Terraner der Besatzung der *Enterprise* – eigentlich sogar die meisten humanoiden Mannschaftsmitglieder – behaupteten, Min erinnere sie an ihre Lieblingsgroßmutter. Das war einer der Gründe dafür, daß die Kneipe so beliebt war. Natürlich verbrachte die Crew nicht ihren *gesamten* Landurlaub hier.

Hinter der Theke zeichnete sich – fast schon bedrohlich – ihr Ehemann Bill ab, der gerade Gläser spülte. Der Atarakianer war über zwei Meter groß und hatte lange, zusammenlaufende Antennen und große, gelbe, aus sich heraus leuchtende Augen, die seine Spezies – die der Sprache nicht mächtig war – bei der Kommunikation als Signallampen einsetzte. Er nickte mit seinem großen grünen Chitinkopf Kirk zu und ließ – buchstäblich – die Augen aufblitzen, als der Captain ihm gleichzeitig zur Begrüßung und zum Abschied winkte.

Der Gang im zivilen Bereich der Starbase füllte sich allmählich mit Starfleet-Personal und den Besatzungsmitgliedern von Schiffen von einem halben Hundert Planeten, die zum Teil Mitglieder der VFP (Vereinte Föderation der Planeten) waren, zum Teil aber auch nicht. Die Starbase war weder auf einem noch im Orbit um einen Planeten errichtet worden, sondern vielmehr aus einem metallischen Asteroiden geschnitten, der im Trümmergürtel eines blauen Riesen trieb, dessen gewaltige, schnell rotierende Masse zu groß war, um die Entstehung von Welten zu ermöglichen. Das Leben ihrer Bewohner wurde nicht von Tag und Nacht, sondern von Schichtwechseln bestimmt.

Die gebogene Decke des Gangs war hoch und absichtlich unbearbeitet gelassen, um einen Kontrast zur geradlinigen Regelmäßigkeit des Inneren der meisten Raumschiffe zu bieten. Auf den unregelmäßigen Metalloberflächen tanzten und spiegelten sich die blauen, orangenfarbenen, roten und gelben Lichter, die aus den Tavernen und Bars fielen, den Restaurants und Kabaretts und den Meditationsräumen einer schier unendlichen Vielzahl von Glaubensrichtungen und philosophischen Disziplinen.

Kirk wich einem rüsselbewehrten Tellariten aus, der mit kampflustigem, großspurigem Gehabe und wiegendem Gang den Korridor entlangstolzierte, blieb stehen, damit zwei Vulkanier in den gelben Roben und mit den filigrangeschmückten Ohrklipsen der Gelehrten des Lyceums aus einem Café treten konnten, und nickte grüßend einem blauen Andorianer zu, der vor einem Ladenlokal stand, das die *Hii-dou-rai*-Zeremoniensteine zum Verkauf anbot, versteinerte Holzstücke, die mühevoll mit der Hand zu glänzender und glatter runder Form gerieben worden waren und für die seine Spezies in der gesamten Galaxis bewundert wurde. Der Andorianer neigte höflich seine Antennen.

Kirk ging weiter, mußte aber fast sofort wieder stehenbleiben, um nicht in eine Streiterei zu geraten. Zwei hellrosahäutige, männliche Humanoide schlugen vor der Tür einer Orionkneipe mit den Fäusten aufeinander ein, kämpften aber mit mehr Leidenschaft als Fertigkeit. Ob einer oder gar beide Menschen waren, konnte Kirk nicht sagen, wenngleich einer zu seiner Verärgerung das rote Hemd eines Starfleet-Angehörigen im zivilen Dienst trug.

Der Dienst in Starfleet war leichter als praktisch jeder Militärdienst in der Geschichte sämtlicher bekannter Kriegerrassen in der Galaxis. Raumschiffe waren geräumig, sauber und gut ausgestattet. Die meisten niedrigen Tätigkeiten wie das Säubern und die Wartung wurden von Maschinen geleistet. Und das gesamte Starfleet-Personal bestand aus gut ausgebildeten Profis und nicht aus Analphabeten, Angehörigen der Handelsmarine oder gar zwangsweise Einberufenen. Die Leute waren genau dort, wo sie sein wollten, und hatten hart dafür gearbeitet, um dorthin zu gelangen.

Aber Starfleet war ein anspruchsvoller Dienstherr. Während der Kampf – glücklicherweise – nur ein kleiner Bestandteil der Aufgabe von Starfleet war, mußte man auch die eigentliche Bestimmung – Polizeifunktion innerhalb der Föderation, innere und äußere Diplomatie und in erster Linie die wissenschaftliche Forschung – als extrem anspruchsvoll und auch gefährlich ansehen. Streß war genauso Bestandteil der Atmosphäre eines Raumschiffs wie Sauerstoff, besonders hier, an der äußersten Grenze der Föderation.

Und trotz allem, wozu die Technik des dreiundzwanzigsten Jahrhunderts imstande war, blieb das Weltall eine gefährliche Umgebung. Eine kurze Achtlosigkeit – oder sogar blinder Zufall – konnte nicht nur ein Mannschaftsmitglied, sondern die gesamte Besatzung töten.

Daher waren trotz aller Bemühungen der Psychologen der Föderation – besonders jener Spezialisten, die sich mit der Anpassung der Arbeitsplatzbedingungen an die Eigenarten des menschlichen Organismus befaßten – Raumschiffbesatzungen genauso für die extremeren Formen des Dampfablassens anfällig, wie es bei ihren Vorgängern der traditionellen Marine der Fall gewesen war. Als einziger Trost konnte gelten, daß – mit einigen wenigen Ausnahmen, zum Beispiel die überaus disziplinierten Vulkanier – die anderen Spezies der Föderation sich kaum besser benahmen als die Menschen.

Kirk verspürte widersprüchliche Wünsche – zum einen, wegen des Disziplinverstoßes hart gegen beide Streithähne durchzugreifen, zum anderen herauszufinden, wer den Streit angefangen hatte, und ihn in den Hintern zu treten. Aber er wartete lediglich, bis die beiden sich auf dem Gang wälzten, trat dann behutsam über das zuckende und um sich schlagende Gewirr von Gliedern, durch die Wolke der Respektlosigkeit und des billigen Orionfusels, die sie ausstrahlten, und ging seines Weges. Satanta war ein langjähriger Freund, doch wenn ein Flaggoffizier einen Captain bat, ihn aufzusuchen, sobald es ihm genehm war, hieß das im Klartext: »Schaff deinen Arsch mit Warpfaktor acht hierher.«

Rosas Kantine lag nicht direkt auf dem Weg, doch auch nicht weit davon entfernt – ein kurzes Stück einen dunklen und schmalen Seitengang entlang, der selten benutzt zu werden schien. Doch ein paar Schritte um eine Linkskurve führten Kirk in Rosas lautes und helles Etablissement.

Die Kantine war dunkler als Min und Bills Bar und die Atmosphäre bei weitem nicht so erbaulich – in so eine Kneipe ging die Crew, wenn sie Großmutter bis zum Kragen satt hatte. Es überraschte Kirk, was für eine Musik aus der geöffneten Tür drang – nicht der übliche nervenzerfetzende saurianische Jazz oder Chrom-5 vom Orion, sondern das unverwechselbare, fast mißtönende Klagen einer vulkanischen Leier. Begleitet wurde es von einer ebenso unverwechselbaren Kontraaltstimme.

»Lieutenant Uhura!« sagte Kirk und trat in die Kantine. Sie war ziemlich dunkel, wurde kaum von den wirbelnden roten und violetten Lampen erhellt, und sie war proppenvoll. Die Leute standen oder saßen auf hohen, schmalen Hockern. Kirk erkannte mehrere Besatzungsmitglieder der *Enterprise*. In einer leeren Ecke stand Uhura in einem gelben Scheinwerferstrahl, und ihre Stimme erfüllte die Bar, ohne daß sie ein Mikrofon nötig gehabt hätte. Hinter ihr saß kein anderer als der Erste Offizier der *Enterprise* hinter einem schwanenhalsigen Instrument.

Der Kommunikationsoffizier hatte gerade ein Lied beendet. Kirk bahnte sich den Weg durch eine applaudierende Menge zu ihr. Sie begrüßte ihn mit einem strahlenden Lächeln.

»Mein Auftritt ist vorbei, Captain«, sagte sie. »Schade, daß Sie nicht eher gekommen sind.«

»Finde ich auch. Aber ich muß gestehen, ich bin ein wenig überrascht, Sie hier zu sehen.« Die Konsolen für Kommunikation und elektronische Kriegführung der *Enterprise* wurden einer noch umfassenderen Überarbeitung als die Maschinen unterzogen, und der frisch beförderte Kommunikationsoffizier war fast noch versessener darauf, die Arbeit an ihren Systemen zu überwachen, als es bei Scott der Fall war.

Sie lachte. »Wenn es nach mir ginge, wäre ich noch an Bord und würde dafür sorgen, daß alles richtig gemacht wird«, sagte sie. »Aber mir blieb bei dieser Sache keine Wahl.«

»Ach? Hat Commodore Snodgrass auch Sie von Bord geschickt?«

»Nein«, sagte eine rauhe Stimme hinter Kirk. »Das war ich.«

Kirk drehte sich um. »Pille?« sagte er.

Dr. Leonard McCoy nickte. »Ich schwöre dir, ich muß mich mit einer Crew von zwanghaft Besessenen herumschlagen. Du, Uhura, Scott – einer schlimmer als der andere. Ihr wißt einfach nicht, wann ihr mal eine Pause braucht. Wenigstens hat Sulu ein paar Hobbys, die ihn bei geistiger Gesundheit halten.«

Kirk ignorierte die offensichtliche Implikation. »Und was ist mit dir, Onkel Doktor?« sagte er. »Du und der Commodore, ihr habt dafür gesorgt, daß Uhura und Scotty sich freinehmen. Sogar Mr. Spock gibt sich ganz locker.«

Der Erste Offizier stellte sein Instrument vorsichtig in einen Ständer und bedachte ihn mit einem schokkierten Blick.

»Du hingegen bist noch im Dienst, oder?« sagte Kirk. »Gibst wie eine Glucke auf deine Schutzbefohlenen acht.«

»Verflixt noch mal, Jim, das ist etwas ganz anderes«, sagte McCoy.

Kirk nickte. »Ach so.«

Spock richtete sich auf. »Ich nehme an, Sie sind hier, um mich zu bitten, Sie auf irgendeinem Gang zu begleiten, Captain.«

Kirk sah ihn an. »Wieso wissen Sie das?«

»Sie sind zielstrebig hier herein gekommen. Sie waren überrascht, Dr. McCoy und Uhura hier zu sehen, nicht aber mich. Also haben Sie nach mir gesucht. Und der Versuch, sich zusammenzureißen, gegen den Sie deutlich erkennbar, wenn auch nicht vollständig erfolgreich, ankämpfen – Sie wippen auf den Fußballen –, läßt auf Ihre Ungeduld schließen, sich an einen anderen Ort zu begeben.«

»Brillante Deduktion, Holmes.« Er hob eine Hand. »Wollen wir?«

Spock wandte sich Uhura zu. »Es war wie immer eine Ehre, Ihren Gesang zu begleiten, Lieutenant. Die dabei gezeigten mathematischen Feinheiten …«

»Spock!« rief McCoy voller Abscheu. »Sie würden auch noch versuchen, einen Sonnenuntergang wissenschaftlich zu erklären, was?«

Der Vulkanier zog eine Braue hoch. »Was ist so esoterisch daran, Doktor? Es handelt sich lediglich um die Verfinsterung primärer ...«

Kirk nahm ihn am Arm. »Wenn Sie uns entschuldigen würden ...« Er schleppte Spock zur Tür hinaus.

Fünf Meter weiter hob ein zweieinhalb Meter großer Gorn Sulu am Kopf in die Luft.

2

»Sulu!« Kirk riß den Handphaser aus dem Gürtelhalfter und richtete ihn auf den geschuppten Rücken des Ungetüms.

Das Reptilienwesen ließ Sulu hinab, bis seine Stiefelsohlen den Steinboden berührten, und nahm die krallenbewehrten Hände von seinem Kopf.

Der Steuermann ließ den Kopf kreisen. »Schon viel besser«, sagte er. »Ich bezweifle zwar, daß das jemals *Shiatsu* ersetzen wird, aber es hilft.«

Kirk schaute über die Schulter zu Spock. Der Vulkanier stand aufrecht und unerschütterlich einen Schritt hinter ihm. »Die Massagetechniken der Gorn sind bekannt für ihre therapeutische Wirkung«, sagte Spock. »Ihre eher grobe Natur verhindert jedoch, daß sie sich in der Föderation zügig durchsetzen.«

»Captain … Mr. Spock«, sagte Sulu und nickte an dem riesigen Masseur vorbei. Das Wesen drehte sich um. Kirk steckte schnell den Phaser ins Halfter zurück und dankte dem Schicksal, daß der Gorn die nach vorn gerichteten Augen eines Raubtiers hatte. »Ich würde Ihnen gern meinen Freund vorstellen, Mr. Horatio Hornblower.«

»Horatio … Hornblower?«

»Ihre Spezies kann meinen Namen nicht aussprechen«, sagte der Gorn durch das Translator-Medaillon, das über seinen stahlharten Brustschuppen hing. Das Gerät war so eingestellt, daß es eine hohe, fast pubertäre Stimme produzierte. »Ich habe mich entschlossen, mich bei Ihnen nach einem großen Helden Ihrer Geschichte zu nennen.« Er reichte ihm eine schuppenbesetzte Klaue.

Kirk zögerte nur einen winzigen Augenblick lang, ergriff dann die Hand des Geschöpfs und schüttelte sie kräftig. »Unserer … Geschichte. Äh … eine gute Wahl. Sie erweisen unseren Traditionen eine große Ehre.«

Das Wesen schwoll sichtbar an, was Kirk für ein gutes Zeichen hielt. Seine einzige persönliche Erfahrung mit der Spezies der Gorn war nicht besonders erfreulich verlaufen. Seitdem hatten sich die Beziehungen zwischen den kriegerischen Reptilienwesen und der Föderation einigermaßen normalisiert und waren größtenteils friedlich verlaufen.

»Um sich auf die fürchterlichen Weiten der Meere Ihres Planeten zu wagen, muß man schon ein außergewöhnlicher Mann gewesen sein«, sagte der Gorn. »Diese Kühnheit … sein Leben in einer so feindlichen und chaotischen Umgebung zu riskieren.«

»Auf der Heimatwelt der Gorn gibt es nicht viele offene Wasserflächen, Captain«, erklärte Sulu. »Horatio ist wissenschaftlicher Offizier eines Forschungsschiffs der Gorn, das hier im Raumdock repariert wird.«

»Captain«, sagte Spock.

»Richtig, Spock. Mr. Sulu, ich überlasse Sie wieder Ihren Gesprächen über vergleichende therapeutische Techniken. Doch wenn Sie das nächste Mal ein radikales Experiment wagen wollen, sollten Sie sich zuerst mit Dr. McCoy besprechen.«

Sulu lachte. »Das werde ich, Captain.«

Als Student an der Starfleet-Akademie hatte Kirk den Eindruck gewonnen, daß der damalige Captain Douglas Satanta ein Mann war, der nur selten saß. Als Dozent für das Fachgebiet Grundlagen der Exploration war er keineswegs ein nervöser Mensch gewesen; wenn er stand, stand er still, außer wenn er sprach. Dann wurde seine Baritonstimme von wohlerwogenen, eindringlichen Handbewegungen unterstrichen.

Der Admiral stand mit dem Rücken zur Tür, als sie sich zischend öffnete, um Kirk und Spock einzulassen. Er schien die Darstellung eines Planeten auf einem wandgroßen Bildschirm zu studieren. Zumindest vermutete Kirk, daß es sich um eine Welt handelte; neben den breiten Schultern des Admirals sah er nur Teile einer merkmallosen blauen Scheibe, als arbeitete der Computer der Starbase noch daran, die Grafik aufzubauen.

Langsam drehte der Admiral sich um. Schwarzes Haar hing in glänzenden kleinen Zöpfen bis auf die Epauletten seiner Starfleet-Uniform hinab und rahmte ein schweres, dunkles Gesicht mit markanten Wangen- und Kieferknochen ein. Das Antlitz war vernarbt wie ein Asteroid. Satanta war planetarer Scout und Erstkontakt-Spezialist gewesen, bevor man ihn zum Raumschiff-Captain ernannt hatte. Er sprach nur selten von seinen Heldentaten. Aber viele andere waren geradezu versessen darauf, das für ihn zu erledigen.

Er nickte bedächtig. »Kirk. Mr. Spock.« Die formelle Begrüßung verriet Kirk, daß etwas im Busche war; ansonsten hätte das finstere Gesicht ein strahlendes Grinsen gezeigt, und es hätte ›Jim‹ geheißen und einen kräftigen Händedruck und einen Klaps auf die Schulter gegeben.

»Admiral, ich bin so schnell wie möglich gekommen, wollte aber meinen Ersten Offizier mitbringen.« Er warf einen Seitenblick auf Spock und grinste. »Ich habe ihn in einem Nachtklub auf der dritten Ebene gefunden.«

Satanta runzelte die Stirn. »Mr. Spock hat in einer Kneipe gezecht?«

»Lieutenant Uhura hat mich gebeten, daß ich ihren Gesang instrumental begleite«, sagte Spock in aller Ruhe. »Ich habe festgestellt, daß ihre Stimme eine vorteilhafte Wirkung auf die Moral der Crew hat – und daher war es nur logisch, ihre Bitte zu erfüllen. Außerdem war sie überaus beharrlich.« Er zog ebenfalls eine Braue hoch. »Bei allem gebührenden Respekt, ich glaube kaum, daß man dies als ›zechen‹ bezeichnen kann, Admiral.«

»Wenn die Herren ihre Verbrüderungsrituale beendet haben«, sagte eine kühle Stimme, »können wir uns ja dringenderen Angelegenheiten widmen.«

Kirk drehte den Kopf. Eine Frau in Zivilkleidung konservativen und teuren Schnitts saß in einem vom Konferenztisch abgewandten Drehsessel. Dunkelrotes Haar war aus einem strengen Gesicht zurückgekämmt. Ihre Augen waren grün. Kirk hatte den Eindruck, daß sie ziemlich groß war, aber das konnte auch daher rühren, daß sie kerzengerade saß.

»Kommissarin Wayne hat recht«, sagte Satanta polternd, wobei seine sowieso schon tiefe Stimme noch um eine Oktave fiel. »Kommissarin, darf ich Ihnen Captain James T. Kirk vom Raumschiff *Enterprise* und seinen Ersten Offizier, Mr. Spock, vorstellen. Captain, Mr. Spock – Moriah Wayne, stellvertretende Kommissarin für interspeziäre Angelegenheiten der Föderation. Sie überwacht die Einhaltung der Ersten Direktive.«

»Es ist mir ein Vergnügen, Sie kennenzulernen, Kommissarin«, sagte Kirk.

»Ich habe schon viel von Ihnen gehört, Captain Kirk. In der Tat gehören einige Ihrer Berichte über Erstkontakte mit nichtmenschlichen Spezies zur Pflichtlektüre unserer Abteilung.«

»Ach«, sagte Kirk und versuchte, nicht schuldbewußt zu wirken, indem er dem Admiral einen verstohlenen Blick zuwarf.

»Ihre Annäherung ist direkt, um nicht zu sagen abrupt, und läßt oft an Sensibilität zu wünschen übrig. Zum Beispiel Ihre Handhabung der Situation auf

Gamma Trianguli VI. Bei diesem Einsatz haben Sie eindeutig gegen den Buchstaben der Ersten Direktive verstoßen, wenn vielleicht auch nicht gegen ihren Geist.«

Kirks Gesichtsausdruck wurde härter.

»Ein Starfleet-Untersuchungsausschuß hat festgestellt, daß die Handlungen des Captains völlig gerechtfertigt waren«, sagte Spock. »Schließlich hat der Computer namens Vaal gerade versucht, die *Enterprise* zu zerstören, als Captain Kirk ihn zerstörte.«

»Es ehrt Sie, daß Sie Ihren Captain verteidigen, Mr. Spock, ist aber überflüssig«, sagte Wayne. Sie erhob sich – fast so flott, als müßte sie strammstehen – und bedachte Kirk mit einem offen taxierenden Blick. Er stellte fest, daß sie groß *war.* »Die Eigenschaften, die er auf Gamma Trianguli VI gezeigt hat, sind vielleicht genau die, die wir bei dieser Mission brauchen.«

Nun sah Kirk den Admiral an. Satanta nickte.

»Wir befinden uns hier sowohl am Rand der Galaxis als auch an dem des Föderationsterritoriums«, sagte der Admiral. »Vor uns liegt ein paar hundert Millionen Lichtjahre weit, bis man zur nächsten Galaxis kommt, so gut wie nichts. Aber es befinden sich noch ein paar Systeme weit draußen, hinter den Grenzen der Föderation. Zu einem davon gehört ein Planet namens Okeanos.«

Er trat zur Seite, um den Blick auf die große blaue Scheibe freizugeben. Sie wirkte noch genauso eintönig wie zuvor.

»Er wurde von einem Schiff der Ersten Allgemeinen Vermessung entdeckt, der *UES Hernán de Soto*, und zwar 2092. Die Sonne heißt Joan-Maries Stern, nach dem Navigator. Sie war an der Reihe, irgend etwas zu benennen. Ausgerechnet der Chefsteward benannte den Planeten. Er gehört zur Klasse M. Computer, laß das Bild rotieren.«

Zuerst veränderte die Scheibe sich nicht. Dann erschienen Punkte auf halber Höhe der Krümmung – Inselketten, die sich wie gelbbraune Schlangen auf beiden Seiten des Äquators wanden. Ein paar davon wiesen eine durchaus respektable Größe auf, doch keine konnte auch nur annähernd als Kontinent bezeichnet werden.

»Wie der Name schon andeutet, handelt es sich um eine Wasserwelt. Nicht einmal drei Prozent der Oberfläche bestehen aus Landmassen. Darüber hinaus ist nicht viel bekannt. Die *de Soto* tastete einmal mit den Sensoren den Planeten ab und flog dann weiter.«

»Warum wurde der Welt nicht mehr Aufmerksamkeit geschenkt?« fragte Spock. »In den frühen Tagen der terranischen Raumerkundung waren von Menschen bewohnbare Welten sehr gefragt.«

»Die Klassifizierung ist sehr großzügig, Mr. Spock«, sagte Kommissarin Wayne. Sie hatte eine gute Stimme, einen vollen, wohlmodulierten Alt. »Der Planet ist fast so heiß wie Vulkan und wird mit genauso viel ultravioletter Strahlung bombardiert. Darüber hinaus hat er eine dichte Kruste und enthält einen hohen Anteil an Schwermetallen.«

»Was zu einer hohen Hintergrundstrahlung führt«, sagte Kirk.

»Erdenmenschen können ohne Medikamente oder abgeschirmte Schutzräume nicht lange auf der Oberfläche überleben«, fügte der Admiral hinzu.

»Nicht gerade ein Paradies für Touristen«, sagte Kirk.

»Aber eine wunderschöne Welt, wenn man darauf vorbereitet ist, sich ihren Bedingungen zu stellen«, sagte die Kommissarin und betrachtete den Bildschirm mit halb geschlossenen Augen.

»Lieben Sie die See, Kommissarin?« fragte Kirk.

»Ich liebe jede Welt, auf der noch die Naturgewalten herrschen und die noch nicht von unserer sogenannten Zivilisation unterworfen wurde. Ich bin von der Ausbildung her Ökologin, Captain.«

»Ich verstehe.«

»Das Vermessungsteam war sowieso überrascht, den

Planeten überhaupt gefunden zu haben«, sagte Satanta. »Außerhalb des Spiralarms kommen im allgemeinen nur uralte Sterne der Population zwei vor, die fast nie Planeten haben – und wenn doch, dann Gasriesen. Das Schiff hatte eigentlich einen kleinen Abstecher unternommen, um einen fünfundzwanzig Lichtjahre von Okeanos entfernten Pulsar aus der Nähe zu studieren. Spektroskopische Beobachtungen enthüllten das Vorhandensein eines Sterns der Population eins in der Nähe, und bei einem genaueren Blick stellte man fest, daß er feste Planeten hatte, darunter mehrere in der Biozone.«

»Also entschloß die *de Soto* sich, nicht viel Zeit mit einer nur bedingt bewohnbaren Welt zu verschwenden, und zog weiter, um den Pulsar zu untersuchen«, sagte Kirk. »Mir ist allerdings nicht ganz klar, was das alles mit der *Enterprise* zu tun hat, Admiral.«

»Sie werden dorthin fliegen«, erwiderte Satanta. »Genauer gesagt, Sie werden Kommissarin Wayne dorthin bringen.«

Überrascht sah Kirk zuerst den Admiral und dann die Kommissarin an. Aus nächster Nähe ließ sich feststellen, daß sie genauso groß war wie er. Man hätte sie auch durchaus als attraktiv bezeichnen können, hätte sie nicht alles Erdenkliche getan, um wie eine gestrenge Lehrerin auszusehen.

»Ihre Abteilung beschäftigt sich mit den Angelegenheiten neu entdeckter außerirdischer Rassen, nicht wahr?«

»Wir ziehen den Begriff ›intelligente‹ oder ›bewußte‹ Wesen vor.« Wayne lächelte leicht. »Sie sehen sich selbst nicht als Außerirdische. Aber ansonsten haben Sie recht.«

»Was für ein offizielles Interesse haben Sie dann an einem unbewohnten, radioaktiven Swimmingpool am hintersten Schwanzende der Milchstraße? Wie wunderschön er auch sein mag?«

»In ihrer Eile, zu angenehmeren Bereichen des Weltraums zurückzukehren, Captain, hat die Crew der *de Soto* ein paar wichtige Einzelheiten übersehen«, sagte Wayne. »Zum Beispiel die Tatsache, daß die Welt, die sie Okeanos nannten, von einer intelligenten Spezies bewohnt war.«

»Sie nennen sich Susuru«, sagte Satanta. »Wir wissen nichts über sie, abgesehen davon, daß sie vor zweiundsechzig Sternzeiten über Subraumfunk Kontakt mit uns aufgenommen haben.«

»Die Kommissarin ist bestimmt ganz versessen darauf, diese neue Spezies kennenzulernen und sicherzustellen, daß die Erste Direktive beachtet wird. Aber die *Enterprise* wird noch immer überholt. Sie wird noch zwölf Tage im Raumdock liegen.«

»Sie werden diesen Zeitraum verkürzen«, sagte der Admiral. »Auf Befehl von Starfleet.«

Kirk betrachtete ihn stirnrunzelnd. Einen Flaggoffizier stirnrunzelnd zu betrachten, mochte der Karriere nicht besonders förderlich sein, doch Kirk hatte sich durch Gedanken an seine Karriere noch nie davon abhalten lassen, seine Pflicht so zu tun, wie er sie sah.

Zum Glück machte Satanta ihm das nicht zum Vorwurf. »Jim«, sagte er, »Sie haben noch nicht die ganze Geschichte gehört. Den Susuru zufolge sind sie nicht allein auf Okeanos. Dort gibt es auch Erdmenschen.«

»Ach?« Kirk drehte sich zu Wayne um. »Also fliegen Sie nach Okeanos, um mit beiden Gruppen Beziehungen herzustellen.«

Sie schüttelte nachdrücklich den Kopf. »Den Susuru zufolge sind die Menschen unerwünschte Eindringlinge«, sagte sie. »Sie tun, was Erdenmenschen immer tun – sie unterdrücken die Eingeborenen und zerstören die Umwelt.

Ich fliege nach Okeanos, um sie zu überzeugen, den Planeten zu verlassen – und die *Enterprise* soll mich dabei unterstützen.«

3

»Haben Sie schon festgestellt, Captain« – Mr. Scotts Stimme drang aus dem Wartungstunnel –, »daß diese Jefferies-Röhren die unangenehme Eigenschaft haben, im Lauf der Jahre immer schmaler zu werden?«

Kirk legte die Hand, mit der er den Minicomputer hielt, der die Grundrisse dieses Sektors des Schiffes zeigte, auf eine Sprosse der vertikalen Zugangsröhre und seufzte. Scott war um eine beträchtliche Anzahl von Jahren älter als er. Es war nur natürlich, daß er ein gewisses Unbehagen darüber verspürte, wie mit zunehmendem Alter auch sein Leibesumfang wuchs.

Indem du dir das sagst, willst du nur auf elegante Weise das Eingeständnis vermeiden, daß es dir genauso ergeht, sagte Kirks innere Stimme. Einer seiner Mundwinkel verzog sich zu einem Grinsen; seltsam, wie ähnlich diese Stimme mittlerweile der Pilles war. Wenn sie nicht wie die Spocks klang.

»Vermerkt und protokolliert, Mr. Scott«, sagte er. »Machen Sie weiter.«

»Na ja, eins ist gewiß, Captain. Ganz gleich, wie oft man ihr das Gesicht liftet, sie wird immer die gleiche bleiben, und immer eine Lady.«

Kirk grinste zu Scotts Stiefelsohlen hoch. Die romantische Seite seiner Natur fühlte sich von Scotts unsterblicher Hingabe an seine erste und einzig wahre Liebe gerührt. Aber es war eine traurige Tatsache, daß jemand, den seine Leidenschaften fest im Griff hatten, einen zu Tode langweilen konnte. Selbst jemanden, der – wie Kirk – diese Leidenschaft zu einem beträchtlichen Ausmaß teilte.

»Und da wir gerade von Damen sprechen, Captain«, sagte der Ingenieur und richtete ein Grinsen vorbei an seinem Wanst zu Kirk hinab, »Sie haben zweifellos bemerkt, daß unser vornehmer Gast auch ein hübsches Mädchen ist.«

Kirk sah ihm in die Augen. »Wirklich, Mr. Scott? Das war mir gar nicht aufgefallen.«

Das Grinsen des Ingenieurs wurde noch breiter. »Oh. Aye, Captain, ich verstehe. Ich verstehe völlig.« Und er blinzelte.

Kirk runzelte die Stirn, hielt aber die wütenden Worte zurück, die schon in ihm emporstiegen. *Wieso reagiere ich so empfindlich?* schalt er sich. Der Chefingenieur machte doch nur Konversation, während sie arbeiteten.

Sie waren dabei, sich mit dem Raumschiff neu vertraut zu machen. Obwohl die Überholung der *Enterprise* von der Mission nach Okeanos unterbrochen worden war, waren viele Arbeiten bereits abgeschlossen, und die Reise diente als Testflug. In der Tat befanden sich mehrere Dutzend Techniker von Starbase 23 an Bord, die noch an der Installation und Feinabstimmung arbeiteten.

Natürlich mußte Mr. Scott jede einzelne »Verbesserung« – die Anführungszeichen stammten von ihm – mit eigenen Augen überprüfen. Und nun war kein Commodore mit Scharfblick mehr da, der ihm eine Zwangspause verordnen konnte.

Kirk fühlte sich verpflichtet, ihn so häufig wie möglich zu begleiten. Im allgemeinen hatte Kirk nicht viel Geduld im Umgang mit Details. Seine Neigung zum Improvisieren war von seinen Dozenten an der Starfleet-Akademie schon früh festgestellt worden, und nicht mit uneingeschränkter Billigung. Diese Neigung – und Fähigkeit – hatte ihn und den Großteil seiner Crew während fast fünf Jahren galaktischer Erforschung am Leben erhalten. Auch wenn sie bewirkte, daß seine Vorgesetzten sich gelegentlich die Haare rauften.

Doch in einer Hinsicht war Kirk eindeutig detailversessen – und zwar bezüglich der *Enterprise* selbst. Er glaubte daran, sein Schiff so gut wie möglich kennen zu müssen, um sämtliche Möglichkeiten und Schwächen zu einem Teil von ihm selbst zu machen, ähnlich seinem genetischen Kode.

»Brücke an Captain.« Spocks Stimme hallte die Jefferies-Röhre entlang. Es befanden sich natürlich Interkom-Anschlüsse in der Zugangsröhre, aber zufällig war keines in bequemer Reichweite.

Kirk löste den Kommunikator von seinem Gürtel und klappte ihn auf. »Hier Kirk.«

»Kommissarin Wayne erbittet Ihre Anwesenheit auf der Brücke, sobald es Ihnen möglich ist, Sir.«

Kirk runzelte die Stirn. Klang Spocks Stimme noch trockener als sonst? Der stellvertretenden Kommissarin war aus Höflichkeit die Erlaubnis gewährt worden, sich auf der Brücke aufzuhalten – weder Starfleet noch Kirk waren in dieser Hinsicht allzu starrsinnig. Aber er konnte sich nicht vorstellen, wieso sie die Gegenwart des Captains wünschte.

»Ich bin unterwegs, Mr. Spock.« Er klappte den Kommunikator zu. »Nun, Mr. Scott, es sieht so aus, als müßten Sie sich für eine Weile allein um Ihre Geräte kümmern. Ich muß unseren vornehmen Gast bei Laune halten. Denn wenn etwas Ernstes vorgefallen wäre, zum Beispiel ein Angriff der Romulaner, hätte Mr. Spock es bestimmt erwähnt.«

»Unsere schöne Kommissarin scheint nicht genug von Ihrer männlichen Gegenwart zu bekommen, Captain«, sagte Scott. »Mir will das Mädchen nicht mal sagen, wie spät es ist. Schätze, über Geschmack läßt sich nicht streiten.«

»Das reicht jetzt, Mr. Scott«, sagte Kirk scharf und kletterte an den Handgriffen zu dem Gang unter ihm hinab.

»Was für Probleme gibt es?« fragte Kirk, als er auf die Brücke trat.

Kommissarin Wayne stand neben Spock, der im Sessel des Captains saß. Sie hielt den Kopf fast trotzig hoch. Ihr Haar war zu einem straffen Knoten zusammengebunden, der wie Kupferdraht leuchtete. Aufgrund ihrer Körpersprache wirkte sie hochmütig, fast aristokratisch, statt streng. Ihre Haut sah glatt und leuchtend und hart aus, als wäre sie mit einer Glasur oder einer Eisschicht bedeckt. Sie trug eine enge Jacke sowie schwarze und graue Hosen in einem Stil, der zur Zeit innerhalb der VFP-Bürokratie als modisch galt.

Kirk spürte eine gewisse Spannung und brauchte nicht lange, um sie zu lokalisieren. Spock war so unnahbar wie immer. Sulu saß normalerweise in einer Haltung entspannter Wachsamkeit am Navigationspult, gelassen, aber bereit, sofort zu reagieren. Nun hielt er sich jedoch kerzengerade, und sein schlanker Körper war dermaßen angespannt, daß er praktisch vibrierte.

»Captain Kirk«, sagte Wayne und drehte sich zu ihm um, als die Fahrstuhltüren sich zischend hinter ihm schlossen. »Ich muß Sie leider darüber informieren, daß Ihr Mr. Sulu einen schweren Verstoß gegen die Föderationsgesetze begangen hat.«

Kirk blieb stehen und sah von der Zivilistin zu Sulu. Der Steuermann schaute starr nach vorn, auf den Ausschnitt des Sternenhimmels, der über den Hauptbildschirm zu rasen schien. Die Sterne standen immer weiter voneinander entfernt, während das Raumschiff mit mehrfacher Lichtgeschwindigkeit in die äußersten Ausläufer der Galaxis flog.

»Wie lautet die Beschuldigung? Rücksichtsloses Fliegen?«

»Bei dieser Angelegenheit halte ich Scherze für unangebracht, Captain.«

»Na schön.« Kirks Gesichtsausdruck wurde härter. »Wir werden die Sache im Einsatzbesprechungsraum erörtern. Mr. Kyle, Sie haben die Navigationsstation. Mr. Spock, Mr. Sulu, würden Sie mich bitte begleiten.«

»Aye, Captain«, sagte Sulu. Er erhob sich, wobei er weder Wayne noch den Captain ansah. Kyle glitt auf seinen Sitz.

»Kommissarin«, sagte Kirk.

»Wir können die Angelegenheit hier genauso gut besprechen wie ...«

»Sofort.«

»Computer«, sagte Mr. Spock, als sie den Konferenzraum betraten.

»Ich zeichne das Gespräch auf«, sagte der Computer mit einer weiblichen Stimme.

»Das wird nicht nötig sein, Mr. Spock«, sagte Kirk und nahm vor dem dreigeteilten Bildschirm am Kopf des Tisches Platz. Niemand sonst machte Anstalten, sich zu setzen. »Das ist noch keine formelle Anhörung. Computer, zeichne die Vorgänge nicht auf.«

»Bestätigt, Schatz«, sagte der Computer.

Kirk spürte, daß er errötete. Die Augen der Kommissarin schienen grüne Laserstrahlen auf ihn abzuschießen.

»Ich dachte, wir hätten dieses kleine Problem in den Griff bekommen«, sagte er entschuldigend.

»Das ist kein Kriegsgericht?« fragte die Kommissarin mit einem giftigen Lächeln.

»Nein. Noch handelt es sich um ein einfaches Gespräch.«

»Ich dachte, der militärische Geist legte großen Wert auf seine kleinen Formalitäten.«

»Der militärische Geist kennt gern alle Fakten, bevor er etwas unternimmt. Verzeihung, Mr. Spock?«

»Ich habe mich nur geräuspert, Captain.«

Kirk warf ihm einen bösen Blick zu. Der Erste Offizier blieb ungerührt. Kirk wandte sich wieder Wayne zu.

»Was genau werfen Sie Lieutenant Sulu vor, Kommissarin?«

»Ich habe zufällig mitbekommen, wie er sich auf der Brücke unterhielt. Er hat ziemlich offen darüber gesprochen, daß er möglicherweise gefährliche Lebensformen in sein Quartier transportiert hat.«

Kirk hielt den Kopf schräg. »Wirklich, Mr. Sulu? Was genau bewahren Sie in Ihrer Kabine auf? Denebianische Schleimteufel? Ein Mugatu? Tribbles?«

»Nein, Captain. Es ist ein Myzel.«

»Ein was?«

»Ein bewegliches Schleimpilzgeflecht von der Heimatwelt der Gorn. Mr. Hornblower hat es mir geschenkt. Es ist wirklich ein phantastischer Organismus, Captain. Es ist eine Art fleischfressender, gelber und purpurner Teppich. Er kann am Tag bis zu fünfhundert Meter zurücklegen.« Sulu konnte sich für viele Dinge begeistern und schien eine neue Leidenschaft gefunden zu haben. »Das ist praktisch ein Rekord, Sir.«

Kirk betrachtete ihn noch einen Augenblick lang. »Ein Schleimpilz.« Er schüttelte leicht den Kopf.

»Es ist wirklich ein ungewöhnlicher Organismus, Captain, der zahlreiche einzigartigen Eigenschaften aufweist«, fügte Spock hinzu.

»Danke, Mr. Spock. Und Sie haben gehört, wie der Lieutenant darüber gesprochen hat, Kommissarin?«

»Ja, Captain.«

Er atmete tief ein. »Ich sehe nicht ganz ein, wieso ein wandelnder Schleimpilz eine Bedrohung für die Sicherheit der Föderation darstellt. Ganz gleich, wie schnell er sich bewegen kann.«

»Sollte solch ein Organismus auf einer anderen Welt als seinem Heimatplaneten ausgesetzt werden, besteht eine große Gefahr für die Umwelt, Captain«, sagte Spock.

Wayne schüttelte den Kopf. »Ich finde es beunruhigend, daß jemand in Ihrer Position sich einer so grundlegenden Tatsache nicht bewußt ist.«

»Kommissarin, ich bin mir der Gefahr durchaus bewußt. Lieutenant Sulu ebenfalls. Und ich bin sicher, er hat nicht die Absicht, dieses … Exemplar auf irgendeinem Planeten auszusetzen.«

»Aber es besteht immer die Gefahr einer unbeabsichtigten Aussetzung«, sagte Wayne. »Deshalb verbietet das Föderationsgesetz ausdrücklich den Transport solcher Organismen.«

Kirk lehnte sich in dem Sessel zurück und trommelte mit den Fingerspitzen auf die gepolsterte Lehne. »Kommissarin Wayne, Sie stimmen mir sicher zu, daß wir Sie mit einem gehörigen Ausmaß an Komfort zu Ihrem Ziel bringen. Aber das heißt nicht, daß wir ein Kreuzfahrtschiff sind. Und Mr. Sulu ist auch kein unverantwortlicher Tourist, der ein exotisches Fremdwesen auf die Erde schmuggeln will, um es dort als Haustier zu halten.

Die *Enterprise* ist ein Forschungsschiff. Ihre Besatzung besteht aus handverlesenen und ausgebildeten Forschungsspezialisten. Das Sammeln – ja, und auch der Transport – fremder Organismen ist ein wichtiger Bestandteil unserer Mission.«

»Das Gesetz …«, begann Wayne.

»… trifft auf den vorliegenden Fall nicht zu, Kommissarin«, sagte Spock. »Abschnitt fünfhundertvier A, Paragraph drei der Umweltschutzbestimmungen der Föderation sehen eindeutig eine Ausnahme bei Wissenschafts- und Forschungsschiffen und ihren Besatzungen vor.«

Kirk erhob sich. »Glauben Sie mir, Kommissarin, Mr. Sulus Schleimpilz wird kein Ökosystem zerstören. Wir wissen, wie man mit solchen Dingen umgeht.«

Kommissarin Wayne atmete tief aus und senkte den Kopf. Sie schien ein paar Zentimeter kleiner zu werden. »Nun gut. Ich werde die Angelegenheit nicht weiter verfolgen. Mr. Sulu, Sie verstehen hoffentlich, daß es nicht persönlich gemeint war. Ich versuche nur, der Natur und der Föderation gegenüber meine Pflicht zu erfüllen. Manchmal« – das Eis bekam einen Sprung, wenn auch nur einen ganz leichten – »manchmal bin ich etwas übereifrig.«

Sulu warf dem Captain einen Blick zu. »Natürlich, Kommissarin. Das verstehe ich.«

»Das wäre alles, meine Herren«, sagte Kirk.

Die beiden Männer gingen. Wayne wollte ihnen folgen.

»Kommissarin«, sagte Kirk. »Kann ich noch kurz mit Ihnen sprechen?«

»Natürlich.« Nachdem die Tür sich geschlossen hatte, lehnte er sich dagegen. Das wirkte bei der unnachgiebigen Kommissarin etwas unangemessen.

»Mir ist klar, daß Sie Ihren Job erledigen müssen, wie Sie es für richtig halten, genau wie wir alle an Bord«, sagte Kirk. »Aber sollten Sie in Zukunft irgendwelche Beschuldigungen gegen Angehörige meiner Crew vorbringen, würde ich es zu schätzen wissen, wenn Sie sich direkt an mich wenden. Öffentliche Erniedrigung fördert die Moral nicht gerade.«

Die Kommissarin runzelte die Stirn. Kirk begegnete geradeheraus ihrem wütenden Blick.

Ihr Gesichtsausdruck wurde Partikel um Partikel weicher. »Das ist fair.« Sie hielt inne und betrachtete ihn, als hätte sie ihn noch nie richtig angesehen. »Sie sind um Ihre Männer sehr besorgt, nicht wahr?«

Die Frage erstaunte Kirk. Fast unwillkürlich mußte er lächeln. »Das ist meine Aufgabe.«

»Und Sie erfüllen sie sehr gut.«

»Starfleet scheint dieser Auffassung zu sein. Sie lassen mich meinen Job tun. Wenn Sie mich nun entschuldigen würden, Kommissarin, ich muß ein Raumschiff führen.«

4

Mit einem schrillen Schrei sprang Lieutenant Sulu vor und schlug Captain James Kirk mit einem Stock gegen die Schläfe.

Der Steuermann trat zurück. »Sie müssen den Stock auf der linken Seite höher halten, Captain«, sagte er. Seine Stimme wurde von dem Duraplast-Gesichtsschutz seines Helms gedämpft. »Sonst machen Sie es Ihrem Gegner zu einfach, einen Überraschungsschlag zu landen.«

Kirk widerstand dem Drang, seine Schläfe zu reiben. Sein Helm war gründlich gepolstert, ebenso die Hände, Knie und Ellbogen, ganz zu schweigen von seinem Unterleibsschutz. Die Stöcke, einen halben Meter lange Stäbe aus Hartpolymer, waren ebenfalls gepolstert. Doch der Schlag hatte weh getan. Sulu verfügte über eine drahtige Kraft, die angesichts seiner Größe noch überraschender war. »Versuchen wir es noch einmal?«

»Klar, Captain. Vergessen Sie nicht – in vielerlei Hinsicht ähnelt *Escrima* dem Boxen. Alle Kampfsportarten beruhen so ziemlich auf den gleichen Prinzipien.« Sie hatten den Aerobic-Raum für sich allein. Sulus Worte hallten leise wider. »Sie sind ein ziemlich guter Boxer, also müßten Sie den Dreh schnell raushaben.«

Kirk runzelte die Stirn. Ein *ziemlich guter*? dachte er. An der Starfleet-Akademie hatte er immer den zweiten Platz im Mittelgewicht belegt; nur der widerliche Finnegan hatte ihn Jahr für Jahr geschlagen. Sein Peiniger hatte den Abschluß gemacht, als Kirk sein Jahr als Juniorfähnrich beendete. Es wurmte den Captain noch immer, daß er lediglich als Senior, nachdem Finnegan nicht mehr eingreifen konnte, die Meisterschaft hatte gewinnen können.

Er hatte mit dem Boxen nicht weitergemacht. Es war schon schwer genug, Zeit zu finden, um überhaupt in Form zu bleiben, auch wenn Dr. McCoy ständig darauf herumritt. Aber Sulus Worte stachelten seine Eitelkeit an.

Er hob die Stöcke. »Seien auch Sie auf der Hut, Mr. Sulu«, sagte er und holte zu einem schnellen Schlag gegen den Kopf des Steuermanns aus.

Sulu tänzelte zurück, und Kirk war überaus zufrieden darüber, daß seine Parade übereilt wirkte. Er zielte auf Sulus vorstehendes linkes Knie. Der nächste Schlag richtete sich gegen Sulus Kopf. Eine Kampfsportart, bei der zwei Waffen eingesetzt werden, hat gewisse Vorteile, dachte er.

Das galt aber für beide Gegner. Sulu blockte die Schläge mühelos ab und ging zur Offensive über. Plötzlich schien Kirk einem Wirbelwind gegenüberzustehen. Er taumelte zurück und schlug vergebens nach den Stöcken, die nur ein paar Zentimeter vor seinem Gesicht hin und her zischten.

Sulus linker Stock schoß herum und hinab und versetzte Kirks ungeschützten Rippen einen kräftigen Schlag. Als Kirk abblocken wollte, senkte Sulus Rechte sich mit einem von oben geführten Hieb, der direkt zwischen den Augen des Captains landete. Kirk torkelte drei Schritte zurück und setzte sich hart auf die elastische Matte, die den Boden des Sportraums bedeckte.

Sulu stand sofort neben ihm. »Alles in Ordnung, Captain?« Er versuchte, seinem Vorgesetzten auf die Beine zu helfen.

Kirk winkte ab. »Ich kann allein aufstehen, Sulu. Außer meinem Stolz wurde nichts verletzt.«

Er sah, daß der Steuermann versuchte, ein Grinsen

zu unterdrücken. »Ich glaube, das macht Ihnen unangemessen großen Spaß, Mr. Sulu.«

»O nein, Captain«, sagte Sulu etwas zu schnell. »Aber vielleicht sollten wir etwas langsamer vorgehen, bis Sie den Bogen raushaben?«

Kirk schüttelte den Kopf. »Ich lasse mich nicht verhätscheln, Mr. Sulu. Die Feinheiten des Sports können Sie mir später beibringen. Wenn wir schon trainieren, dann auch richtig.«

Ein Schweißrinnsal rann seine Nase hinab. Er nahm den Helm ab. »Aber ich werde mir wohl eine Atempause gönnen.«

Sulu nickte, nahm seinen Helm ebenfalls ab und steckte seine Stöcke unter den Arm. Kirk wandte sich ab, damit der Steuermann nicht sah, daß er behutsam seine Rippen betastete. Er hatte gelogen, als er gesagt hatte, der Schlag habe nicht weh getan. Er hatte den Eindruck gehabt, von einem Pferd getreten worden zu sein.

»Ich dachte, Sie hätten sich ganz dem Fechten gewidmet, Mr. Sulu«, sagte er in leicht klagendem Ton.

»Das ist noch immer meine große Liebe, Captain. Aber ich verbringe nicht meine gesamte Zeit damit. Ich will nicht einrosten.«

Es besteht wohl keine große Gefahr, daß der quecksilbrige Steuermann dieses Schicksal erleidet, dachte Kirk, während er zum Wasserspender ging und einen Schluck trank. Sulu folgte ihm.

»Eigentlich arbeite ich mich durch sämtliche Kampfsportarten«, sagte Sulu. »Ich habe den Tanzkampf vom Orion studiert, der dem brasilianischen *Capoeira* ähnelt. Davor habe ich mich im tellaritischen *Dag-Jumag* geübt. Aber um den richtig hinzukriegen, muß jemand von der Größe eines Menschen auf den Knien üben, was ziemlich ermüdend wird. *Escrima* macht viel Spaß. Und ist sehr praktisch. Haben Sie gewußt, daß Ferdinand Magellan von einem *Escrimador* mit Rattanstöcken getötet wurde?«

»Ich muß sagen, das kommt mir nicht sehr beruhigend vor«, erwiderte Kirk, während der andere sich bückte, um zu trinken, »wenn man bedenkt, daß ich in derselben Branche tätig bin wie Magellan.«

»Nach allem, was ich gehört habe, ist es aber viel angenehmer, für Sie zu arbeiten«, sagte Sulu grinsend.

Kommissarin Wayne kam in den Übungsraum; sie trug einen rosa Turnanzug, weiße Trikothosen und ein geflochtenes Stirnband, das verhinderte, daß der Schweiß, der ihr auf der Stirn stand, in die Augen tropfte. Offensichtlich hatte sie an den Maschinen gearbeitet, die im Nebenraum standen.

»Oh, Captain«, sagte sie. »Ich habe Stimmen gehört – ich hoffe, ich störe Sie nicht.«

»Keineswegs«, sagte Kirk und wischte sich mit einem Handtuch das Gesicht ab. »Mr. Sulu hat mich gerade in den Feinheiten des philippinischen Stockkampfs unterwiesen.«

»Äh, Captain – wenn Sie nichts dagegen haben, gehe ich jetzt besser. Mein Dienst fängt bald an.«

»Natürlich, Sulu. Und danke für die Trainingsstunde.«

»Gern geschehen«, murmelte der Steuermann. Er nickte der Kommissarin zu, ohne sie anzusehen, und schlich hinaus.

Sie sah ihm mit verwirrtem Ausdruck nach. »Er scheint sich unbehaglich zu fühlen. Warum ist er so schnell gegangen?«

»Können Sie sich das nicht denken?« fragte Kirk überrascht. »Sie haben ihn eines ernsten Vergehens beschuldigt, Kommissarin. Eines, das eine harte Strafe nach sich zieht.«

Nun schaute sie überrascht drein. »Aber ich habe doch nur meine Pflicht getan!«

Kirk zuckte mit den Achseln. Für eine offensichtlich intelligente Frau, die es in der Föderationsbürokratie weit gebracht hatte, wiesen ihre Kenntnisse über Menschenführung verblüffende Lücken auf.

Wayne betrachtete den Helm, die Stöcke und Stulpenhandschuhe, die Kirk gegen die Wand gelehnt hatte. »Sind Sie ein Kampfsportler, Captain?«

»Nein. Eigentlich nicht. Ich versuche, so geschmeidig zu bleiben, daß ich auf fremden neuen Welten überleben kann.«

Sie lachte. »Ach ja. Landegruppe Kirk. Hat sich nie damit begnügt, auf der Brücke zu bleiben, während andere in die Gefahr hinabbeamen.«

»Sie scheinen viel über mich zu wissen«, sagte Kirk leicht gereizt.

»Ist das so überraschend, Captain? Sie sind in den letzten fünf Jahren zu einer Art Legende in der Föderation geworden.« Sie warf ihm von der Seite einen Blick zu, halb verschlagen, halb schüchtern. »Hätten Sie Interesse an einer Übungsstunde mit mir? Oder sparren Sie nicht mit Frauen?«

Er rieb sich die schmerzenden Rippen. »Ich habe einen unfairen Gewichtsvorteil«, sagte er. »Ich bin um einiges schwerer als Sie.«

»Aber ich bin auch nicht gerade klein. Und ich kann durchaus auf mich aufpassen. Mein Vater hat darauf bestanden, daß ich es lerne.«

Kirk betrachtete sie taxierend – was er bislang eigentlich noch gar nicht getan hatte, wie ihm nun klar wurde. Er mußte sich eingestehen, daß sein Rang ihn daran gehindert hatte, sich mit ihr so gründlich zu befassen, wie er es bei einer anderen Frau vielleicht getan hätte.

Er wußte, daß sie groß und nicht übergewichtig war. Die funktionelle Kleidung, die sie bevorzugte, verbarg diese Tatsachen nicht, lenkte aber auch keine Aufmerksamkeit auf bestimmte Körperstellen. Nun sah er, daß ihr eine langgliedrige und vor allem langbeinige Geschmeidigkeit zu eigen war und sie eine Figur hatte, die keinesfalls übermäßig gepolstert, aber trotzdem völlig feminin war. Sie bewegte sich mit der Anmut einer Tänzerin und bewahrte ausgezeichnet das Gleichgewicht.

Er zeigte auf die *Escrima*-Stäbe. »Kämpfen Sie auch mit Stöcken?«

Sie schüttelte den Kopf. »Mit bloßen Händen.«

Er zuckte mit den Achseln. Sie traten auf die Matte und nahmen einander gegenüber Aufstellung. »Irgendwelche Regeln?« fragte sie.

»Richten Sie keine Schäden an, die mein Schiffsarzt nicht in Ordnung bringen kann.«

»Das klingt fair.«

Sie umkreiste ihn entgegen dem Uhrzeigersinn. Er ging in die Hocke, hob die Hände und drehte sich, um sie ständig im Auge zu behalten. Nach einer halben Minute wurde ihm klar, sie wartete darauf, daß er einen Angriff einleitete. Er tat ihr den Gefallen und machte einen etwas schwerfälligen Satz vorwärts.

Sie ergriff seine Hand, wandte sich von ihm ab und stellte sich quer. Er flog über ihre Schulter und landete mit einem hallenden Knall flach auf dem Rücken. Sämtliche Luft wurde aus seinen Lungen getrieben.

Sie stand über ihm. »Es tut mir leid«, sagte sie. »Ich habe gedacht, Sie wüßten, wie man sich abrollt und landet.«

»Das … weiß ich auch«, sagte er. Er kam sich vor, als würde er in mehreren Einzelteilen dort liegen, und es dauerte eine Weile, bis er sich selbst aufgesammelt hatte. »Sie haben mich nur überrascht.«

Sie grinste ihn an. »Versuchen Sie es noch mal. Als würden Sie es diesmal ernst meinen.«

Wenn du unbedingt willst. Er versuchte, mit einem rechten Schwinger ihre Schläfe zu treffen. Die Hand ließ er allerdings geöffnet; er wollte sie nicht mit der Faust schlagen. Außerdem hätte er sich dabei wahrscheinlich nur die Knöchel aufgerissen.

Sie riß den linken Arm hoch und blockte ihn mit der Elle ab. Dann trat sie an ihn heran, setzte das rechte Bein und die Hüfte hinter ihn und trieb mit einem Hüftschwung den rechten Handballen gegen sein Brustbein.

Kirk machte einen Satz nach hinten. Diesmal zog er die Schulter ein, rollte sich vernünftig ab und nahm dem Aufprall so einen großen Teil der Wucht.

»Sehr gute Landung«, sagte sie, als er sich wieder aufrappelte.

»Sie sind auch nicht schlecht«, sagte er trocken.

Sie lachte. »Ich wurde in Aikido und Judo ausgebildet. Meine Prämisse ist es, niemandem unnötigen Schaden zuzufügen. Nicht mal einem Angreifer.«

»Also sind Sie Pazifistin«, sagte er und massierte sein Brustbein.

»Nicht ganz«, sagte sie, »aber fast.«

Er machte einen Satz, versuchte sie zu packen und zu Boden zu werfen. Sie ergriff sein rechtes Handgelenk, und er fand sich erneut in der Luft wieder. Diesmal blieb ihm keine Zeit zum Abrollen; er landete hart und flach auf dem Bauch.

Doch statt benommen liegen zu bleiben, drehte er sich auf die Seite und riß der Kommissarin mit einem Scherentritt die Beine weg. Nun stürzte sie schwer und rang nach Luft. Bevor sie sich erholen konnte, lag er halb über ihr und drückte ihre Handgelenke auf die Matte.

»Also sind Sie doch kein militärischer Betonschädel«, keuchte sie, als sie wieder atmen konnte, »der seinen überwältigenden männlichen Chauvinismus als Ritterlichkeit tarnt.«

Für diese kleine Rede bewunderte er sie unwillkürlich. »Vielleicht bin ich das doch«, sagte er und stemmte sich hoch. »Aber ich verliere auch nicht gern.«

Er streckte eine Hand aus, um ihr hochzuhelfen. Sie kniff die Augen zusammen, und die Kraft ihres Blicks ließ ihn auf seinen Fersen schwanken. Dann ergriff sie seine Hand und ließ sich von ihm hochziehen.

Einen Augenblick lang berührten sich ihre Körper, und sie standen Nase an Nase. Wayne schaute mit einem Ausdruck, den er nicht deuten konnte, in seine Augen. Es schien sich fast um Verwunderung zu handeln.

Einen Herzschlag, bevor er nach ihr griff, drehte sie sich mit einer Pirouette von ihm weg. »Ich möchte Sie nicht länger von Ihrer Brücke fernhalten, Captain.«

Er atmete ermattet aus. »Sie haben recht, Kommissarin. Die Pflicht ruft.«

In ihren jeweiligen Umkleideräumen duschten sie und zogen sich an. Im Vorraum des Sportkomplexes trafen sie sich dann. »Möchten Sie mich zur Brücke begleiten, Captain?« fragte sie.

Kirk lag die Bemerkung auf der Zunge, wieso *sie* unbedingt auf die Brücke wollte. Sie mochte zwar den unbewaffneten Nahkampf beherrschen und war auch eine hochrangige Zivilangestellte, doch er wußte nur allzu gut, daß solche Beamten ihre Eigenheiten hatten. Selbst wenn es sich zufällig um ausgesprochen stattliche Frauen handelte.

»Mit Vergnügen«, sagte er und bedeutete ihr, voraus zu gehen.

Dr. McCoy kam auf sie zu; er hatte gerade den Turbolift verlassen. »Ich bin Sulu über den Weg gelaufen«, sagte der Arzt, und sein rundes Gesicht wirkte vor Besorgnis ganz zerknittert. »Soll ich Schwester Chapel mit einer Antigravtrage für dich kommen lassen?«

»Sehr komisch, Pille.«

»Ich bin nur ein alter Landarzt«, sagte McCoy, »also schenke mir nicht mehr Beachtung, als du es normalerweise tust. Aber wenn du schon nicht damit aufhören willst, dich auf der Oberfläche jedes feindlichen Planeten herumzutreiben, den wir umkreisen, hör der Sicherheit deines Schiffes halber wenigstens damit auf, dich im Übungsraum in Stücke hauen zu lassen.«

»Gesunde Körperertüchtigung schadet ihm viel weniger, als wenn er im Sessel des Captains hockt und nur Fett ansetzt«, sagte Wayne. »Das sollten Sie doch wissen, Doktor – falls Ihre medizinischen Vorstellungen nicht genauso antiquiert sind wie Ihre affektierten Sprachmuster.«

Der Arzt erstarrte. »Zu meinen *antiquierten* Vorstellungen gehören auch gewisse Ansichten, wie ein Gentleman sich einer Lady gegenüber zu verhalten hat«, sagte er. »Aber andererseits …«

Kirk hob beide Hände. »Pille. Kommissarin Wayne. Friede. Dr. McCoy und ich sind alte Freunde, Kommissarin. Wir gehen schon seit Jahren so miteinander um und sind beide zu alt, um damit aufzuhören.«

»Sprich gefälligst nur für dich selbst, Captain«, sagte McCoy.

»Halten Sie es für angemessen, daß ein Untergebener so mit Ihnen umspringt?« fragte Wayne. Sie schien ehrlich verblüfft zu sein.

»Ja.«

Die Blicke von McCoys blauen Augen bohrten sich in die ihren. »Hielten Sie es für angemessener, wenn wir einen tausend Seiten dicken Wälzer mit Vorschriften für einen Starfleet-Captain hätten? Unsere Leute sind doch keine Romulaner.«

»Vielleicht wäre die Föderation besser dran, wenn sie es wären«, sagte Wayne. »Unsere Bürger sind undiszipliniert und maßlos.«

»Ich dachte, Sie wären die große Antimilitaristin, Kommissarin«, sagte McCoy. »Warum sind Sie plötzlich so auf Disziplin versessen?«

»Disziplin ist kein Synonym für militärische Geisteshaltung, Doktor. Trotz aller Bemühungen der Föderationsregierung, eine den Umweltbedingungen angepaßte Lebensweise durchzusetzen, bleibt die Tatsache bestehen ...«

»Ich finde diese Debatte überaus faszinierend«, sagte Kirk. »Aber leider wartet Arbeit auf mich. Würden Sie mich bitte entschuldigen?«

»Ich bin in der Krankenstation«, sagte der Arzt und warf Wayne einen Blick voller Abneigung zu, »und pfusche mit meinen Pferdespritzen herum.«

Er stolzierte davon. »Ein seltsamer Mann«, sagte Wayne. »Und ein zorniger.«

»Er gibt sich nur gern aufbrausend. Das gehört zu seinem Selbstbild.«

Die Kommissarin warf ihm einen skeptischen Blick zu. Er spielte mit dem Gedanken, ihr klipp und klar zu sagen, daß sie sich seines Erachtens gar nicht so sehr von McCoy unterschied. Dann überlegte er es sich anders.

Sie gingen zum Turbolift. Die Besatzungsmitglieder, denen sie begegneten, nickten dem Captain lächelnd zu. Kirk erwiderte die Grüße.

»Ihre Leute scheinen Sie zu mögen, Captain«, sagte Wayne im Lift.

Kirk zuckte mit den Achseln. »Ich versuche eben, sie anständig zu behandeln.«

»Sie verlangen nicht von ihnen, daß sie salutieren?«

Kirk lachte. »Verzeihen Sie, Kommissarin. Ich will nicht unhöflich sein, aber ich muß sagen, Sie scheinen zwar eine Menge über mich persönlich zu wissen, doch Ihre Kenntnisse über Starfleet weisen einige Lücken auf.«

»Sie haben recht. Ihre Kontakte mit Xenoformen fallen in den Zuständigkeitsbereich der Kommission, das Starfleet-Protokoll nicht.«

Sie betrachtete ihn aus niedergeschlagenen Augen. »Captain, wir werden unter Umständen, die sich zweifellos als sehr schwierig erweisen werden, sehr eng zusammenarbeiten müssen. Ich kenne Ihr Dossier gut, *Sie* eigentlich aber gar nicht. Es wäre angemessen, wenn wir beide uns besser kennenlernen. Vielleicht sollten wir gemeinsam zu Abend essen.«

»Eine ausgezeichnete Idee. Mein Quartier«, fügte er hinzu, ohne großartig nachzudenken, »um zwanzig Uhr?«

Kommissarin Wayne betrachtete ihn mit Augen, die wie Glassplitter wirkten, auf denen sich Sonnenlicht spiegelte. Er erstarrte und dachte verspätet an die Konsequenzen, die sich ergeben könnten, sollte die empfindliche Kommissarin seine Einladung mißverstehen. Er war kein Karrieremacher, doch er mochte seinen Beruf.

Sie lächelte. Es ließ sie wie eine ganz andere Person erscheinen.

»Es wäre mir eine Ehre, Captain. Ich würde Ihnen gern beweisen, daß ich nicht ganz die Menschenfresserin bin, die ich manchmal zu sein scheine.«

5

»Ich hoffe, unsere Küche entspricht dem Niveau, das Sie gewohnt sind, Kommissarin«, sagte Kirk.

»Am Essen interessiert mich hauptsächlich, daß es nahrhaft und ausgewogen ist, Captain.«

»Ich ... verstehe. Noch einen Schluck Wein?«

Eine Pause, ein zögerndes Lächeln. »Ja, bitte.«

Kirk schenkte nach und hoffte, die Geste würde sie von seinem Gesichtsausdruck ablenken. Er war durchaus erfahren im Umgang mit Föderationsbürokraten, ganz zu schweigen von Frauen. Aber es fiel ihm verdammt schwer, ihre Signale zu deuten.

Moriah Wayne nippte an dem Wein. Zu seiner Überraschung war sie in einem schlichten Kleid aus einem dunklen, schimmernden grauen Stoff erschienen, das ihre Arme unbedeckt ließ und die Farbe und Klarheit ihrer Augen unterstrich. Sie trug ihr Haar am Scheitel hochgesteckt – wenigstens ein nicht ganz so strenger Knoten wie sonst.

»Wie ich sehe, umgeben Sie sich mit maritimen Antiquitäten«, sagte sie. Kirks Quartier war zwar geräumig, aber alles andere als luxuriös. Die wichtigsten Dekoration waren jene Relikte, auf die sie sich bezogen hatte – das hölzerne Steuerrad eines uralten Segelschiffs, eine Schiffsglocke, das Modell eines Dreimasters unter vollen Segeln. »Sie haben mich auf Starbase Dreiundzwanzig gefragt, ob ich das Meer liebe. Ich könnte Ihnen die gleiche Frage stellen.«

Kirk war das Essen *nicht* gleichgültig. Das heutige

Gericht – Tournedos vom Rind mit Spargelspitzen und gedünstetem andorianische *Taqq* – war sogar für das normalerweise ausgezeichnete Niveau der *Enterprise* herausragend. Er aß mit seinem üblichen Appetit und genoß die Mahlzeit.

»Ich liebe das Meer«, sagte er zwischen zwei Bissen. »Aber meine erste Liebe ist die Erforschung des Weltraums. Schauen Sie sich um, und Sie sehen auch ein Modell des ursprünglichen Lunar Excursion Module und des ersten bemannten Raumschiffs.«

»Männer und ihr Spielzeug«, sagte sie, lächelte und schüttelte den Kopf. Sie lehnte sich langsam auf ihrem Stuhl zurück. »Ich dachte, Ihre erste Liebe sei die *Enterprise*.«

Ein Achselzucken und ein Lachen. »Vielleicht bin ich treulos.«

Er beugte sich vor, hob beide Hände – und versuchte, nicht an die von McCoy häufig vorgebrachte Bemerkung zu denken, Kirk wäre stumm, wenn man ihm die Hände auf den Rücken fesselte.

»Ich komme aus Iowa, bin ein Junge vom Lande, der schon in seiner Jugend die Sterne liebte. Ich *wollte* zu ihnen fliegen. Es gab so viel im Universum zu sehen, so viel zu lernen, zu tun.« Er lehnte sich zurück und grinste. »Die *Enterprise* gibt mir die Sterne. Also bin ich vielleicht doch nicht treulos.«

»Aber lieben Sie den Zweck – oder das Mittel?«

Kirk schaute in sein Weinglas. Dann lachte er. »Ich fürchte, ich bin im Augenblick nicht auf eine so tiefgründige Untersuchung vorbereitet. Und ich führe das Gespräch fast allein.«

»Nun ja ...« Sie hatte ihren Teller zur Seite geschoben und die Hand um das Weinglas auf dem Tisch gelegt, drehte den Stiel langsam mit den Fingern. »Ich bin ein Großstadtmädchen. Ich wurde auf Jotunheim geboren.«

»Der Industriewelt?«

Sie nickte. »Eine große Metallkugel, die eine trübe rote Sonne umkreist.«

Das erklärte, warum sie ihm bei ihrer Trainingseinheit so große Probleme bereitet hatte. Die Schwerkraft von Jotunheim war über zehn Prozent höher als die der Erde. Dadurch waren ihre Muskeln proportional härter geworden, als es bei einer Frau auf der Erde der Fall gewesen wäre.

»In den Kuppeln aufzuwachsen ... ich habe es buchstäblich gehaßt. Man kam sich vor, als würde man in einem Terrarium leben. Ich habe mich in meiner Jugend nach der Wärme ungefilterten Sonnenlichts auf meinem Gesicht gesehnt, nach dem Wind in meinem Haar, dem Gefühl von Gras unter meinen Füßen. Nach Luft, die nicht nach Millionen anderer Menschen roch, nach ihrem Atem und ihrem Schweiß. Die Recycler und die Hydroponikkästen haben es nie geschafft, daß die Luft frisch roch ...«

Ihre Stimme wurde leiser. Eine Haarsträhne hatte sich gelöst und hing neben ihrem Gesicht hinab, leuchtete wie poliertes Metall. Sie wirkte dadurch verletzbar – und wunderschön.

Ihre Erinnerungen ließen ihn an etwas denken, was McCoy gesagt hatte. »Jotunheim – sind Sie mit Ratsmitglied Wayne verwandt?«

Ein trauriges Lächeln. »Er war mein Vater.«

»Ah ja.« Cornelius Wayne hatte zwanzig Jahre lang für Jotunheim im Föderationsrat gesessen. Er war ein bekannter Gegner von Starfleet gewesen und hatte die Befürchtung gehegt, die Organisation könne eine Militärdiktatur begründen. Eine Menge älterer Starfleet-Offiziere sprachen über ihn mit der Zuneigung, die sie normalerweise nur Orion-Piraten, Klingonen und dem spontanen Verfall von Dilithiumkristallen entgegenbrachten. Kirk trug ihm eigentlich nichts nach; der Mann war, kurz bevor Kirk auf die Starfleet-Akademie ging, an einem Gehirnaneurysma gestorben.

»Mein Vater starb, als ich noch in der Pubertät war«, sagte Moriah. »Ich ... ich war wohl eine Weile wütend auf ihn, weil er mich im Stich gelassen hatte. Er war in vielerlei Hinsicht ein strenger Mann – es war nicht einfach, mit ihm zurechtzukommen. Verstehen Sie mich nicht falsch, er war nicht ausfallend – nichts dergleichen, nie. Wirklich nicht. Er war nur ... anstrengend.

Kurz nach seinem Tod ging ich auf die Erde, um dort zu studieren. Er wollte, daß ich nach Harvard ging – dort hatte er auch studiert –, Rechtsanwältin wurde und direkt in die Verwaltung ging ... wie er es getan hatte.«

Sie schien Kirks Kinnspitze zu mustern. Aber ihre Augen waren auf einen Punkt dahinter gerichtet, der Jahre und Lichtjahre entfernt war. »Statt dessen ging ich auf die Universität von Oceania und habe Umweltwissenschaften studiert. Ich wußte, was ich als Kind in meinem Leben vermißt hatte – die Nähe zur Natur. Wir Menschen haben uns im Freien entwickelt, Captain ...«

»Jim«, sagte er und trank einen Schluck. »Bitte.«

Eine winzige Pause. »Jim. Wir Menschen haben Millionen von Jahren in den afrikanischen Savannen verbracht. Erst seit etwa sechstausend Jahren leben wir in Städten. Das ist nicht sehr lange, um sich an eine völlig künstliche Umgebung anzupassen – an ein Leben in Räumen, unter Glas.«

Spock hätte wahrscheinlich mit einem spitzfindigen Argument geantwortet, darauf hingewiesen, daß das Leben auf allen Welten – einschließlich der Erde – dazu neigte, sich sehr schnell an Veränderungen der Umgebung anzupassen, falls es sich überhaupt anpaßte. Wenn nicht, starb es.

Aber Spock war nicht hier. »Ich bin Ihrer Meinung«, sagte Kirk.

»Ich wollte Ökologin werden, um vor die Tür zu kommen. Und ich habe mir wirklich Sorgen um die Umwelt gemacht. Wenn ich sehen wollte, was auf dem

Spiel stand, mußte ich mir nur meine Heimatwelt anschauen.«

Sie hob ihr Glas. »Wären Sie so nett?«

»Mit Vergnügen.« Kirk schenkte nach.

»Ich weiß, die Föderation hat die uneingeschränkte Ausbeutung Jotunheims aus bestimmten Gründen genehmigt ... keine Atmosphäre, kein Leben, keine schützenswerte Umwelt. Aber die Industriekomplexe, die Minen, die wie Wunden klafften ... sie waren *häßlich.*«

»Aber die Föderation achtet sehr auf den Umweltschutz *lebenstragender* Planeten«, sagte Kirk.

»Bis zu einem gewissen Ausmaß.« Sie zuckte mit den Achseln. »Ich wollte *mehr* tun. Deshalb habe ich diese Universität und dieses Hauptfach gewählt.«

Kirk hatte seine Mahlzeit beendet. Er saß ganz bequem da und schaute sie an. Das fiel ihm ganz leicht.

»War das der einzige Grund?« fragte er nach einer Weile.

Sie schlug die Augen nieder. *Bilde ich es mir nur ein, oder errötet sie tatsächlich?*

»Na schön.« Sie hob abrupt das Gesicht. Rote Flecke brannten auf den vortretenden Wangenknochen, und ihre Augen wirkten hitzig. »Sie haben recht. Ich habe mich gegen meinen toten Vater aufgelehnt – die Rebellion, zu der ich nie den Mut fand, als er noch lebte. Fühlen Sie sich jetzt männlicher, nachdem es Ihnen gelungen ist, mich auf so billige Weise als dumm hinzustellen?«

Er hob die Hände. »Ein Waffenstillstand. Bitte.«

Er verspürte einen Anflug von Schuld. Diese Spitze über Männer und Spielzeug hatte gesessen; er hatte sehen wollen, ob er Waynes Fassade erschüttern konnte. Doch allmählich wurde ihm klar, daß – wie Pille es auf seine drollige Weise ausgedrückt hätte – die Sache nicht der Mühe wert war.

»Ich gestehe ein, ich wollte Sie reizen. Bitte akzeptieren Sie meine Entschuldigung. Es war unangemessen.«

»Nein, nein. Bitte.« Sie griff über den Tisch, nahm seine Hand und drückte sie. Dann zog sie die Hand wieder zurück, als befürchtete sie, gebissen zu werden. »Ich reagiere nicht immer richtig. Es war meine Schuld. Ich weiß, ich kann nicht gut mit Leuten umgehen. Als ich jung war, bin ich nicht viel ausgegangen. Ich habe immer – Sie wissen schon – gelernt und trainiert.«

Ein mattes Lächeln. »Mein Vater hatte hohe Erwartungen an mich. Ich war sein einziges Kind. Und schließlich war es ja ein Zeichen seiner Wertschätzung, daß er sich immer nur zufrieden gab, wenn ich mein Bestes tat.«

»Ich … äh … glaube schon.« Kirk stand auf, ging zu der Wand mit seinem Modell der Old Ironsides und drückte auf einen Knopf. Ein Paneel glitt auf und enthüllte eine Flasche aus braunem Glas und mit breitem Boden. Der Hals war lang und seltsam geschwungen.

»Möchten Sie mal einen saurianischen Brandy probieren? Ich habe diese Flasche für eine ganz besondere Gelegenheit aufbewahrt. Wenn die Anwesenheit einer so illustren Person an Bord kein Grund ist, weiß ich nicht, was einer wäre.«

»Es würde mich freuen.«

Sie erhob sich. Auf eine gesprochene Anweisung Kirks hin zog der Tisch sich mitsamt dem schmutzigen Geschirr in die Wand zurück. Kirk öffnete die Flasche und goß eine winzige Menge der bernsteinfarbenen Flüssigkeit in zwei Kognakschwenker.

»Ich bin nicht knauserig«, sagte er, als er ihr einen der Schwenker brachte. »Das Zeug ist so stark wie Quecksilberfulminat und sollte genauso behandelt werden – vorsichtig.«

»Ach, ich weiß. Ich hab ihn schon mal probiert.«

»Ja, das hätte ich mir denken können.«

Kirk setzte sich der Kommissarin gegenüber in einen Sessel. Er hob sein Glas und bewunderte das Spiel des

Lichts, das in den Tiefen der Flüssigkeit einen schwachgoldenen Glanz schuf. »Worauf sollen wir trinken?«

Sie beugte sich vor. »Auf den Erfolg.«

»Darauf trinke ich immer«, sagte Kirk. Sie tranken, genossen den Geschmack und hingen wieder ihren Gedanken nach.

Nach einer Weile hob Wayne den Kopf und sah ihn an. Als ihre Blicke sich trafen, war es fast wie ein Schock. Sie hielten den Blickkontakt etwa ein halbes Dutzend Herzschläge lang, die sehr laut in James T. Kirks Ohren zu hallen schienen.

Sie erhob sich und ging zu ihm. Sie blieb vor ihm stehen und streckte die Hände aus.

Er ergriff sie und stand auf. »Ich muß gehen«, sagte sie. »Ich danke Ihnen für einen wirklich wunderbaren Abend.«

Er spürte, wie die Wärme ihres Körpers wie eine Brandung über die Vorderseite des seinen spülte. »Es war mir ein Vergnügen«, sagte er.

Sie schwankte, neigte sich ihm zu. Instinktiv legte er einen Arm um ihren Nacken. Sie legte den Kopf zurück, die Augen fast geschlossen, die Lippen geöffnet.

Er küßte sie.

Ihr Körper schien gegen den seinen zu fließen, wie Wasser, das auf Wasser traf. Ihr Mund öffnete sich unter dem seinen. Ihre Zunge huschte um die seine, zuerst zögernd, dann drängte sie sich förmlich dagegen.

Dann riß sie die Augen auf und verdrehte sie; wie die eines in der Falle sitzenden Tiers. Ihre Rückenmuskeln verwandelten sich unter seinen Händen in aufgerollten Draht. Sie entwand sich seinem Griff, als zerrisse sie Fesseln, starrte ihn mit wildem Blick an und stürmte hinaus.

Zwei Tage später erreichten sie das Sonnensystem von Joan-Maries Stern.

6

»Joan-Maries Stern«, sagte Spock und beugte sich vor, so daß das Licht der Bildschirme der wissenschaftlichen Station auf sein Gesicht fiel. »Allgemeine Kartographienummer Eins Strich eins-eins-zwei-drei Strich fünf-drei-sieben. Spektralklassifikation F0, gelbweiß, Durchmesser eins Komma sieben-zwei mal zehn hoch sechs Kilometer, Masse eins Komma neun-zwei Sol, Helligkeit neun Komma acht-null Sol. Oberflächentemperatur siebentausendfünfhundert Grad Celsius.«

Er richtete sich auf und betrachtete das Bild des Sterns, das auf dem Hauptschirm loderte. »Es ist ziemlich ungewöhnlich, daß eine so heiße Sonne bewohnbare Planeten hat, Captain.«

»Ich habe den Eindruck, Mr. Spock, daß wir auf dieser Mission überhaupt nur sehr wenig begegnen, das gewöhnlich ist. Mr. Sulu, gehen Sie auf halbe Impulskraft.«

Die Tür des Turbolifts öffnete sich zischend. Moriah Wayne trat auf die Brücke. Sie war heute in ernstes Blau und Schwarz gekleidet.

Sie erwiderte Kirks Gruß mit einem höflichen Nikken. Er hielt angestrengt nach mehr als Höflichkeit in den glasgrünen Augen Ausschau, doch falls es vorhanden war, entging es ihm. Sie war ihm in den letzten paar Tagen konsequent ausgewichen.

Er zuckte mit den Achseln. Er hatte mehr als genug zu tun gehabt, mit Scott die Umbauten der *Enterprise* überwacht, die Techniker beaufsichtigt, die weiterhin auf seinem Schiff arbeiteten. Mehr noch, er hatte sich bis an den Rand der Erschöpfung getrieben. Er hatte im Augenblick wichtigere Dinge im Kopf als ein zweideutiges Treffen mit Moriah Wayne.

»Der Stern verfügt über eine Oortsche Wolke aus Kometen und sieben Planeten«, fuhr der Wissenschaftsoffizier fort. »Die beiden äußeren sind Gasriesen. Unser Ziel ist der fünfte Planet, vom Primärstern aus.«

»Mr. Sulu«, sagte Kirk, »können Sie uns Okeanos zeigen?«

»Aye, Sir.« Er betätigte ein paar Schalter auf seiner Konsole. Eine wolkenverhangene Scheibe dehnte sich auf dem Bildschirm aus, bis sie ihn vollständig bedeckte.

An der Navigatorstation stieß Chekov einen leisen Pfiff aus. »Sehen Sie sich dieses Sturmsystem in der nördlichen Hemisphäre an!«

»Eigentlich, Mr. Chekov, unterscheidet es sich kaum von dem Sturmsystem, das in der südlichen Hemisphäre zu sehen ist«, sagte Spock.

Er nahm seinen Bericht wieder auf. »Okeanos umkreist den Mutterstern in einer Entfernung von drei Komma eins-drei astronomischen Einheiten, innerhalb eines Zeitraums von drei Komma neun-neun-sechs Standardjahren ...«

Die Tür des Turbolifts öffnete sich erneut, und diesmal trat Dr. McCoy heraus. »Das ist also unser Ziel«, sagte er und betrachtete den Bildschirm. »Hoffentlich habe ich Spocks Vorlesung nicht verpaßt. Einen klassischeren Fall von Numerolalie werde ich wohl nicht mehr zu sehen bekommen.«

»Diese zwanghafte Besessenheit von Zahlen, auf die Ihr sperriger Neologismus sich wohl bezieht, ist kein von der Psychiaterkammer der Föderation anerkanntes Syndrom, Doktor.«

»Das wird es aber sein, Spock, sobald ich meinen Artikel über Sie veröffentlicht habe.« Er deutete auf den

Bildschirm. »Machen Sie weiter, machen Sie weiter. Die Wissenschaft wartet.«

»Der Planet hat einen Durchmesser von zwölftausendsiebenhundertfünfundsiebzig Kilometern und eine Schwerkraft von eins Komma zwei g. Seine Rotationsperiode beträgt fünfundfünfzigtausendneunhundertundfünf Sekunden. Stellt Sie das zufrieden, Doktor?«

Sulu pfiff leise. »Fünfzehneinhalb Stunden.«

»Fünfzehn Stunden, einunddreißig Minuten und fünfundvierzig Sekunden«, sagte Spock.

»Ist er nicht wunderschön?« sagte McCoy.

»Man ist ja kaum im Bett, dann muß man schon wieder aufstehen«, sagte Sulu.

»Ich glaube, die Qualität des Tageslichts gleicht wieder aus, was an Quantität fehlt«, sagte Kirk trocken.

»In der Tat, Captain«, stimmte Spock ihm zu. »Während Okeanos fast genau die gleiche Bestrahlungsdosis abbekommt wie die Erde, besteht ein viel höherer Prozentsatz davon aus ultraviolettem Licht.«

»Wir dürfen nicht vergessen, Sonnenschutzmittel aufzutragen«, sagte Kirk.

»Die Atmosphäre besteht zu achtundsiebzig Prozent aus Stickstoff, zu zwanzig Prozent aus Sauerstoff und zu zwei Prozent aus Argon, dazu Spuren von Kohlendioxid und Wasser. Schwefelverbindungen finden sich in Konzentrationen von lästig bis gefährlich, je nachdem, ob in der Nähe vulkanischen Aktivitäten auftreten.«

»Zwanzig Prozent Sauerstoff sind für einen Menschen ziemlich wenig«, sagte McCoy zweifelnd.

»Eine größere atmosphärische Dichte als die der Erde bringt den Sauerstoffgehalt in einen Bereich, der für Menschen behaglich ist.«

»Ich habe nicht den Eindruck, daß man im Zusammenhang mit diesem Planeten überhaupt von *behaglich* sprechen kann, Spock.«

»Leider nicht, Doktor. Doch ich gehe davon aus, daß ich das Klima überaus angenehm finden werde. Die durchschnittliche Tagestemperatur beträgt auf dreißig Grad Breite dreihundertundelf Grad.«

Wayne hatte gespannt auf den Bildschirm geschaut. Dieser Wert riß sie aus ihrer Träumerei. »Dreihundert Grad? Mein Gott, das ist ja fast so heiß wie auf der Venus. Wie kann es da flüssiges Wasser geben?«

»Mr. Spock benutzt die absolute Skala«, sagte Kirk mit einem Blick auf seinen Wissenschaftsoffizier. »Er meint achtunddreißig Grad Celsius.«

»Was noch immer ziemlich warm ist«, sagte McCoy. »Das erinnert mich an eine Geschichte von zu Hause. Ein Gentleman aus dem Süden hat einmal gesagt, würde er zufällig in den Besitz von Texas und der Hölle gelangen, würde er Texas vermieten und in der Hölle wohnen.« Er zeigte auf den Bildschirm. »Offensichtlich hat er nie von dieser Welt gehört.«

»Offensichtlich, Doktor, da dieses Zitat aus der Zeit vor dem ersten irdischen Raumflug stammt.«

Wayne machte eine gereizte Geste. »Ihre Zahlen sind einfach nur das – Zahlen. Das ist ein wunderschöner Planet, Mr. Spock.«

»Aber möglicherweise auch ein lebensgefährlicher.«

»Alle Planeten sind potentiell lebensgefährlich, Spock«, sagte Kirk. »Wenn unsere Reisen uns eins gelehrt haben, dann das.«

Kommissarin Wayne verschränkte die Arme unter der Brust. »Wie *maskulin* ... das Unbekannte direkt als Bedrohung anzusehen.«

»Ich bitte um Verzeihung, Kommissarin«, sagte Lieutenant Uhura, »aber auf der *Enterprise* haben wir herausgefunden, daß das Unbekannte sehr oft eine Bedrohung *ist*.«

Die Kommissarin warf ihr einen wütenden Blick zu. Uhura zuckte nicht mal zusammen.

»Captain ...«

»Was gibt es, Mr. Sulu?«

Der Steuermann runzelte die Stirn. »Ich bin mir nicht sicher, Sir. Das Magnetfeld des Planeten ist extrem stark, und der Fluß ist unglaublich. Deshalb geben mir die Sensoren ungewöhnliche Daten, aber ich erfasse etwas – *da unten*.«

Er stach mit dem Finger auf einen Knopf seiner Konsole, wie ein Entomologe ein seltenes Insekt aufspießen würde. Ein kleines Icon erschien in der unteren linken Ecke der Planetenscheibe. »Ein Schiff befindet sich im Orbit um Okeanos, Captain.«

»Schilde hoch, Mr. Sulu. Gehen Sie auf volle Impulskraft.« Kirk beugte sich unbewußt vor. »Können Sie es auf den Schirm bringen?«

»Aye, Captain. Ich gehe auf volle Vergrößerung... jetzt.«

Das Schiff erinnerte mit seinen geschwungenen Flügeln und dem langen, schlanken Hals an einen finsteren Vogel. Kommissarin Wayne hielt den Atem an.

»Ein klingonischer Kampfkreuzer«, sagte Fähnrich Chekov staunend.

»Er ist prachtvoll«, sagte Kommissarin Wayne. Sie hielt die Fingerspitzen ihrer rechten Hand gegen die Kerbe ihres Schlüsselbeins gedrückt, als berührte sie ein unsichtbares Amulett.

»Das hat uns gerade noch gefehlt«, sagte Kirk. Die Situation erheiterte ihn fast. Das Schicksal machte es ihm nie leicht, so viel stand fest.

»Captain, das Schiff sendet einen standardmäßigen klingonischen Erkennungscode«, sagte Uhura. Kirk räusperte sich dumpf.

»Was haben sie hier zu suchen?« fragte Wayne.

»Nichts Gutes zweifellos«, sagte Kirk. »Öffnen Sie bitte die Grußfrequenzen, Lieutenant.«

»Aye-aye, Sir. Grußfrequenzen geöffnet.«

»Hier ist Captain James Kirk von der USS *Enterprise*. Ich rufe das klingonische Schiff im Orbit um den fünften Planeten dieses Systems. Bitte identifizieren Sie sich.«

Aus den Lautsprechern auf der Brücke erklangen einige geschnaubte Silben, die sich wie das Gurgeln eines Löwen anhörten. *»... taj may'Duj tlhIngan wo' ...«*

Der Translator setzte ein. »... Imperialer klingonischer Kampfkreuzer *Dolch*. Verlassen Sie sofort das System, oder wir werden Sie vernichten!«

»Es ist immer schön, wenn man so freundlich begrüßt wird«, sagte Kirk.

»Sie senden kein Bild, Captain«, sagte Uhura. »Nein, warten Sie ... jetzt bekomme ich etwas.«

Wayne war vorgetreten. »Ich bin Föderationskommissarin Moriah Wayne«, sagte sie. »Ich verlange zu wissen ...«

Ein Gesicht erschien auf dem Bildschirm. Es war auf finstere Weise stattlich, trotz des Knochenwulstes, der über den Schädel verlief und schweres, schwarzes Haar scheitelte, das auf breite Schultern hinabhing. Ein langes, fast hageres Gesicht mit einem schwarzen Schnurrbart, der zu beiden Seiten eines vollippigen Mundes und eines schmalen, vorspringenden Kinns hinabfiel. Eine bleiche Narbe verlief von der hohen Stirn über das rechte Auge und hatte sich tief in die Wange gegraben. Das Auge selbst war mit einer schwarzen Klappe bedeckt.

Das unverletzte Auge glich den Verlust seines Gegenstücks mehr als nur aus. Es leuchtete so heiß und schwarz wie der Kern einer Sonne. Energie und ein gefährliches Charisma schienen von ihm auszugehen wie harte Strahlung.

»... zu wissen ...« Moriah Wayne stand mit offenem Mund da und breitete hilflos die Hände aus. »... was Sie hier machen.«

»Wir gewähren den Einheimischen dieser Welt, die ungerechterweise von Angehörigen Ihrer Spezies unterdrückt werden, brüderliche Hilfe.«

»Auf diesem Gebiet sind die Klingonen die besten Experten in der Galaxis«, murmelte McCoy leise.

Offensichtlich hatte der Klingone ihn nicht gehört, denn er drehte das Gesicht. »Ah, Captain Kirk! Willkommen! Sie bereiten uns mit Ihrer Anwesenheit Ehre.« Der Sprecher lehnte sich in seinem Kommandosessel zurück, über dem das zottige schwarze und purpurne Fell irgendeines Tiers lag. Die Bewegung ermöglichte den Beobachtern auf der Brücke der *Enterprise*, mehr von ihm zu sehen. Er trug die übliche klingonische Weste aus einem silbernen Netzgewebe und darüber die goldene Rangschärpe. »Wie ich sehe, Captain, waren die Jahre zu Ihnen freundlicher, als sie es normalerweise zu Angehörigen Ihrer Spezies sind.«

Kirk versuchte, ihn nicht offen anzustarren. Es entsprach den Sitten der Klingonen nicht, einen so überschwenglichen Gruß auszusprechen. Hier hatte er es mit einem exaltierten Angehörigen dieser Spezies zu tun.

Eine Hand in einem schwarzen Stulpenhandschuh fiel auf den Griff eines seltsamen Messers mit mehreren Klingen, das an der Hüfte des Klingonen hing. »Viel Zeit ist vergangen, seitdem wir uns das letzte Mal persönlich begegnet sind, Kirk. Ich bin Kain, nun Captain Ersten Ranges und befehlshabender Offizier der imperialen klingonischen Beratereinheit dieser unglücklichen Welt.«

Kirk setzte sich in seinem Sessel zurück, als hätte der andere durch den Bildschirm gegriffen und ihn gegen das Brustbein geschlagen. *Kain!* Die Jahre, die schreckliche Narbe ... wenn er daran vorbeischaute, glaubte er, den jungen Junior-Lieutenant zu erkennen, glattgesichtig für einen Klingonen und versessen darauf, sich zu beweisen, der bei der Begrüßung in der Ehrenformation mißtrauisch hinter den Schultern seines Vaters vorgelugt hatte.

»Die Friedenskonferenz auf Axanar«, sagte Kirk. »Es ist schon lange her, Captain.«

»Unsere Wege haben sich seitdem gekreuzt«, sagte der Klingone.

»Ach ja?«

»In der Tat. Ich war bei Endikon Senior-Lieutenant auf der *Faust der Vergeltung*, Captain. Ich habe eine gewisse Landegruppe befehligt.«

Kirk glotzte ihn an. »Sie waren das?« *Ich darf nicht lachen. Ausgerechnet jetzt darf ich keine Miene verziehen.*

Kain nickte. »Wir Klingonen sind der Ansicht, daß dritte Begegnungen schicksalhaft verlaufen, Captain.«

»Ist das Ihr Schiff im Orbit?« fragte Wayne.

»Das ist es, Kommissarin. Doch ich befinde mich nicht an Bord. Ich spreche aus unserer Station auf Heimgrund zu Ihnen, der größten Insel des Susuru-Archipels.«

Er glättete mit dem Daumen eine Seite seines Schnurrbarts. »Vielleicht wären Sie jetzt so freundlich, mir zu verraten, was Sie hier zu suchen haben.«

»Wir befinden uns aufgrund einer Nachricht der Susuru hier«, sagte Wayne. »Sie werden von menschlichen Eindringlingen schikaniert.«

»Behaupten sie«, fügte Kirk hinzu.

»Sie haben die Lage bewundernswert zusammengefaßt, Kommissarin. Doch ich gestehe, daß ich verwirrt bin. Die Großzügigkeit der Klingonen ist allgemein bekannt.«

»Das stimmt«, sagte Kirk. Ähnliches galt für die Gnade der Klingonen – sie war nicht vorhanden.

»Wir sind gekommen, um ihnen mit starken Händen und starken Herzen zu helfen. Warum sollten sie dann noch« – es gelang ihm tatsächlich, den Großteil seiner Verachtung aus der Stimme zu halten – »*Erdlinge* rufen?«

Kirk nagte kurz an seinen Lippen. »Ihre Nachricht an

die Föderation lautete: ›Es sind eure Leute. Kommt und holt sie.‹«

Kain lachte. Es war ein herzhaftes, tiefes Lachen und erinnerte Kirk an Schälmesser und weißglühende Schüreisen.

»Also setzen sie uns nicht herab. Das ist gut.« Der Klingone lächelte. Seine Zähne waren sehr weiß. »Ich muß sagen, Captain, Ihre Ankunft beruhigt mich sehr.«

»Ach ja?«

Kain nickte ernst. »Die Lage hier ist überaus explosiv – täglich kommt es zu Scharmützeln und Schlimmerem.« Er beugte sich vor. »Mit Ihrer tatkräftigen Hilfe werden wir bestimmt eine friedliche Lösung für die Probleme dieser Welt finden.«

»Das werden wir zweifellos«, sagte Kirk, »so oder so. Erster Captain, es ist mir eine Ehre, mit Ihnen zu sprechen, aber ich muß mich kurz fassen. Ich habe noch mit anderen Leuten zu reden.«

Kain nickte. »Ich erwarte Ihre Nachricht, Captain. Und die Ihrer sehr fähigen Kommissarin.«

Der Bildschirm erlosch. »Woher weiß *er* denn, daß sie fähig ist?« fragte Dr. McCoy.

Wayne starrte den nun leeren Bildschirm an, als würde sie dort noch etwas sehen. »Was für ein außergewöhnlicher Mann«, sagte sie leise.

»Das ist er«, sagte Kirk.

Die Kommissarin strahlte. »Wenn er mit uns zusammenarbeitet, werden wir die Situation bestimmt in ein paar Tagen geklärt haben.«

Kirk atmete tief ein. »Kommissarin«, sagte er. »Das hoffe ich wirklich. Lieutenant Uhura, versuchen Sie, einen Kanal zu den Susuru zu öffnen.«

7

Eine kurze Orientierungslosigkeit, und dann stand Kirk bis zu den Knien im Gras. Er schaute überrascht zu Boden, dann nach links und rechts zu Spock und Kommissarin Wayne, die mit ihm auf die Oberfläche von Okeanos gebeamt waren.

»Ich grüße Sie, Captain Kirk, Kommissarin Wayne«, sagte eine vertraute Stimme. Kirk schaute auf und sah Kain, der über das verdorrte Gras zu ihm schritt. »Und Sie sind natürlich der bemerkenswerte Mr. Spock.«

»Der bin ich.«

Kain trat vor die Kommissarin, nahm ihre Hand und hob sie an seine Lippen. Ihre Hand wirkte in seinem schwarzen Stulpenhandschuh weiß und zerbrechlich.

Kirk widerstand dem Drang, ihn entweder anzuglotzen oder die Augen zu verdrehen. Statt dessen schaute er an Kains Schulter vorbei. Trotz des Grases befanden die Koordinaten, zu denen sie gebeamt waren, sich in einem Gebäude. Bei der Decke schien es sich um eine niedrige, flache Kuppel mit einem großen, kreisrunden Dachfenster zu handeln, das das Licht des kurzen Okeanos-Nachmittags einließ. Der grelle Sonnenschein von Joan-Maries Stern wurde stark von roten Filtern gedämpft, so daß die Kammer von einem trüben Halbdunkel erfüllt wurde.

»Ich hatte kaum erwartet, Sie hier zu finden, Erster Captain«, sagte Kirk. »Wo sind unsere Gastgeber?«

»Wir sind hier, Captain«, sagte eine Stimme, die klang, als fließe Wasser über glatte Steine. Eine Gestalt löste sich aus der Finsternis, und einige andere trotteten hinter ihr her.

Das Geschöpf war ziemlich klein, maß vielleicht anderthalb Meter. Es schritt zaghaft auf den Zehen langer, schlanker Vorderbeine, die Kirk, der den Druck der um zwanzig Prozent höheren Schwerkraft in Knien, Knöcheln und Wirbelsäule spürte, schrecklich unzureichend vorkamen. Die Hinterbeine wurden am Ende des kurzen und schmalen, aber langen Torsos zusammengehalten. Schlanke Hände waren auf der Mitte des Körpers gefaltet.

Der Kopf war lang und schmal und verfügte über große, nach vorn gerichtete Augen, die wie flüssiger Bernstein schimmerten, über einer Schnauze, die mit weichem, honigfarbigem Fell bedeckt war. Die Nasenöffnungen waren breit und sahen empfindlich aus. Die Ohren hoben sich hoch über den mit einem Kamm versehenen Schädel, waren lang und spitz und ließen sich – wie die eines irdischen Pferds – in alle Richtungen drehen. Zunächst waren sie mit einem nervösen Zucken auf Kirk gerichtet, dann auf Wayne, auf Spock und schließlich wieder auf Kirk.

Das Wesen blieb drei Meter vor dem Captain stehen und vollzog eine komplizierte Geste, die zum Teil ein Tänzeln, zum Teil ein Kniefall war. Der Captain sah, daß das Fell der Schnauze ergraut war. Die Hände des Wesens waren fast menschlich, mit knochigen Knöcheln und kaum behaart. Obwohl sie so schmal waren, wirkten sie ziemlich kräftig.

»Ich bin Flink«, sagte das Geschöpf. Bei seinen Vorderzähnen handelte es sich um breite, meißelförmige Schneidezähne, die schon gelb und abgenutzt waren. »Die Susuru folgen, wohin ich gehe.«

»Ich bin Captain James Kirk, USS *Enterprise*. Das ist Mr. Spock, mein Erster Offizier, und das ist die stellvertretende Kommissarin Wayne von der Föderation.«

Während Kirk sprach, wich der Susuru langsam

zurück. Seine zwanzig Artgenossen taten es ihm gleich und hielten dabei peinlich genau ihre Position ein, so daß er vorn blieb. Als er sich etwa sieben Meter weit zurückgezogen hatte, blieb er stehen und hob den Kopf. Sein Körper war golden, weiß auf dem Bauch und hatte eine Halskrause, die wie die eines Collies aus dunklerem, von Grau durchzogenem Fell bestand. Die Spitzen seiner Ohren waren schwarz.

»Und diese viermal Fünf sind die, die in der Vorhut gehen«, sagte Flink und zeigte auf seine Begleiter. »Sie würden sie unseren Ältestenrat nennen. Der fünfte Fünfer, der die Zahl zur Perfektion bringt, bin natürlich ich. Wir heißen Sie willkommen.«

Die anderen Susuru sagten im Chor etwas, das Kirk für eine rituelle Begrüßung hielt, und führten eine abgekürzte Version von Flinks vorheriger Geste auf.

»Unsere Weidegründe und Gewässer gehören Ihnen«, sagte Flink.

Kommissarin Wayne trat vor. Der Anführer der Susuru erstarrte. Die anderen traten zurück und jaulten leise.

»Kommissarin«, sagte Spock, »ich glaube, Sie dringen in Flinks persönliches Territorium ein.«

Sie warf einen wütenden Blick über die Schulter zurück. »Mr. Spock, ich wäre Ihnen dankbar, wenn Sie mich meine Arbeit tun ließen! *Ich* bin die stellvertretende Kommissarin für interspeziäre Angelegenheiten.«

Spock zog eine Braue hoch. Wayne drehte sich wieder zu Flink um, der deutlich zusammenzuckte.

»Sie haben Ihren Wunsch der Föderation mitgeteilt«, sagte sie und ließ sich auf ein Knie hinab. »Ich bin gekommen, um Ihnen zu helfen.«

Der Susuru hatte ein Vorderbein hochgezogen. Die Zehen waren lang und mit dicken Ballen versehen. Das Geschöpf lehnte sich so weit zurück, daß es jeden Augenblick umzukippen drohte.

»Sie haben nicht vor, mir an die Kehle zu gehen?« fragte Flink und steckte das Kinn tief in die Halskrause.

Wayne bedachte ihn mit einem verwunderten Blick. »Aber ich gehöre der Föderation an. Ich bin hier, um Ihnen zu *helfen*.«

»Außerdem«, dröhnte Kain mit seinem vollen Bariton, »bin ich hier, um Sie zu schützen.«

»Verzeihen Sie mir meine Neugier, Captain«, sagte Kirk, »aber warum genau sind Sie hier? Rechnen Sie allen Ernstes damit, daß die Kommissarin ihm an die Kehle geht?«

Kain kicherte. »Keineswegs. Ich bin hier, um den Ersten Geher zu beraten. Ihre Erfahrungen mit den anderen Erdlingen waren alles andere als beruhigend.«

»Es ist Ihr Volk.« Flinks Zischlaute wurden hoch und schrill und so durchdringend, als zöge man Fingernägel über eine Schiefertafel. Das Geräusch drang Kirk durch Mark und Bein. »Bringen Sie sie weg! Sie verderben unsere Welt. Sie versklaven unsere wilden Meerestiere, sie vergewaltigen unseren Meeresboden und vergiften unser Wasser mit ihrem Bergbau. Und das alles nur, um ihre unersättliche Gier zu stillen.«

Die Vorhut-Geher stimmten ein Klagen an, das immer höher wurde, auch noch, nachdem Flink verstummt war.

»Und sie töten uns. Unsere Jungen, die sich ins Meer hinaus wagen, unsere Mütter und Kinder in unseren von Bomben zerstörten Wohnstätten. *Ihre* Leute! Ihre!«

Das Klagen wurde immer lauter, bis Kirks Trommelfelle zu platzen drohten.

»Oh, Sie, die Sie in der Vorhut Ihrer menschlichen Herde laufen«, übertönte der Anführer der Susuru das unerträgliche Geräusch. »Das Blut der Unschuld schreit nach Gerechtigkeit. Hören Sie jetzt meine Worte: Sollten Sie nicht innerhalb von zwei Fünftagen mit der Unterstützung unserer Freunde von fernen Sternen handeln, werden wir mit einer gewaltigen Offensive beginnen und Ihre Leute vom Antlitz des Planeten vertreiben!«

Dr. McCoy wartete, als sie auf der *Enterprise* von der Transporterfläche traten. »Nun? Wie ist es gelaufen?«

Moriah Wayne hielt die Fingerspitzen an die Ohren und schüttelte den Kopf. »Dieses Klagen! Diese Trauer … mir geht einfach nicht dieser schreckliche Klang des Verlusts aus den Ohren.«

»So gut?« sagte McCoy. Kirk zuckte mit den Achseln.

»Es ist unlogisch, der natürlichen Reaktion auf Trauer so frei die Zügel schießen zu lassen«, sagte Spock.

»Wie können Sie zu solch einer Zeit von Logik sprechen?« Wayne funkelte ihn wütend an. »Wir befassen uns hier mit *Schmerz*, Mr. Spock. Mit dem Schmerz über den Verlust geliebter Wesen. Oder ist Ihr grünes Vulkanierblut so eiskalt, daß der Begriff Verlust überhaupt keine Bedeutung für Sie hat?«

»Ich hätte nie gedacht, daß ich das mal sagen würde«, warf McCoy ein, »aber Sie haben mir die Worte aus dem Mund genommen, Kommissarin.«

Spock sah sie an. »Auch ich weiß, was Verlust bedeutet, Kommissarin«, sagte er. »Sogar Vulkanier trauern. Aber es ist gefährlich, die Kontrolle so vollständig aufzugeben. Dann fällt es einem nämlich häufig schwer, sie zurückzugewinnen.«

»Lieutenant Uhura«, sagte Kirk, als er auf die Brücke trat, »versuchen Sie, eine der menschlichen Städte zu erreichen.«

»Es handelt sich um sehr beeindruckende Gebilde, Captain«, bemerkte Sulu. »Die Okeaner werden nicht gerade begeistert sein, sie zurücklassen zu müssen.«

Die Sensoren der *Enterprise* hatten sieben dieser Gebilde entdeckt, wuchernde Metallballungen, die anscheinend frei auf dem endlosen Ozean trieben. Vier befanden sich in der nördlichen Hemisphäre, drei in der südlichen. Alle hielten mindestens zwanzig Breitengrade Abstand vom Äquator. Zwischen den Städten herrschte reger Funkverkehr. Das galt auch für eine Vielzahl kleinerer Ansiedlungen, von denen sich allerdings nur wenige in der Äquatorzone befanden.

»Sie haben in dieser Angelegenheit keine Wahl«, sagte Wayne scharf und trat neben Kirks Kommandosessel, noch während er darin Platz nahm. »Die einzige Frage ist, wie viele Transportvorgänge nötig sind, um sie vom Planeten zu schaffen.«

»Das ist nicht unbedingt die *einzige* Frage, Kommissarin«, sagte Kirk. »Wir haben noch nicht mal mit diesen Leuten gesprochen.«

Sie starrte ihn ungläubig an. »Haben Sie diese Wesen da unten nicht gehört? Ging Ihnen ihr Verlust nicht durch Mark und Bein?«

»Glauben Sie mir, Kommissarin, ich habe sie gehört. Aber wir haben noch nicht gehört, was die Menschen auf Okeanos zu sagen haben.«

Sie warf den Kopf zurück. »Was für eine Rolle spielt das? Sie sind Eindringlinge. Sie müssen den Planeten verlassen.«

»Ein Sachverhalt ist selten so klar, wie es auf den ersten, oberflächlichen Blick den Anschein hat, Kommissarin«, sagte Spock. »Wir können aufgrund so unvollständiger Daten, wie wir sie zur Zeit besitzen, auf keinen Fall etwas unternehmen.«

»Captain«, sagte Uhura, »ich scheine niemand dazu bringen zu können, mir zu antworten.«

»Was meinen Sie, Lieutenant? Wollen Sie mir sagen, daß niemand daran interessiert ist, mit Besuchern aus dem Weltraum Kontakt aufzunehmen?«

»Nein, Sir, das ist nicht das Problem. Alle, die ich erreiche, sind bereit, mit mir zu sprechen. Sie bombardieren mich sogar mit Fragen – und alle scheinen der englischen Sprache mächtig zu sein.«

»Na ja, dann müssen wir uns wenigstens nicht auf unsere Translatoren verlassen.« Die KI-Technik des ›automatischen Translators‹ war relativ neu. Obwohl sie von Starfleet umfassend eingesetzt wurde, war sie dafür bekannt, daß ihr gelegentlich ein paar höchst peinliche Pannen unterliefen. »Wo liegt also das Problem?«

Sie drehte sich mit ihrem Sessel und sah ihn an. »Ich kann niemand finden, der irgendeine Weisungsbefugnis hat. Alle, mit denen ich spreche, fangen einfach an zu lachen, wenn ich darum bitte, mit ihrer planetaren oder örtlichen Regierung verbunden zu werden.«

»Vielleicht haben sie keine«, sagte McCoy.

»Lächerlich«, entgegnete Wayne. »Sie haben Städte und eine moderne Technik. Sie können keine völligen Anarchisten sein.«

»Wenn sie sich umfassend mit den Klingonen auseinandersetzen mußten«, sagte Spock, »sind sie vielleicht raumfahrenden Kulturen gegenüber im allgemeinen mißtrauisch.«

»Das klingt gefährlich nach Fanatismus, Commander«, sagte Wayne. »Captain Kain ist offensichtlich ein Mann von großer Integrität und Empfindsamkeit.«

»Das sind Charaktereigenschaften, die die klingonische Kultur nicht besonders hoch einschätzt«, sagte Kirk. »Man kann Mr. Spock kaum Fanatismus vorwerfen, wenn seine Beobachtungen auf Tatsachen beruhen, die schließlich allgemein bekannt sind.«

»Was allgemein bekannt ist, Captain«, sagte Wayne, »muß nicht immer stimmen.«

»Da hat sie dich erwischt, Jim«, sagte Dr. McCoy.

Kirk rieb sein Kinn. »Ich weiß«, sagte er.

»Captain«, sagte Uhura, »ich habe hier einige Personen, die bereit sind, mit Ihnen zu sprechen.«

Kirk betrachtete sie stirnrunzelnd und seufzte. »Senden sie auch ein Bild?«

»Ja, Sir.«

»Dann legen Sie es bitte auf den Schirm.«

Der Bildschirm zeigte drei Personen, die in einem Raum saßen. Abgesehen von drei Lichtern, die von der Decke zu ihnen hinabstrahlten, war es dunkel. Kirk konnte nur ausmachen, daß der Raum keine Dekorationen aufzuweisen schien. Die drei saßen auf einem niedrigen Sofa. Hinter ihnen bot ein Fenster einen Blick auf die Nacht und ein graues Meer, das vom Sturm aufgepeitscht wurde.

Das alles nahm er blitzschnell auf. Dann richtete seine Aufmerksamkeit sich auf die Leute selbst.

»Was?« flüsterte Moriah Wayne. Sie schien nicht zu merken, daß sie laut gesprochen hatte.

Kirk mußte sich zusammenreißen, um die Fremden nicht anzustarren. *Angeblich handelt es sich doch um Menschen. Was geht da vor?*

Die drei Personen auf dem Bildschirm schienen drei völlig verschiedenen Spezies anzugehören.

»Ich bin Captain James T. Kirk vom United Space Ship *Enterprise*. Wir sind im Namen der Vereinten Föderation der Planeten hier, um …«

»Wir heißen Sie und Ihre Leute herzlich willkommen, Captain«, sagte der Mann, der in der Mitte saß. Er sah ganz normal aus – ein ziemlich hellhäutiger Schwarzer, theatralisch stattlich, mit seltsam vorstehenden Falten um die Augen. Er trug eine rotbraune Hose und eine ebensolche Jacke über einem kragenlosen schwarzen Hemd sowie schwarze Riemensandalen. »Aber Sie können sich die Mühe sparen. Uns interessiert nicht, wen Sie angeblich repräsentieren.«

»Ach, wirklich?« sagte Kirk. Aus dem Augenwinkel bemerkte er, daß Uhura dem Sprecher vielleicht mehr Aufmerksamkeit als nötig widmete.

Der Mann nickte. »Wirklich. Aber ich vergesse meine Manieren. Das ist Aileea dinAthos von Securitech, und das ist Mona Arkazha, Vertreterin des Tiefsee-Ranger-

Syndikats. Ich bin Jason Strick und von Beruf Vermittler.«

Kirk runzelte die Stirn. »Sprechen Sie für die ordnungsgemäß ernannte Regierung Ihres Planeten?«

Das rief bei Strick und der Frau namens Aileea, die rechts von ihm saß, höfliches Gelächter hervor. »So etwas gibt es hier nicht«, sagte sie mit einem singsangähnlichen Akzent, der so ähnlich wie der des Mannes klang. »Außer, Sie sprechen mit den Susuru.« Ihr Gesichtsausdruck wurde härter. »Die scheinen in dieser Hinsicht jede Menge schmucke Vorstellungen zu haben.«

Ein Blitz schnitt hinter ihnen kurz eine purpurne Wunde in den Himmel. Kirk betrachtete dinAthos unauffällig. Sie schien Anfang Dreißig zu sein und trug eine schmutziggrüne Weste über einem weißen Top, das ihre Taille frei ließ, und dunkelgrüne lange Hosen. Sie sah ebenfalls menschlich aus – und war wunderschön.

Aber das Haar, das struppig bis auf ihre Schultern fiel, war dunkelgrün, und an den Seiten ihres schlanken Halses verliefen Schlitze, die ihn an Kiemen erinnerten.

»Und wen genau repräsentieren Sie?« fragte er.

»Uns«, sagte die dritte Person. Sie war, wie Kirk sah, ein untersetztes Wesen, haarlos, mit gummiartig aussehender Haut. Eine durchsichtige Atemmaske bedeckte die untere Hälfte ihres breiten Gesichts. Ein dunkles Metalljoch umgab ihren kurzen Hals und floß über ihre Schultern hinab. Es umgab sie mit einem ständigen irisierenden und nebelartigen Schimmern. Sie hatte Schwimmhäute an Händen und Füßen, zwei vertikale Schlitze als Nase und keine äußeren Ohren, lediglich Löcher in den Schläfen. Wo die Haut sich dicht über den Knochen spannte, an den Knöcheln und Füßen und unter ihrem eckigen Kinn, schimmerte sie gelblich. Abgesehen von Maske und Joch und einem

Harnisch, der kleine Geräte enthielt, auf deren Funktion Kirk sich keinen Reim machen konnte, war sie unbekleidet. Sie sah aus wie ein Amphibienwesen, nur entfernt menschlich.

»Jason sagt, ich spreche für mein Syndikat, und bei manchen Angelegenheiten tue ich das auch. Bei dieser Sache geht meine Autorität aber nicht über meine Haut hinaus.« Ihr Akzent war härter als der der anderen und klang irgendwie vertraut. »Aber eins sollten Sie wissen, Captain – Sie werden wahrscheinlich von niemandem sonst auf Discord eine andere Antwort bekommen.«

»Discord?«

Der Mann streckte die Hände aus. »Unsere Welt. Diese Welt.«

»Es ist nicht Ihre Welt«, sagte Kommissarin Wayne.

»Und wer sind Sie, daß Sie das so einfach bestimmen dürfen?«

»Ich bin Moriah Wayne, stellvertretende Kommissarin für interspeziäre Angelegenheiten der Föderation.«

»Der was?«

Wayne richtete sich auf. »Man hat mich geschickt, um Sie darauf vorzubereiten, diese Welt zu verlassen, damit sie ihren rechtmäßigen Besitzern zurückgegeben werden kann.«

Wieder zuckte ein Blitz, so stark, daß er das Bild vorübergehend in ein Flimmern horizontaler Streifen verwandelte.

Als es wieder klar wurde, stand die grünhaarige Frau, die Beine gespreizt, die Hände zu Fäusten geballt. Kirk sah, daß sie an einem Gürtel um eine Hüfte eine schwere Handwaffe trug.

»Das ist unsere Welt!« rief sie. »Unsere Vorfahren kamen hierher, als die Erde sie verstieß. Sie haben ihr Blut mit dem Meer und der Planetenkruste vermischt, um sie zu ihrer Welt zu machen.«

»Die Susuru …«, setzte Wayne an.

»Die Susuru sind die Eindringlinge! Als unsere Mütter landeten, waren sie nicht hier. Und sie sind Mörder, Captain. Wir sind bereit, ihnen das Land zu überlassen und Zugang zu den Meeren zu gewähren. Aber sie wollen alles haben – und auch unser Leben.«

»Aileea, bitte ...«, sagte Strick.

»Wenn die Stelzengeher das eine wollen, müssen sie auch das andere nehmen«, erklärte dinAthos. »Sie werden uns alle töten müssen.«

Sie zeigte mit dem Finger auf Wayne. »Die gleichen Bedingungen gelten auch für Sie, *Kommissarin*. Und nur so werden Sie die Welt bekommen.«

Sie setzte sich wieder. Ihre Wangen hatten sich gerötet, die Jadeaugen funkelten.

»Nicht so schnell«, sagte Kirk. »Wir wollen hier nichts übereilen. Miss dinAthos, ich würde gern auf die Oberfläche kommen, mich persönlich mit Ihnen treffen und Gespräche zwischen Ihnen und den Susuru vereinbaren ...«

»Und was ist mit den neuen Freunden der Susuru?« fragte Arkazha.

Kirk zuckte mit den Achseln. »Mit denen werden wir uns auch befassen.«

»*Das* wird ja eine fröhliche Party geben«, murmelte McCoy.

Strick hob beide Hände. Zu Kirks Überraschung waren sie schwielig, die Hände eines Arbeiters. »Sie dürfen landen, wo Sie wollen, Captain. Ich lade Sie und Ihre Crew sogar ein, als unsere Gäste zu uns zu kommen. Dabei spreche ich für die meisten Discordianer. Wir sind ein gastfreundliches Volk, und es ist schon lange her, daß wir Neues von der Erde gehört haben.

Aber wenn Sie nach jemandem suchen, der befugt ist, für alle Discordianer zu sprechen – so eine Person gibt es nicht. Und bitte verstehen Sie, daß, soweit es uns betrifft, Sie als Privatbürger hier sind. Wir erkennen weder Ihre Föderation noch irgendeinen Machtanspruch an, den Sie daraus ableiten.«

»Sie haben hier keine Autorität«, sagte Arkazha. »Sie sind Touristen – mehr nicht.«

Der Bildschirm zeigte wieder Okeanos – Discord, wie die Siedler die Welt nannten. Wayne öffnete langsam die geballten Fäuste. »Ich glaube, es besteht nicht mehr der geringste Zweifel«, sagte sie leise.

»Zweifel woran, Kommissarin?« fragte Dr. McCoy.

»Daran, daß diese wunderschönen Susuru die Wahrheit gesagt haben. Diese sogenannten Discordianer sind lediglich Banditen.«

Kirk seufzte. »Ich berufe eine Konferenz der Kommandooffiziere ein. In fünfzehn Minuten im Einsatzbesprechungsraum.« Er erhob sich.

»Ich dachte, die Susuru hätten gesagt, alle Kolonisten wären Menschen«, sagte Sulu.

»Vielleicht sehen wir für diese Susuru alle gleich aus«, schlug Chekov vor. Wayne runzelte die Stirn.

»Ich muß eingestehen, daß auch ich leicht verblüfft war«, sagte Kirk. »Ich frage mich, um welche Spezies es sich handelt. Zwei davon konnte ich nicht unterbringen, diese dinAthos und Arkazha.«

»Arkazha spricht eindeutig mit einem russischen Akzent, Captain«, erklärte Chekov. »Aus der Gegen von St. Petersburg.«

»Danke, Mr. Chekov. Das ist ein interessanter Hinweis.«

»Die Sensordaten« – Spock beugte sich über die Wissenschaftskonsole – »besagen, daß alle drei Personen zur gleichen Spezies gehören – *Homo sapiens*.«

Er drehte sich um und richtete sich auf. »Sie alle sind genauso Menschen wie Sie, Captain.«

8

Wir müssen uns damit befassen«, sagte Kirk, »wie wir nun vorgehen wollen.«

»Das ist doch offenkundig, Captain«, sagte Wayne. Sie allein hatte es abgelehnt, am Tisch Platz zu nehmen. »Die Menschen – wenn man sie so nennen kann – sind Invasoren. Unsere Anweisungen von der Föderation verlangen, daß wir sie überreden, den Planeten zu verlassen. Nicht nur die Pflicht, sondern auch die Gerechtigkeit erfordert, daß wir diesen Befehl ausführen.«

»Das gefällt mir nicht, Captain«, sagte Scott. »Ein ganzes Volk zu entwurzeln, ihm die Heimat zu nehmen und es durch den Weltraum Gott weiß wohin zu bringen ... das geht mir gegen den Strich.«

»Überprüfen Sie alle Ihre Befehle, ob sie sich im Einklang mit Ihren Gefühlen befinden, bevor Sie sie ausführen, Lieutenant Commander Scott?«

Scottys Mundwinkel zuckten, und er schaute wütend drein, wußte aber nichts darauf zu sagen. »Mr. Scott«, fuhr Wayne in schon freundlicherem Tonfall fort, »es ist nicht nur eine Frage der Befehle, sondern auch eine des Rechts. Wenn ein Einbrecher in Ihr Haus eindringt – hat er dann das Recht, sich dort aufzuhalten?«

Scott musterte sie mißtrauisch. »Nein, Ma'am«, sagte er. Da sie weder der Schiffsbesatzung noch der Befehlshierarchie von Starfleet angehörte, stand ihr der ehrende Titel *Sir* nicht zu. Oder zumindest sah er sich nicht gezwungen, ihn zu benutzen.

»Und sollte es ihm irgendwie gelingen, eine Woche dort zu bleiben – gibt ihm das das Recht dazu?«

»Nein.«

»Wie sieht es mit der Verjährungsfrist aus, Mr. Scott? Wann wird aus Diebesgut Eigentum?«

Scott befeuchtete die Lippen. »Das kann ich nicht beantworten«, sagte er. »Aber kluge Worte und ein hübsches Gesicht verwandeln Unrecht nicht in Recht, Kommissarin.«

»So unangenehm die Tatsache auch sein mag«, sagte Mr. Spock, »in der Galaxis ist allgemein bekannt, daß sich im Laufe der Zeit solch ein legitimer Anspruch bildet. Es gibt heute nur wenige Kulturen, die nicht zumindest etwas Land besetzt halten, das ihre Ahnen einer anderen Kultur abgerungen haben.«

»Aber ist es richtig, nur weil es auch akzeptiert wird, Mr. Spock? Will die Föderation ein Unrecht wiedergutmachen oder die Fehler mit Rationalisierungen und Paragraphenreiterei übertünchen und es so aufrechterhalten?«

»Ihre Argumente sind im Kern emotional«, sagte Spock. »Die Logik sagt uns, daß jeder Versuch, Gerechtigkeit zu systematisieren, ein gewisses Maß an Kompromissen mit sich bringt.«

»Dann lassen Sie die Logik mal außer acht. Was sagt Ihr Herz?«

»Mein Herz ist der Sprache nicht mächtig, Kommissarin.«

Wayne starrte ihn an. »Macht er einen Scherz, Captain?«

»Er ist Vulkanier«, sagte Kirk. »Er kann keine Scherze machen.«

Er sah das leichte Flackern in McCoys Augen, den Anflug eines Grinsens, das sofort unterdrückt wurde.

Wayne ging um den Tisch und trat neben den Ersten Offizier. »Mr. Spock, sagen Sie mir, wie Sie sich als Vulkanier fühlen angesichts der Tatsache, daß Ihr Volk von Erdenmenschen dominiert wird.« Sie hob beide Hände. »Nein, warten Sie. Ich weiß, Vulkanier gestehen nicht gern ein, daß sie Gefühle haben. Also – wie sieht Ihre Reaktion darauf aus, dominiert zu werden?«

»Die Vulkanier werden nicht dominiert, Kommissarin«, sagte Spock sachlich.

»Aber sehen Sie sich doch um. Was sehen Sie? Vulkanische Gesichter? Wohl kaum. Nichtmenschliche Gesichter? Kein einziges. Mr. Scott, der Doktor, Lieutenant Uhura, Chekov, Sulu, der Captain – alles Menschen. Weist das nicht auf ein Ungleichgewicht hin?«

»Vulkan hat seinen eigenen Raumdienst. Die meisten Vulkanier, die in den Weltraum reisen wollen, treten ihm bei.« Er hielt inne. »Sie sind der Ansicht, daß der Föderationsdienst etwas unter ihrer Würde ist.«

»Sind Vulkanier den Menschen nicht überlegen? Sind Sie nicht stärker als ein Mensch? Sind Sie nicht schneller, widerstandsfähiger gegen Hitze und Strahlung ... intelligenter?«

»Das bin ich.«

»Kommissarin«, sagte Dr. McCoy, »glauben Sie wirklich, es dient dieser Mission, wenn Sie unseren Ersten Offizier zur Rebellion aufstacheln?«

Kirk hob eine Hand. »Pille, laß sie ihren Spruch aufsagen.«

»Warum ist dann nicht ein Vulkanier Präsident der Föderation? Oder Captain dieses Schiffes?«

»Weil das nicht logisch wäre.«

Sie kniff die Augen zusammen. »Nicht logisch? Wieso ist das nicht logisch?«

»Solch eine Position verlangt einen gewissen Ehrgeiz, einen Antrieb, den Drang zu führen – oder zu erobern. Wir Vulkanier haben diesen Ehrgeiz nicht. Wir haben Gefühlen abgeschworen, Kommissarin, um uns genau von diesen Trieben zu reinigen, die unserem Volk und unserem Planeten so schwere Schäden zugefügt haben. Unsere romulanischen Vettern hingegen frönen diesem Ehrgeiz, sehr zum Schaden ihrer Kultur und des galaktischen Friedens.«

Wayne spreizte die Finger, drückte sie gegen ihre Schläfen und nahm sie in einer Geste der Niederlage wieder herab. »Sieht denn niemand, was die Föderation will?«

»Ich sehe ein Jahrhundert des Friedens und der Harmonie«, sagte Scott.

»Hat es nicht Kriege gegeben, mit den Klingonen, Romulanern und Gorn? Haben Sie nicht Ihre Toten begraben müssen?«

»Verglichen mit dem Großteil der menschlichen Geschichte, Kommissarin«, sagte Kirk, »muß man wohl sagen, daß in der Ära der Föderation ein noch nie dagewesener Friede geherrscht hat.«

»Wie kommt es, daß eine hohe Beamtin der Föderation so vehement gegen die Föderation argumentiert?« fragte McCoy.

»Verstehen Sie mich nicht falsch, Doktor. Ich behaupte nicht, daß die Föderation schlecht ist. Ich sage nur, daß sie noch besser sein könnte. Sind Sie nicht der Ansicht, daß die VFP die Verpflichtung hat, so ethisch wie möglich zu sein?«

»Doch«, sagte er. »Der Ansicht bin ich.«

»Tatsache ist, daß die Erde die Föderation beherrscht. Das ist falsch. Tatsache ist ebenfalls, daß die ›menschliche Geschichte‹, von der Sie sprechen, Captain, nichts als eine Litanei von Vergewaltigung, Erniedrigung, Mord und Ausbeutung ist. Und genau damit haben die Susuru es heute auf Okeanos zu tun.«

»Kommissarin«, sagte Kirk und mußte das Spiel seiner Hände auf dem Tisch vor ihm dann unterbrechen, um seine Gedanken zu ordnen. »Ich… stimme nicht mit Ihnen überein. Sie zeichnen ein allzu schwarzes Bild der menschlichen Geschichte. Nein, bitte warten Sie… das ist irrelevant für unsere Diskussion hier…«

Wayne ließ sich nicht zurückhalten. »Es ist absolut relevant!«

»Der Kernpunkt ist, daß wir noch nicht alle Fakten

über die Vorgänge auf diesem Planeten kennen. Und ich betone noch einmal, als Starfleet-Offiziere sind wir verpflichtet, uns ins Bild zu setzen, bevor wir handeln.«

»Hört, hört«, sagte McCoy. Die anderen am Tisch nickten zustimmend.

»Sie alle haben das Treffen mit dem Susuru-Anführer auf dem Bildschirm gesehen«, sagte Wayne fast bittend. »Sie haben seine Worte, seine Leidenschaft gehört. Wie können Sie seine Worte anzweifeln?«

»Seine Leidenschaft war zweifellos echt, Kommissarin«, sagte Spock. »Doch das heißt noch nicht, daß er die ganze Geschichte erzählt hat. Ich behaupte damit nicht, daß er gelogen hat. Vielleicht hat er die Wahrheit erzählt, wie er sie kennt – und sieht. Uns liegen zur Zeit nur unbewiesene Behauptungen feindseliger Gruppen vor. Es wäre überaus unbesonnen, ohne bessere Informationen vorzugehen.«

Wayne sah sich um, und auf ihrem hübschen, hochmütigen Gesicht stand Verachtung geschrieben. »Typisch für *Männer*«, sagte sie. »Für sie ist nur wichtig, was andere Männer sagen – der Aufschrei einheimischer Wesen zählt nichts.«

»Zwei der Sprecher der Discordianer waren Frauen, Kommissarin«, sagte Uhura ruhig.

Wayne tat den Einwand mit einer knappen Handbewegung ab. »Der Anführer war ein Mann. Es handelt sich um eine von Männern beherrschte, ausbeuterische Gesellschaft. Die Frauen waren Galionsfiguren, nichts weiter. Sie plappern die Lügen nach, die man ihnen erzählt hat.«

»Dieses Schiff wird von einem Mann kommandiert, Kommissarin«, sagte Uhura. »Heißt das, daß ich und alle anderen Frauen an Bord lediglich Marionetten und hohlköpfige Lügnerinnen sind?«

»Lieutenant, mir gefällt Ihr Ton nicht.«

»Kommissarin, mir der Ihre auch nicht.«

»Leute«, sagte Kirk, »Kommissarin. Wir wollen doch nicht persönlich werden. Kommissarin Wayne, meine Brückenbesatzung und ich scheinen darin übereinzustimmen, daß wir weitere Informationen brauchen, bevor wir handeln.«

»Dann führen Sie Ihr Raumschiff also demokratisch, Captain?« fragte Wayne schnaubend.

»Was haben Sie gegen die Demokratie?« fragte McCoy.

»Die Antwort, Kommissarin, lautet nein«, sagte Kirk leise. »Auf der *Enterprise* herrscht keine Demokratie. Kein Raumschiff könnte sich das leisten. Mir obliegt die Entscheidung, und zwar mir allein.

Aber meine Offiziere sind Profis, die besten, die es bei Starfleet gibt. Wir dienen seit fast fünf Jahren zusammen. Sie wissen, daß meine Entscheidungen sich darauf auswirken, ob sie leben oder sterben. Wenn die Lage es zuläßt, erweise ich Ihnen den Respekt, mir anzuhören, was sie zu sagen haben, bevor ich eine Entscheidung treffe.«

»Selbst, wenn Sie das in einen Konflikt mit Ihren Befehlen bringt?«

»Selbst dann.«

Sie starrte ihn lange an; ihre Nüstern waren vor Erregung aufgebläht. »Manchmal«, sagte sie dann leise, »habe ich den Eindruck, als würde ich mit mir selbst sprechen.« Damit marschierte sie aus dem Konferenzraum.

»Morgen werden wir auf die Oberfläche beamen«, sagte Kirk schließlich in die anhaltende Stille, »und herauszufinden versuchen, was hier wirklich vorgeht. Und jetzt wegtreten.«

Kirk hatte sich gerade auf sein Sofa fallen lassen und die Stiefel ausgezogen, als der Türsummer Besuch ankündigte. »Verdammt«, sagte er. Er stand auf und stapfte zur Tür, die Stiefel noch in der Hand.

Die Tür öffnete sich auf seinen Befehl. Moriah Wayne stand draußen.

»Ich habe gewußt, daß Sie es sind«, sagte er. »Niemand sonst hätte ein so perfektes Timing hinbekommen.«

Ihr Gesicht war ernst. »Darf ich hereinkommen? Ich... ich will nicht stören.«

Er betrachtete sie einen Augenblick lang und schüttelte dann den Kopf. »Sie stören nicht.« Er winkte sie mit den Stiefeln herein. »Kommen Sie rein. Fühlen Sie sich wie zu Hause.«

Sie tat wie geheißen. Er warf die Stiefel neben die Tür, ging müde zum Sofa zurück und ließ sich darauf fallen. »Möchten Sie etwas trinken, Kommissarin?«

Sie schüttelte den Kopf. Sie war zum Modell der USS *Constitution* in seiner erhellten Nische hinübergegangen und betrachtete es. Die Beleuchtung in seinem Quartier war zu einem weichen Schimmern gedämpft. Er bemerkte, daß sich zwei ihrer Haarsträhnen gelöst hatten. Sie rahmten ihr Gesicht ein und ließen es irgendwie weicher und freundlicher wirken.

»Wenn Sie gekommen sind, um das Gespräch über unser Vorgehen fortzusetzen, muß ich Sie leider enttäuschen. Dazu bin ich nicht in der Lage.«

»Nein.« Sie streckte einen Finger aus, als wolle sie das Modell mit seinen sich blähenden weißen Segeln und der komplizierten Takelage berühren. Er versteifte sich, wollte nicht, daß sie sein Schiff anfaßte.

Doch sie zog den Finger zurück und drehte sich zu ihm um. »Warum kann die Crew mich einfach nicht leiden? Sie alle scheinen gegen mich zu sein.«

Er atmete tief ein und durch die Nase wieder aus; es klang wie ein Schnauben. »Kommissarin ...«

»Moriah.« Ihre Augen leuchteten.

Er erhob sich. Sie wandte sich ihm mit einer fließenden Bewegung zu.

»Moriah, Sie verstehen sich einfach darauf, meine

Brückencrew vor den Kopf zu stoßen. Sie werfen Sulu eine schwere Straftat vor, Uhura behandeln Sie herablassend, Pille werfen Sie vor, ein chauvinistischer Quacksalber zu sein, ganz zu schweigen davon, daß Sie seinen Ruf als Südstaaten-Gentleman in Zweifel ziehen. Spock stellen Sie als Marionette und schlechte Imitation eines Menschen dar. Jetzt fehlt nur noch, daß Sie Scotty einen vom Whiskey benebelten alten Säufer nennen, der seinen Schraubenschlüssel nicht von seinem Taschentuch unterscheiden kann, und Sie haben wirklich gründlich aufgeräumt.«

»Bin ich so undiplomatisch, Jim?«

»Undiplomatisch? Moriah, Sie ...« Er hielt die Hände hoch; fast hätten sie ihr Gesicht berührt. »Im Vergleich mit Ihnen kommt einem der unvergeßliche Kahless wie Talleyrand vor.«

Sie wandte das Gesicht ab, nahm seine rechte Hand in die ihre, hob sie an den Mund und küßte die Handfläche. Er kam sich vor, als hätte man ihm einen Rippenstoß versetzt. Er streckte sich; seine Erschöpfung war plötzlich vergessen.

»Sie sind ein starker Mann, Jim«, sagte sie und drückte seine Handfläche gegen ihre Wange. Die Haut war kühl und glatt. »Sie haben mir heute die Stirn geboten.«

»Ich hätte nicht gedacht, daß das so eine Wirkung auf Sie hat.«

»Ich weiß, Sie treten für das ein, woran Sie glauben. Das ist wichtig.« Sie sah ihm in die Augen. »Wir brauchen einen Mann wie Sie.«

»Wir?« Er trat zurück und ließ die Hände sinken. »Ich verstehe nicht ganz.«

»Wir. Der Kommissar, ich. Die nichtmenschlichen Spezies der Föderation. Wir brauchen Ihre Stärke.«

»Moriah.« Er schüttelte den Kopf. »Ich weiß nicht, was ich Ihnen sagen soll. Ich ... der Status der Nichtmenschen ist mir nicht gleichgültig. Ich glaube, kaum ein anderer Starfleet-Offizier hat die Föderation in Kontakt mit mehr neuen Spezies gebracht. Ich verstehe die Auswirkungen meines Handelns genau, kann mich auch gefühlsmäßig hineinversetzen. Trotz der Ersten Direktive und aller Maßnahmen, die die Föderation getroffen hat, um den Schock abzuschwächen, kann der Kontakt mit einer galaxisüberspannenden Zivilisation für eine Kultur eine schreckliche Beeinträchtigung sein.«

Er wandte sich ab. »Aber ich bin trotzdem der Ansicht, daß die Föderation ihren Mitgliedern mehr gibt, als sie ihnen nimmt. Wäre ich nicht davon überzeugt, könnte ich niemals tun, was ich tue.«

Er fühlte eine Hand auf seinem Arm. »James.«

Er drehte sich um. Ihre Arme glitten um seinen Körper.

»*Ich* brauche auch einen starken Mann. Es zermürbt mich, immer so unabhängig sein zu müssen, so standhaft – ich gegen den Rest der Welt. Manchmal brauche ich eine starke Brust, an die ich mich einfach … anlehnen kann.«

Sie legte den Kopf auf Kirks Brust. Er drückte sie an sich und streichelte ihr Haar.

Nach einer Weile hob sie das Gesicht und sah ihn an. Er küßte sie.

Diesmal löste sie sich nicht von ihm.

9

Licht ergoß sich wie ein Regen aus Goldstaub von einem Punkt zwei Meter über dem Boden auf das Dach hinab. Ein Schimmern, und Kirk, Spock und Moriah Wayne standen auf einer Matte aus gewebten Seetangfasern.

Kirk schaute sich um. Er und Wayne trugen breite Sonnenbrillen mit einem eingebauten Chip, der den winzigen grellen Punkt von Joan-Maries Stern abdunkelte. Doch selbst trotz dieser Vorsichtsmaßnahme stellte sich bei ihm zuerst der Eindruck von unerträglich grellem Sonnenlicht ein.

Der zweite Eindruck war der einer so hohen Luftfeuchtigkeit und Hitze, daß sie ihm einen körperlichen Schlag zu versetzen schien, und einer Schwerkraft, die ihm wesentlich höher als die zusätzlichen zwanzig Prozent vorkam, an die er gewöhnt war. Seine Knie schienen unter dem Gewicht nachzugeben, und die Welt drehte sich um ihn.

Reiß dich zusammen, rief er sich streng zur Ordnung. *Du bist der unerschrockene Erforscher. Es sieht dir nicht ähnlich, den Fuß auf eine neue Welt zu setzen, nur um dann in einer hilflosen Pfütze aus Protoplasma zusammenzubrechen.*

Er grinste angesichts dieser Vorstellung, ergriff das Geländer – das glücklicherweise mit irgendeinem faserigen, wärmeabweisenden Material verkleidet war – und zwang sich, aufrecht zu stehen. Sie befanden sich auf einer Beobachtungsplattform drei Stockwerke über einer Stadt aus Glas und Metall und offenem Wasser;

das alles funkelte unter ihnen im weißen Glanz der Sonne. Der Stadt mangelte es offensichtlich an einer weisungsbefugten Planungskommission: Sie war das reinste Durcheinander. Große und kleine Türme und Kuppeln und horizontale Zylinder stießen in alle Richtungen vor, wurden von Wasserstraßen unterschiedlicher Breite getrennt und durch ein verworrenes Netz von Laufstegen und Brücken verbunden.

»Chaos«, sagte Wayne und rümpfte geringschätzig die Nase. »Das reinste Durcheinander.«

»Kommissarin«, sagte Spock, »bei dem örtlichen Sonnenaufgang heute morgen haben unsere Sensoren die Anwesenheit von genau einer Million einhundertundfünfunddreißigtausend und zweihundertzweiundsechzig menschlichen Bewohnern festgestellt. Welche Lebensweise auch immer die Einwohner entwickelt haben mögen, es ist auf keinen Fall völlig unfunktionell.«

»Es ist ein Schandfleck«, sagte sie. »Ein silberner Schorf auf dem Meer.«

»Freivolk«, sagte eine Stimme hinter ihnen. Sie drehten sich in einen Wind, der einen beißenden Metallgeruch mit sich brachte, und sahen, wie das Trio, mit dem sie am vergangenen Abend gesprochen hatten, aus einer niedrigen Metallkuppel trat. Das Licht des Primärsterns ließ das Gebilde wie den in der Zeit erstarrten halbkugelförmigen Feuerball einer Atomexplosion auf Bodenhöhe aussehen. Dahinter sah der Himmel wie ein graues Tuch aus, das mit einem Messer aufgeschlitzt worden war. Durch die Risse fiel schmerzend blaues Licht.

Der Sprecher war Jason Strick. Heute trug er ein buntes offenes Hemd über weißen Segeltuchhosen. »Willkommen in Discord.«

»In der Stadt wie auf dem Planeten«, fügte Aileea dinAthos hinzu. Sie trug eine weite cremefarbene Bluse über Khakishorts und weiche, kniehohe Mokassins.

Und noch immer ihren Waffengürtel. »Beide tragen denselben Namen.«

»*Ihren* Namen«, sagte Wayne, und ihre Worte waren so frostig, daß nicht mal die Sonne sie schmelzen konnte. »Die Einheimischen nennen ihn zweifellos anders.«

»Wenn Sie die Susuru meinen«, sagte Aileea sachlich. »Sie haben dem Planeten einen Namen gegeben, der Insel bedeutet. Die Susuru sind keine Einheimischen, genauso wenig wie wir.«

»Ich danke Ihnen, daß Sie uns willkommen heißen«, sagte Kirk laut. »Wir sind hier, um die Wahrheit über die Situation auf dieser Welt aufzudecken, wie auch immer sie aussehen mag.«

Strick reichte Wayne die Hand, und sie ergriff sie nach kurzem Zögern. dinAthos gab Kirk die Hand. Ihr Griff war überraschend stark – so stark, daß er den Eindruck hatte, sie könnte seine Hand problemlos brechen, wenn sie es wollte, obwohl sie kleiner als Wayne und zierlich gebaut war.

»Das ist eine sehr beeindruckende Technik«, sagte Arkazha, als er mit Spock einen Händedruck wechselte. »Die Methode, mit der Sie sich hierher begeben haben.«

»Transporterstrahlen«, sagte Kirk und gab Strick die Hand. Der Captain sah, daß auch er bewaffnet war. Der Griff einer Handwaffe ragte an der linken Hüfte unter dem Saum seines Hemds hervor. »Auf der Erde ist viel geschehen, seit Ihre Vorfahren sie verlassen haben.«

»Zweifellos«, sagte Strick. »Und wir können es kaum erwarten, alles zu erfahren.«

»Diese … Transporter? … haben bei unseren Kommunikationssystemen starke Interferenzen hervorgerufen«, sagte dinAthos. »Als Sie gerade runtergebeamt sind, spielte unsere gesamte Elektronik verrückt.«

»Das kann vorkommen, wenn Transporterstrahlen in der Nähe nichtabgeschirmter elektronischer Geräte auf einem bestimmten rudimentären Entwicklungsstadium eingesetzt werden«, sagte Spock.

Die drei sahen ihn an, eher neugierig als eingeschnappt, wie es den Anschein hatte. »Wir kommen Ihnen wohl primitiv vor.«

Wayne öffnete den Mund, um etwas zu sagen. »Eigentlich«, kam Kirk ihr zuvor, »glaube ich nicht, daß wir Ihnen so weit voraus sind.«

Er schaute zum Himmel hinauf, der über ihnen wolkenlos war, wenngleich am Horizont im Westen Kumuluswolken aufzogen, die wie weiße Steppenläufer aussahen. »Hoffentlich kommt es nicht wieder zu einem Ihrer gewaltigen Gewitter. Starke Blitzentladungen können unsere Transporter massiv beeinträchtigen.«

»Unsere meteorologischen Untersuchungen haben ergeben, daß sich in den nächsten acht Stunden keine größeren Sturmzellen in dieser Gegend entwickeln werden oder hierher ziehen, Captain«, sagte Spock. »Und Mr. Sulu wird uns natürlich warnen, sollten die Verhältnisse sich ändern.«

»Ausgezeichnet, Mr. Spock.«

»Möchten Sie sich unsere Stadt ansehen?« fragte Jason Strick. »Wir können ja ein Stück gehen, falls unsere Hitze und Schwerkraft nicht zu viel für Sie sind...«

»Wir werden es schon überleben«, sagte Kirk, der dies insgeheim jedoch bezweifelte. So unangenehm die Hitze, Luftfeuchtigkeit, Schwerkraft und Sonneneinstrahlung waren, sie waren nichts im Vergleich zu den unsichtbaren Belastungen – ein hoher UV-Ausstoß vom Primärstern, Hintergrundstrahlung von den Schwermetallen in der Planetenkruste. Dr. McCoy hatte einen Wirbel um die Gruppe gemacht, bevor sie hinabgebeamt waren, sie dick mit Sonnenblockern beschmiert und mit Antistrahlungsmedikamenten vollgepumpt.

»Das hält euch am Leben«, hatte er gesagt, »aber wohlfühlen werdet ihr euch auf Okeanos nie.«

»Wir nennen unsere Sonne *Eris*«, sagte dinAthos nun.

»Nach der Göttin der Zwietracht, die das Bankett der Götter unterbrach, indem sie den goldenen Apfel mit der Aufschrift ›Der Schönsten‹ in ihre Halle auf dem Olymp brachte, nehme ich an?« sagte Spock.

»Genau die ist gemeint«, erwiderte die grünhaarige Frau grinsend. »Ein hinterhältiges Miststück, aber sie hält uns am Leben.«

Sie gingen zu einer breiten Treppe und dann hinab auf Meereshöhe. Der Seegang machte sich als sanftes, kaum wahrnehmbares Schaukeln bemerkbar. Sämtliche Bürgersteige und Stege waren mit den unverwüstlichen Fasermatten bedeckt, bei denen es sich um sehr wirkungsvolle Isolatoren zu handeln schien. Nicht einmal Kolonisten, die sich diesem Höllenloch so gut angepaßt hatten, daß sie leicht bekleidet und ohne Kopfbedeckung am hellichten Tag spazieren gehen konnten, waren imstande, den Kontakt mit unverkleidetem Metall zu ertragen, das von der winzigen Sonne aufgeheizt worden war.

»Captain«, sagte Spock leise hinter Kirk. Ihre Gastgeber stiegen die Treppe hinter ihnen hinab, während Wayne voraus ging und sich mit verkniffenem Gesicht nach links und rechts umschaute. »Es kommt mir bemerkenswert vor, daß diese Leute sich in den höchstens zweihundert Jahren, die sie sich auf diesem Planeten befinden können, so vollständig an die extrem harten Lebensbedingungen angepaßt haben.«

»Zweihundert Jahre, Spock? Sie klingen, als wären Sie sich diesbezüglich völlig sicher.«

»Zefram Cochrane hat vor zweihundertundsieben Jahren einen funktionsfähigen Warpantrieb entwickelt«, sagte Spock. »Da dieser Planet über dreihundert Lichtjahre von der Erde entfernt ist und der erste menschliche Raumflug erst vor dreihundert Jahren stattgefunden hat, ist es höchst unwahrscheinlich, daß die Vorfahren dieser Kolonisten die Erde vor dem Beginn des Warpflugs verlassen haben.«

»Eine ausgezeichnete Schlußfolgerung, Mr. Spock«, sagte Kirk. »Die schnelle Anpassung dieser Discordianer ist ein weiteres Geheimnis. Als ob wir nicht schon genug hätten.«

Die Räume zwischen den Gebäuden waren voller Menschen, die spazieren gingen, sich zankten, debattierten, im Meer tollten, einen Handball gegen eine Wand warfen. Kirk fiel an ihnen sofort auf, daß sowohl Strick als auch dinAthos ziemlich konservativ gekleidet waren. Die Norm schienen eher kühne, fast protzige Farben bei Kleidungsstücken extravaganten Schnittes zu sein; Schutz vor der Sonne spielte dabei offensichtlich eine nebensächliche und Sittsamkeit gar keine Rolle. Er sah wesentlich mehr Menschen, die wie Arkazha gekleidet waren, als solche, die wie ihre Begleiter angezogen waren, und das galt nicht nur für die, die eher wie Amphibien aussahen.

Die Leute selbst präsentierten sich in einer Vielfältigkeit, die so erstaunlich wie ihre Kleidung war. Er sah klobige Humanoide, die wie Nashörner mit geschmeidigen Panzerplatten bedeckt waren, stämmige Männer und Frauen, die nicht größer als Tellariten waren, und andere, die genauso groß – hüfthoch –, aber so zierlich waren, daß Kirk sie zuerst für Kinder hielt. Ein Wesen, das wie Arkazha aussah, sprang in einer gewaltigen Woge blaugrünen Wassers auf den Laufsteg vor ihnen, richtete sich auf, drehte sich zu der sich nähernden Gruppe um, nickte höflich und ging an ihnen vorbei. Waynes Augen wurden größer; das Geschöpf war nackt und eindeutig männlich.

Einen Augenblick später stürzte eine wesentlich humanoidere Frau, die genauso nackt war, mit einem Kopfsprung aus einem Fenster im dritten Stock ganz knapp an Kirk vorbei. Der Captain glaubte, aquamarinfarbenes Haar zu sehen, das über einen hellen, schlanken Körper strömte, an dessen Armen von den Handgelenken bis zu den Fleischrippen Säume zierlicher Flossen verliefen. Dann war sie verschwunden, ließ gerade mal eine kleine Welle zurück.

Wayne blieb stehen und schaute stirnrunzelnd zu Kirk zurück; die Arme hatte sie über der Brust verschränkt. »Haben wir ein Ziel, oder laufen wir einfach nur so durch diesen Ameisenhaufen?«

Aileea kniff die Jadeaugen zusammen und schaute gefährlich drein. Strick lächelte ungezwungen.

»Wie es Ihnen beliebt, Kommissarin«, sagte er. »Sie sind unser geehrter Gast. Wir möchten Ihnen einen Eindruck von unserer Lebensweise vermitteln.«

»Ich habe in meinem Leben schon mehr als genug häßliche Großstädte gesehen.«

Die Gruppe schloß zu ihr auf und ging an ihr vorbei. Nach einem Augenblick folgte sie wütend.

»Eins verwirrt mich«, sagte Kirk nachdrücklich. »Mr. Strick... äh... möchten Sie mit einem bestimmten Titel angesprochen werden?«

»Mr. Strick ist in Ordnung«, sagte der Mann lächelnd. »Oder Freier Strick, oder Jason. Sie können auch einfach nur auf mich zeigen – das ist mir völlig egal.«

»Wann genau haben Ihre Vorfahren die Erde verlassen?«

»Zweitausendzweiundsiebzig«, sagte dinAthos. Wayne warf ihr einen Blick zu, der wie Glas glitzerte. Sie war ganz bleich im Gesicht und verkrampft und schien kurz vor einer Explosion zu stehen.

Kirk war verwirrt. Gestern abend waren sie einander so nah gewesen. Heute schien sie ihn am liebsten erdolchen zu wollen. Es würde noch lange dauern, bis er die Kommissarin verstand.

»Auf dem Höhepunkt des Dritten Weltkriegs der Erde«, sagte Spock.

dinAthos nickte. »Man könnte sagen, wir haben uns davongeschlichen, als gerade niemand hinsah.«

»Und was haben Sie getan, daß Sie sich davonschleichen mußten?« fragte Wayne.

»Wir wurden geboren«, sagte die Discordianerin mit einer trotzigen Kopfbewegung, die grüne Blitze aus ihren Augen zu schleudern schien.

»Wir sind geflohen, um der Auslöschung zu entgehen«, sagte Mona Arkazha. Ihre hervortretenden Augen betrachteten Wayne mit offensichtlicher Geringschätzung. »Anscheinend haben unsere Mütter eine kluge Wahl getroffen.«

»Also wirklich, Mona«, sagte Strick beruhigend, »sieh dir doch Mr. Spock an. Offensichtlich dulden sie auf der guten alten Erde jetzt Vari.«

Spock runzelte die Stirn. »›Vari‹, Mr. Strick? Dieser Ausdruck ist mir nicht vertraut.«

»Unsere Bezeichnung für uns«, sagte Strick. »Eine Abkürzung von ›Varianten‹.«

»Des menschlichen Körpertyps«, fügte dinAthos hinzu.

Spock kniff die Augen zusammen. »Ich bitte um Verzeihung, Sir, aber meine Abweichung von der menschlichen Norm rührt von der Tatsache her, daß ich zur Hälfte Vulkanier bin.«

Strick starrte sein Gesicht an. Spock ertrug den prüfender Blick mit seiner üblichen Würde.

»Sie meinen, Sie sind zur Hälfte ein *Außerirdischer?*« fragte der Discordianer.

»Eine Xenoform«, berichtigte Wayne.

»Ganz recht«, sagte Spock.

Stricks Gesicht verzog sich zu einem breiten Grinsen. »Wunderbar! Also war Terra doch imstande, die Furcht vor Andersartigkeit zu überwinden.«

»Offensichtlich«, erwiderte Spock, »denn die Föderation besteht mittlerweile aus mehreren Dutzend humanoiden Spezies.«

Strick warf seinen Begleitern einen Blick zu. »Vielleicht ist es doch gut, daß unsere Isolation beendet wurde. Vielleicht ist die Erde jetzt bereit, uns zu akzeptieren.«

»Zieh keine vorschnellen Schlußfolgerungen, Jason«, sagte Arkazha warnend.

dinAthos grinste. »Er ist berufsmäßiger Optimist. In seiner Branche kommt ihm das zustatten.«

Sie hatten eine Art Platz um eine breite künstliche Lagune erreicht, in der ein Dutzend Kinder – es waren tatsächlich Kinder, wie ein zweiter Blick bestätigte – der verschiedensten Typen herumtollten, offensichtlich ohne sich ihrer Unterschiede bewußt zu sein. Erwachsene nahmen unter grellbunten Sonnensegeln ein spätes Frühstück oder frühes Mittagessen ein. Andere stöberten in Geschäften, die Atemmasken, Unterhaltungselektronik oder leichte Waffensysteme für nautische Schiffe feilboten. Kirk stellte fest, daß sogar die Leute, die keine augenfälligen körperlichen Abweichungen von der Norm aufwiesen, oftmals extravagante kosmetische Unterschiede zeigten, etwa blaues Haar oder gelbe Haut.

Er spürte eine Gänsehaut auf dem Nacken und drehte sich unwillkürlich um. Eine Person, die zur einen Hälfte eine Frau, zur anderen eine scheckige Katze zu sein schien, saß auf einer niedrigen Mauer, die mit einer wie ein Perserteppich gefärbten Fasermatte bedeckt war, neben einem Café, dessen Name mit Schriftzeichen geschrieben war, die wie chinesische Ideogramme aussahen. Sie bemerkte, daß er zu ihr hinüberschaute, und bedachte ihn mit einem gemächlichen Lächeln, das je einen langen, geschwungenen Fangzahn in den Mundwinkeln enthüllte. Ihre Augen waren gelb und hatten vertikal geschlitzte Pupillen.

»Faszinierend«, hörte er Spock murmeln.

»Mr. Strick«, sagte er, »es gibt keine taktvolle Weise, diese Frage zu stellen, aber wie in Himmels Namen sind Sie ... ich meine, warum ...«

Er hob mit einer hilflosen Geste die Hände. Aileea dinAthos lachte.

»Warum wir eine so seltsame Mischung von Freaks sind, Captain? Gentechnologie.«

»Wir sind so, wie wir sein wollen«, sagte Arkazha.

Kirk und Wayne starrten sie wie vom Donner gerührt an. »*Sie* … sind Gentechniker?« fragte die Kommissarin dann.

»Unsere Genbildhauer schaffen uns nach unseren Anforderungen«, sagte dinAthos Aileea und betrachtete die Kommissarin neugierig und etwas mißtrauisch. Dann zeigte sie ein seltsames Lächeln. »Das stört Sie, nicht wahr?«

»Natürlich stört es mich!« fauchte Wayne. Ihr Gesicht war blutleer. »Sie machen sich an der natürlichen Ordnung zu schaffen!«

»Genau wie Dr. McCoy, Kommissarin«, sagte Spock, »wenn er jemanden von einer Krankheit heilt, die sich unbehandelt als tödlich erwiese.«

»Aber sie … pervertieren ihre Natur. Und die ihrer Kinder. Sie verzerren sich aus bloßen Launen heraus zu Ungeheuern!«

»Moriah, reißen Sie sich zusammen!« sagte Kirk scharf.

Sie funkelte ihn wütend an. »Brauchen Sie noch mehr Beweise? Diese Leute sind nicht nur Fremde auf dieser Welt. Sie sind Fremde im *Kosmos!* Sie sind *unnatürlich!*«

Jason Stricks Wangen sahen aus, als hätte man sie mit frisch gefallener vulkanischer Asche bestäubt. Aileea dinAthos sah Wayne an, als wäre sie ein giftiges Meeresgetier, das auf den Bürgersteig geschnellt war. Lediglich Arkazha zeigte keine Regung, doch bei ihrer stark modifizierten Physiognomie stand ihr wohl nur ein beschränktes Maß an Ausdrucksmöglichkeiten zur Verfügung.

Kirk nahm Wayne am Arm und führte sie ein paar Schritte von den anderen fort. »Kommissarin«, sagte er leise, »Sie verhalten sich völlig unangemessen.«

»Unangemessen?« Ihr Gelächter klang wie zersplitterndes Glas. »Schon allein die *Existenz* dieser Leute ist ein Verbrechen!«

»Wir befinden uns nicht innerhalb der Föderation. Unsere Gesetze haben hier keine Geltung.«

»Wir sind hier, um diesen Planeten dem Föderationsgesetz zu unterstellen. Oder haben Sie das schon vergessen?« Die Farbe kehrte nun in ihr Gesicht zurück, zuerst auf ihren Wangenknochen. Ihre Augen leuchteten wie im Fieber. »Und das wird mir ein Vergnügen sein!«

Kirk befeuchtete seine Lippen, die aufgrund des ultravioletten Sonnenlichts allmählich zu jucken anfingen. Er nahm den medizinischen Geschmack des Sonnenblockers wahr. *Leck das Zeug lieber nicht ab,* dachte er unwillkürlich. Der Stoff sollte eigentlich wasserdicht sein, aber die Erfahrung hatte ihn eines Besseren belehrt.

»Ich weiß nicht, wie der Status dieser Leute unter dem Föderationsgesetz aussieht«, gestand er ein. »Aber ich dulde nicht, daß Sie sie beschimpfen. Ihr Tonfall klingt nach einem Mob mit Fackeln und Seilen, Kommissarin.«

»Sprechen Sie von einem Lynchmob, Captain? Oder von diesen alten Horrorfilmen, in denen Bauern mit Fackeln das Schloß stürmen, um den verrückten Wissenschaftler und seine Ungeheuer zu töten?«

Kirk wandte sich angewidert ab. Strick und dinAthos hatten die Köpfe zusammengesteckt und unterhielten sich leise. Spock schaute von einem Gespräch mit Arkazha auf.

»Dr. Arkazha hat mir einiges über die discordianische Kultur berichtet. Sie und andere aus ihrer Gens wurden zum Beispiel so optimiert, daß sie ohne technische Hilfsmittel in den Tiefen des Meeres leben können und sich nach der Rückkehr zur Oberfläche keiner Dekompression unterziehen müssen.« Er legte den Kopf leicht schräg. »Es ist in der Tat ein überaus effizientes System.«

Kirk verspürte eine gewisse Übelkeit in seiner Magengrube und verabscheute sich deshalb. So sehr er Moriah Wayne bewunderte, im Augenblick wollte er ihr in keiner Hinsicht ähneln.

Er legte eine Hand auf den Oberarm seines wissenschaftlichen Offiziers und führte ihn aus der Hörweite der anderen. Wayne stand weiterhin allein da und starrte in den Himmel.

»Spock, Sie wissen, daß die Bestimmungen der Föderation die gentechnische Manipulation intelligenter Spezies verbietet.«

»Aber diese Leute gehören nicht der Föderation an, Jim.«

Kirk seufzte. »Das stimmt. Aber Sie müßten uns verstehen. Wir haben auf der Erde ein paar sehr unglückliche Erfahrungen mit gentechnisch veränderten Menschen gemacht.«

Spock nickte. »Die Eugenischen Kriege der letzten Dekade des zwanzigsten Jahrhunderts.«

»Und Sie haben einige der Folgen dieses Konflikts aus erster Hand miterlebt, ganz zu schweigen von den eigentlichen Urhebern, die dahinter steckten. Wie alle anderen auf der *Enterprise* auch.«

»Die Passagiere der *Botany Bay*.«

»Genau. Wir mißtrauen gentechnisch veränderten Menschen. Ich weiß, es ist irrational – aber man könnte sagen, es liegt in *unseren* Genen.«

»Captain.«

Er drehte sich – etwas zu schnell – um. »Mr. Strick.«

»Ich verstehe, wieso wir Sie vielleicht... aus dem Gleichgewicht bringen.«

Die discordianischen Sprecher hielten einen taktvollen Abstand. »Wir haben die Erde verlassen, um der eifernden Borniertheit zu entkommen«, sagte Aileea verbittert. »Sie ist also nicht neu für uns.«

Strick hob eine Hand. »Aileea.« Sie runzelte die Stirn, sagte aber nichts mehr.

»Wir entschuldigen uns nicht dafür, wie wir sind«, sagte Mona Arkazha. »Wir haben die Erde unter anderem auch deshalb verlassen, um das Recht zu bewahren, unsere Gestalt auch weiterhin selbst wählen zu können. Aber wir sind ursprünglich nicht freiwillig so geworden.«

»In der Tat verdanken wir unsere Existenz einem Individuum, von dem Sie vielleicht nie gehört haben«, sagte Strick, »da seine Blütezeit vor fast dreihundert Jahren endete. Ein Tyrann aus dem zwanzigsten Jahrhundert namens Khan Noonian Singh.«

10

»Khan«, wiederholte Kirk.

»Sie haben von ihm gehört?« fragte Strick.

»Es gab damals so viele Diktatoren auf der Erde«, sagte Aileea. »Kaum zu glauben, daß Sie sie nach dieser langen Zeit überhaupt noch auseinanderhalten können.«

»Hm.« Kirk warf Spock einen Blick zu und beneidete ihn um sein vulkanisches Pokerface. »An der Starfleet-Akademie werden wir umfassend in politischer Geschichte ausgebildet.«

»Ich glaube«, sagte Spock, »ich bin sogar mit einigen Einzelheiten Ihres Falls vertraut. Wenn ich mich recht entsinne, traf auf Ihre Vorfahren die UNO-Resolution einundfünfzig des Jahres zweitausendachtunddreißig zu. Wie Sie sich zweifellos erinnern, hat diese Resolution begründet, daß kein Erdenbürger für die Taten seiner Vorfahren verantwortlich gemacht werden kann. Ein Zusatz der Resolution bestätigte den menschlichen Status gewisser menschlicher Varianten, die in den von Khan und den anderen Tyrannen dieser Zeit gegründeten Genforschungslabors geschaffen worden waren. Das war die sogenannte Resolution über ›Khans Stiefkinder‹.«

»Sie sind sehr diplomatisch, Mr. Spock«, sagte Aileea. »In Wirklichkeit haben sie uns ›Khans Bastarde‹ genannt.«

Spock runzelte die Stirn. »Vielleicht waren meine Quellen absichtlich behutsam.«

»Captain Kirk«, sagte Aileea mit einer scharfen Kopfbewegung, »ich entschuldige mich dafür, gerade eben so scharf zu Ihnen gesprochen zu haben. Ich habe den Fehler begangen, auf etwas zu reagieren, das jemand gesagt hat. Die Rede ist frei.«

»Dafür kämpfen wir«, fügte Strick hinzu.

»Sie müssen sich nicht entschuldigen, Miss din-Athos«, sagte Kirk.

»Warum schicken Sie nicht Ihre Leute zu uns?« fragte Arkazha. »Dann können sie selbst entscheiden, ob wir Ungeheuer sind oder nicht. Ansonsten« – sie zeigte mit dem Daumen auf Wayne, die noch immer allein dastand – »können sie nur danach urteilen, was *sie* ihnen erzählt.«

Kirk rieb sein Kinn. Er sah Wayne an, dann die Bewohner von Discord City und schließlich Spock.

»Captain«, sagte sein Erster Offizier. »Während unseres Aufenthalts auf Starbase Dreiundzwanzig wurde der Landurlaub verkürzt. Ein Viertel der Crew hat überhaupt keinen Urlaub bekommen. Und ein Urlaub in der abgeschotteten Umgebung einer Starbase hat bei weitem keine so günstige Auswirkungen auf die Moral wie einer auf einer Planetenoberfläche.«

»Sie sind der einzige in unserer Crew, der hier einen idealen Urlaubsort vorfinden würde, Spock«, sagte Kirk. Als Vulkanier brauchte Spock weder eine Sonnenbrille noch Injektionen oder Sonnenschutzcreme.

Kirk dachte kurz nach und beobachtete dabei die Kinder, die in der Lagune spielten. Diese Leute kamen ihm offen und freundlich vor. Dennoch blieb die Tatsache bestehen, daß sie gern Waffen trugen. Und er mußte auch die Beschuldigungen der Susuru bedenken. Wayne hatte zumindest in der Hinsicht recht, daß man sie nicht von vornherein abtun konnte.

Ich war es doch, der davon gesprochen hat, zuerst alle Fakten zu sammeln und dann eine Entscheidung zu treffen, dachte er. Ein Schweißrinnsal lief seinen Hals hinab in seinen Hemdkragen. *Vielleicht sollte ich das in die Tat umsetzen.*

»Ich weiß Ihre Gastfreundschaft zu schätzen«, begann er vorsichtig. »Aber ich bin für das Wohlergehen meiner Mannschaft verantwortlich. Bislang habe ich nur ein paar Häuserblocks Ihrer bezaubernden Stadt gesehen. Ich bin wirklich noch nicht imstande, die damit verbundenen Risiken abzuschätzen.«

»Schallfelder halten die Meerestiere in Schach«, sagte Arkazha. »Die Stürme sind schwer, aber wenn man in einer Unterkunft bleibt, ist man durchaus sicher, wenngleich man sich etwas Bequemeres vorstellen könnte.«

»Es ist eine unbekannte Umgebung«, sagte Aileea zu Kirks Überraschung. »Er tut recht daran, vorsichtig zu sein.«

»Er könnte die Crew selbst entscheiden lassen, welche Risiken sie einzugehen bereit ist«, widersprach Arkazha.

»Hör auf, Mona, so läuft das bei ihnen nicht«, sagte Strick. »Und es obliegt uns wohl kaum, sie zu ändern, oder?«

»Wenn wir in Ruhe gelassen werden wollen, müssen wir auch andere in Ruhe lassen können«, pflichtete Arkazha ihm bei. »Du hast recht.«

»Verstehen Sie, wir können unsere Leute nicht zwingen, aber Sie werden fast überall, wohin Sie sich auch wenden, willkommen sein«, sagte Strick. »Wir Discordianer sind größtenteils freundliche Leute, und die meisten, denen Sie begegnen, sind wohl versessen darauf, endlich zu erfahren, was sich in den letzten zweihundert Erdenjahren auf Terra und in der Galaxis getan hat. Aber ich rate Ihnen, sich vom Äquator fernzuhalten.«

»Warum das?« fragte Wayne. »Was haben Sie zu verbergen?«

»Nichts – wir wollen nur verhindern, daß Narren sich ins Unglück stürzen«, sagte Aileea dinAthos. »Wenngleich das normalerweise nicht unsere Art ist. Hier oben auf fünfzig Grad Nord sind Sie vor einem

Angriff der Stelzengeher einigermaßen sicher. In der Nähe des Äquators sind Sie Freiwild für sie und ihre Freunde.«

»Möchten Sie etwas Besonderes sehen?« fragte Strick. »Geben Sie mir rechtzeitig Bescheid, damit ich die nötigen Vorkehrungen treffen kann.«

»Die Susuru behaupten, Sie würden die Umwelt zerstören«, sagte Wayne abrupt. »Wie wäre es, wenn Sie uns Ihre Minen und Meeresranchen zeigen?«

»Die Umwelt zerstören?« Strick legte den stattlichen Kopf zurück. »Warum in Eris' Namen sollten wir so etwas tun? Wir *leben* auf diesem Planeten! Warum sollten wir ihm schaden?«

»Und was geht Sie das überhaupt an?« fragte din-Athos. »Wir leben nicht nach Ihren Gesetzen!«

Wayne warf ihr einen unbeschreiblich selbstgefälligen Blick zu.

»Das wäre vielleicht ein guter Anfang«, sagte Kirk. »Es würde uns zu verstehen helfen, wie Sie leben.« Er sah Wayne an. »Und es könnte gewisse ökologische Bedenken ausräumen.«

»Anscheinend herrscht auf der Erde weiterhin die alte ökologische Selbstgerechtigkeit«, sagte Arkazha, »genau wie die Angst vor Varianten. Vielleicht hat sich doch nicht so viel geändert, Jason.«

Strick fuhr mit den Händen rückwärts durch sein kurzes, krauses Haar. »Das Wohlergehen unseres Planeten bedeutet uns wohl viel mehr, als es Ihnen bedeuten *kann*. Die meisten von uns haben ein vertrautes Verhältnis zum Meer.«

Wayne holte zu einer umfassenden Geste aus. »Ich sehe nur, daß Sie sich mit Stahl und Glas umgeben. Künstlichkeit, keine Natur.«

»Das ist eine *Stadt*«, sagte dinAthos. »Haben Sie in Ihrer Föderation keine Städte?«

»Viel zu viele.«

»Würden wir unsere Besichtigungstour fortsetzen«,

sagte Spock, »könnten wir uns eine fruchtlose Debatte ersparen.«

Arkazha entblößte bei einem breiten Grinsen ihre Zähne. Sie waren völlig menschlich, was sie um so seltsamer aussehen ließ. »Ich mag Sie«, sagte sie. »Sie sind ein Mann nach meinem Herzen. Praktisch denkend.«

»Logisch«, berichtigte Spock.

Strick nickte und griff nach seiner Taille. Wayne erstarrte und riß die Augen auf, doch er holte lediglich einen Handkommunikator hervor. »Ich rufe an und sorge dafür, daß wir einen Scooter bekommen.«

»Das ist nicht nötig«, sagte Kirk und grinste. »Wie würde es Ihnen gefallen, unsere ›beeindruckende Technik‹ aus erster Hand kennenzulernen?«

Die Discordianer sahen ihn an wie Kinder einen Weihnachtsbaum. »Können wir das wirklich?« fragte Strick und vergaß ganz, gelassen und würdevoll auszusehen.

»Sie können sogar mehr als das.« Kirk klappte seinen Kommunikator auf. »Kirk an *Enterprise*. Mr. Sulu, erfassen Sie meine Koordinaten.« Er drehte sich zu Strick um. »Wollen Sie uns die Sehenswürdigkeiten von Discord zeigen?«

In der Mine auf achtzig Grad Süd war es Nacht. Ein niedriger schwarzer Kegel stieß aus dem Meer hervor. Sein Umriß war leicht gezähnt, wie bei einem fraktalen Entwurf. Wellen, die von einem Sturm von fünfzig Stundenkilometern getrieben wurden, warfen sich dagegen, als wollten sie ihn für seine Anmaßung niederreißen, die Herrschaft der See herausgefordert zu haben.

Scheinwerfer warfen in radioaktiven Pfützen Licht auf den Tiefseeberg. In seinem Schein bewegten sich menschliche und mechanische Gestalten. Der Wind und die Wellen schienen ihre Aktivitäten nicht zu behindern.

»Ich beneide die da draußen nicht«, sagte James Kirk, der das Gesicht fast gegen das Panzerglasbullauge des Tauchboots drückte.

Das kleine Schiff machte einen Satz, als eine so starke Welle vorbeirollte, daß die Turbinen und Kreisel sie nicht kompensieren konnten. Kirk biß die Zähne zusammen und dachte an die Männer, die sich in den hölzernen Segelschiffen aufs Meer gewagt hatten, deren Modelle in seinem Quartier zu sehen waren. Dann versuchte er, *nicht* an sie zu denken.

»Wenn Ihnen der Wellengang Probleme bereitet«, sagte Arkazha mit einem leichten Lächeln, »seien Sie für Ihre wunderbaren Transporterstrahlen dankbar, die uns direkt hierher gebracht haben, ohne daß wir viele unbehagliche Kilometer auf dem Wasser zurücklegen mußten.«

»Die Arbeiter beneiden uns nicht«, sagte Aileea. Sie warf einen offen hämischen Blick auf Wayne, die Kirk und Spock gegenüber neben dem Bullauge saß. Ihre bleichen Haut hatte eine grünliche Färbung angenommen, die sie fast aussehen ließ, als fließe vulkanisches Blut in ihren Adern. »Es sind Grunzer. Sie wurden eigens für Schwerstarbeiten gezüchtet – Kraft, Ausdauer, schwache Willenskraft und Intelligenz. Als wir befreit wurden, entschlossen sie sich, ihren Willen und Intellekt zurückerlangen.«

»Jetzt können sie körperlich anstrengende Aufgaben praktisch dem Autopiloten überlassen und ihren großartigen Verstand freihalten«, sagte Strick. »Sie haben uns einige unserer größten Philosophen und Theoretiker geschenkt.«

»Der Wind und die Gischt machen ihnen nichts aus?« fragte Kirk. Die dicke Hülle dämpfte das Wüten des Windes, doch er konnte das Heulen in seinen Knochen spüren, ein einsames, in tiefster Seele schmerzendes Geräusch.

»Sie haben für diese Umgebung weitere Modifikationen gewählt«, sagte Strick. »Denn wir Discordianer ziehen es vor, uns unserer Umwelt so gut wie möglich anzupassen ... und nicht umgekehrt.«

Der letzte Satz war an Wayne gerichtet. In Gegensatz zu ihren beiden anderen Führern versuchte Strick noch immer, die Kommissarin für sich einzunehmen. Sie ignorierte ihn, doch Kirk konnte nicht sagen, ob sie seine Worte zurückwies oder einfach nur zu seekrank war, um zu antworten.

»Es erscheint mir riskant, sich einer vorhandenen Umgebung zu sehr anzupassen«, sagte Spock. »Im gesamten bekannten Universum ist die Überspezialisierung ein konsequenter Weg zur Auslöschung.«

»Als Individuen gibt unser menschlicher Intellekt uns stets neue Entfaltungsmöglichkeiten, denen wir uns anpassen können«, sagte Arkazha. »Unser Verstand hilft uns, uns sich verändernden Situationen anzupassen, wie die Menschen es während ihrer gesamten Geschichte getan haben. Wenn Sie uns als Bevölkerung im Ganzen betrachten, werden Sie wohl zustimmen müssen, daß wir ein ausreichendes Maß an Vielfalt bewahren.«

»Zweifellos, Doktor Arkazha.«

Kirk warf seinem Ersten Offizier und Freund einen Blick zu. Spock erwies den Discordianern mehr Achtung, als er Menschen im allgemeinen entgegenbrachte. Der scharfe Intellekt, den sie unter Beweis stellten, wurde kaum von Gefühlen beeinträchtigt, und das schien ihm offensichtlich Respekt einzuflößen.

»Tauchbereit?« Die Stimme der Pilotin erklang aus dem Interkom. Sie war eine wunderschöne Frau mittleren Alters mit orangefarbenem Haar, das kurzgeschnitten war und von grauen Strähnen durchzogen wurde. Und sie war etwa einen Meter groß. Sie gehörte zu der Rasse, die als Micros bekannt war – oder manchmal auch als Pixies – und von den Gentechnikern als Piloten oder Besatzung von Schiffen entwickelt worden war, bei denen die Masse oder das Volumen so gering wie möglich gehalten werden sollte – Kampfflugzeuge, Raumschiffe, Tiefseesonden. Ihre Reflexe waren schneller als normal, sie waren widerstandsfähiger gegenüber Andruck und Druck und hatten schärfere Augen. »Ich bin es langsam leid, mit diesem Miststück gegen das Meer anzukämpfen.«

»Wir sind bereit, Mattie«, sagte Strick, und das Schiff tauchte.

Blasen brodelten an den Bullaugen vorbei nach oben, als der Ballast ausgestoßen wurde. Das Stampfen des Schiffes ließ sofort nach, als die Tauchtriebwerke einsetzten und es unter die Meeresoberfläche drückten. Das Klagen des Sturms hörte auf.

Das Schiff kippte nach Backbord und schwang herum. Selbst Wayne stieß unwillkürlich einen gedämpften Ausruf des Staunens aus, als der Tiefseeberg in Sicht kam. Im Licht der Scheinwerfer herrschte dort hektische Aktivität. Der Lavaaufwurf war von Tunnels durchzogen. Tiefsee-Ranger – Varis wie Arkazha – bewegten sich hin und her, schwangen Laserschneider und dirigierten Erzbehälter.

»Sie bearbeiten die jüngsten Lavaströme«, sagte Strick. »Die Metalle liegen in mächtigen Schichten dort, von Beryllium, Kobalt und Kupfer über Eisen und Iridium bis hin zu Uran. Man kann es sich einfach nehmen.«

Spock rührte sich. »Sie neigen zu starker Vereinfachung.«

»Aber nicht unbedingt in diesem Fall«, sagte Mona Arkazha.

»Stellen Sie das Habitat wieder her, wenn Sie mit der Plünderung fertig sind?« fragte Moriah Wayne.

»Von Habitat kann man eigentlich nicht sprechen«, sagte Strick. »Wir beuten die Tiefseeberge aus, sobald sie untätig geworden zu sein scheinen.«

»Und was, wenn Sie sich verschätzen?«

»Unfälle kommen vor«, sagte Arkazha. »Das Leben geht weiter.«

»Für die Ausbeuter ist ein Menschenleben billig«, sagte Wayne.

»Ausbeuter?« Arkazhas gummiähnliche Lippen bewiesen, daß sie durchaus zu einem Hohnlächeln imstande waren. »Wir brauchen das Metall. Wir zahlen dafür, es zu bekommen. Wo liegt da eine Ausbeutung vor?«

»Was ist mit den Arbeitern?« fragte Wayne und zeigte aus dem Bullauge.

»Als ich noch jünger war, war ich einer dieser Arbeiter für diese Firma. Ich wurde in Exile geboren, einer Stadt, die nicht weit von hier treibt. Als Tiefseebergmann habe ich mir das Geld für mein Studium verdient.« Ihre Stimme klang plötzlich weit entfernt. »Ich sah Freunde sterben, als ein Keil explodierte. Das Leben ist ein Risiko.«

Drei Schwimmer, wie Aileeas Gens genannt wurde, glitten mit gemächlichen Bewegungen der an ihren Füßen befestigten Schwimmflossen langsam an dem Tauchboot vorbei. Sie trugen Schutzbrillen und Taucheranzüge, aber ihre Hälse waren nackt, damit ihre Kiemen dem Wasser Sauerstoff entziehen konnten.

»Warum tragen sie Anzüge?« fragte Kirk.

»Wir haben hier keine Polkappen, wie es sie auf der Erde gibt«, sagte dinAthos. »Aber das Wasser wird hier unten ziemlich kalt.«

»Sie wissen eine Menge über die Erde«, sagte Kirk.

»Wir erinnern uns an den Ort, von dem wir kommen.«

»Würden Sie die Erde gern besuchen?«

Aileea schaute aus dem Bullauge. »Ich bin hier glücklich.«

Draußen vor der Stadt Storm – dort war es Nachmittag – besichtigten sie eine Fabrik an der Oberfläche, in der dem Meerwasser Mineralien entzogen wurden. In der Stadt selbst wohnten sie einem Künstlerwettbewerb bei, bei dem große Metallskulpturen zu mißtönenden Klängen elektronischer Musik enthüllt wurden und die jubelnde – oder buhende – Menge sich auf Tribünen drängte.

In Qara-Qitay war es Morgen. Ein asiatisch aussehender Micro flog sie über die Stadt, eine lockere und weitläufige Ansammlung von Metallgebilden, die in goldenen und gelben Abstufungen anodisiert waren, und setzte sie dann auf einem Floß neben einem Elektronikwerk am Stadtrand ab. Sie sprachen mit einem Vorarbeiter, einem nashornhäutigen Grunzer mit einem Schutzhelm auf seinem unproportional kleinen Kopf. Er versicherte ihnen, daß Abfallprodukte gesammelt und an andere Fabrikanten verkauft wurden, die sie nutzen konnten.

»Discord ist reich, aber hart«, sagte er mit einem hohen Flüstern. »Als wir hierher kamen, galt unser Kampf nur dem Überleben. Wir haben gelernt, so wenig wie möglich wegzuwerfen.« Ein riesenhaftes Achselzucken. »Außerdem verdienen wir Geld damit, indem wir verkaufen, was wir nicht brauchen können.«

Wayne schnaubte.

In Harmony, wo die Isoliermatten aus Seetang hergestellt wurden, trugen die Leute kaum Waffen. In der Backofenhitze ihres Zentralplatzes bombardierten sie Spock mit Fragen über die vulkanische Philosophie und lauschten sogar Wayne verständnisvoll, als sie die anderen Discordianer als selbstsüchtige Individualisten kritisierte. Sie wiederum drängten ihr ihre Theorien über das nichtautoritäre Gemeinschaftsleben auf. Ihre Bemühungen wurden durch die Neigung behindert, ihre Überzeugungsarbeit so lautstark wie möglich zu betreiben, bis der gesamte Platz vor gelehrten Abhandlungen vibrierte, die aus voller Lunge geschrien wurden, und die Gruppe dankbar war, als der Transporterstrahl sie erfaßte.

Rakatau trieb durch das Rauchmeer. Trotz eines heftigen Regenschauers mußte sogar Spock eine Atemmaske anlegen, um nicht von den beißenden Schwefeldämpfen beeinträchtigt zu werden, die von Tiefseebergen ausgestoßen wurden und durch Vulkanschlote im Meeresboden aufstiegen. Doch weder der Gestank noch der Niederschlag störte ihre Führer oder auch die Einheimischen, deren Gesichter starke malaiische Züge aufwiesen – selbst die der stark genmodifizierten. Sie trugen bunte Sarongs und Dolche mit wellenförmigen Klingen, sogenannte Kris, die sie Feuerwaffen vorzogen. Sie beuteten die Schlote und Tiefseeberge aus und bauten Schiffe und Habitate.

Wayne fragte eine zufällig vorbeikommende Schwimmerin mit langem schwarzen Haar und einer verschwenderischen Fülle von Goldschmuck, der hell auf ihrer mahagonibraunen Haut glänzte, ob die Stadt ihre Abfälle ins Meer abließ.

»Natürlich nicht!« rief die Schwimmerin, und ihre Kiemen blähten sich entrüstet auf. »Sie werden von genetisch erzeugten Bakterien zerlegt und als Fischfutter verkauft. Eris, was für eine Frage. Wir *schwimmen* in diesem Wasser!«

In Serendip herrschte helle Aufregung. Auf zwanzig Grad Nord war sie von allen discordianischen Städten diejenige, die dem Äquator am nächsten lag, und hatte dementsprechend zu leiden. Eine Oberflächentruppe der Susuru hatte dreißig Kilometer südwestlich von der Stadt eine Fischfangflotte angegriffen, zwei Boote versenkt und acht Personen getötet. Die Verluste der Susuru wurden als hoch angegeben. Kirk wußte sehr wohl, daß Berichte über die dem Feind zugefügten

Schäden dazu neigten, übertrieben optimistisch zu sein. Doch die weit entfernten schwarzen Rauchsäulen, die in die malvenfarbene Dämmerung aufstiegen, deuteten darauf hin, daß jemand oder etwas schwer beschädigt worden war.

Seit der Ankunft der Klingonen waren die Susuru aggressiver geworden und schossen nun Raketen über den Horizont hinweg ab, um die Raketenabwehrstellungen der Discordianer zu testen. Bislang hatten sie sich aber als ausgezeichnet erwiesen. Als die Gruppe eintraf, wurde in der Stadt gerade ein Alarm beendet.

Als Aileea dinAthos von dem Angriff erfuhr, ging sie zu einer Reling und betrachtete einen langen Augenblick die untergehende Sonne, bevor sie sich wieder zu den anderen gesellte.

Serendip bei Sonnenuntergang wirkte ausgesprochen indisch. Die Brise vom Meer trug durchdringende Musik und exotische Kochgerüche mit sich. Das Licht der Dämmerung war alkalisch weiß und schien in die Gesichter, auf die es sich legte, tiefe Altersfalten zu schneiden.

Der Sonnenuntergang selbst war wunderschön und irgendwie gespenstisch. Die ferne Eris hatte eine scheinbare Größe, die weniger als ein Sechstel der von der Erde aus gesehenen Sonne betrug. Der winzige Ball war weit hinter dem Horizont in einen verschwollenen Kumulusballen gefallen, vor dem sich ein dichtes, schieferfarbenes Wolkenband befand, und erhellte es zu einem gelben Feuerball. Die Oberflächen der Wolkenplatten über und unter der Sonne leuchteten gelb wie erhitztes Metall; der Himmel zwischen ihnen war ebenfalls zitronengelb. Darüber und darunter wechselte die Farbe des Himmels von Orange zu Rot. Verblüfft stellte Kirk fest, daß der Anblick ihn ungemein an Bilder einer thermonuklearen Explosion erinnerte, die er einmal gesehen hatte.

Angesichts des gerade erfolgten Überfalls ließ der

Sonnenuntergang Schlimmes ahnen. Stellten die Klingonen ihren Auftraggebern Atomwaffen zur Verfügung? Er schüttelte den Kopf. Kain war ein Gauner, aber sämtlichen über ihn vorliegenden Berichten zufolge kein Narr. Als solcher hatte er sich auch auf Endikon nicht erwiesen – da war Kirk einfach schneller gewesen, mehr nicht. Wenn er mit Atomwaffen in einen planetaren Konflikt wie diesen eingriff, würde eine Föderationsflotte von Schlachtschiffen mit Warp acht angesaust kommen – und sich dabei mit gutem Grund auf den Friedensvertrag von Organia berufen.

Er bemerkte, daß seine Gedanken trieben – wie die Städte auf dem endlosen Antlitz des Meeres. Er hatte einen Sonnenbrand, die Füße taten ihm weh, und er fühlte sich völlig erschöpft. Die Schwerkraft und Hitze von Discord drehten ihn seit Stunden wie die Hand eines Riesen durch die Mangel; die schnellen Wechsel zwischen der Oberfläche und der Behaglichkeit des wohltemperierten Transporterraums der *Enterprise* beanspruchten sein System mittlerweile, statt es zu entlasten. Die Lichtbogen-Schweißgeräte der großen Indra-Werft warfen am Horizont eine Gischt unheimlichen blauen Lichts empor, doch er war mit seiner Kraft am Ende.

»Machen wir Schluß für heute«, sagte er. Niemand erhob Einwände.

11

Kirk trat dankbar von der Transporterfläche, zum letztenmal an diesem Tag, wie er hoffte, und wandte sich seinen drei Gastgebern zu. »Ich danke Ihnen allen für einen sehr lehrreichen Tag«, sagte er. »Jetzt kann ich Ihnen den Gefallen vielleicht in bescheidenem Maß vergelten. Wenn Sie mir einfach folgen würden …«

Auf der Brücke freute Kirk sich über die Wirkung, die sein Schiff auf seine Gäste hatte – sie benahmen sich wie Kinder im Zoo. Als sie sahen, wie Discord sich in seiner wolkenverwirbelten blauweißen Pracht auf dem Hauptbildschirm ausdehnte, schrie Aileea staunend auf und wurde für einen kurzen Augenblick wieder zu einem kleinen Mädchen. Jason Strick starrte ihn mit großen bernsteinfarbenen Augen an.

Sogar Mona Arkazha wirkte beeindruckt. »Der technische Aufwand, der dazu erforderlich ist«, sagte sie. »Großartig!«

Kirk lächelte nachsichtig. »Sie müssen unbedingt meinen Chefingenieur kennenlernen. Wenn er Sie so sprechen hört, haben Sie einen Freund fürs Leben gewonnen.«

dinAthos drehte sich zu ihm um. »Captain, das ist wunderbar. Aber ich fürchte, wir werden den Besuch kurz halten müssen.«

»Und warum, Miss dinAthos?«

Sie rieb heftig ihre Oberarme. »Weil wir hier *erfrieren.*«

Kommissarin Wayne begleitete sie nicht zurück in den Transporterraum. Niemand beklagte ihre Abwesenheit. Spock übernahm die Brücke.

»Welchen Entschluß haben Sie bezüglich meiner Einladung gefaßt, Captain?« fragte Strick und versuchte, sein Zähneklappern zu unterdrücken.

»Ich werde wohl darauf zurückkommen«, sagte Kirk und trat zum Wandkommunikator. »Kirk an Brücke.«

»Hier Spock.«

»Mr. Spock, wären Sie so nett, einen Urlaubsplan zu erstellen? Ich möchte der Mannschaft Gelegenheit geben, sich die Beine zu vertreten.«

»Natürlich, Sir.«

»Kirk Ende.«

Er drehte sich um und stellte fest, daß dinAthos direkt hinter ihm stand, fast schon ungebührlich nah, und ihn herausfordernd ansah. »Nun?« fragte sie. »Welche Entscheidung haben Sie getroffen?«

»Meiner Mannschaft zu erlauben, Landurlaub zu nehmen und auf Ihren Planeten zu beamen.«

»Nein, Captain. Was werden Sie mit *uns* anstellen? Werden Sie uns in die Viehwaggons treiben, wie *sie* es von Ihnen verlangt?«

Sie ist wirklich atemberaubend schön, dachte Kirk, und dann: *Hör auf, Junge. Deine romantische Natur hat die Lage bei dieser Mission schon einmal unnötig kompliziert.*

»Nein. Ehrlich gesagt hoffe ich, daß es nie dazu kommt. Aber vergessen Sie nicht, Miss dinAthos, die Susuru haben gedroht, eine letzte Offensive zu starten und Sie auszulöschen.«

Ihre Augen sprühten dunkelgrünes Feuer. »Sollen sie es nur versuchen! Wir sind darauf vorbereitet.«

»In erster Linie kommt es mir darauf an«, sagte Kirk beruhigend, »Friedensgespräche zwischen Ihnen und den Susuru in Gang zu bringen. Vielleicht ist es an der Zeit, daß Ihre Völker lernen, miteinander zu leben.«

In Aileeas Gesicht schienen sämtliche Jalousien heruntergelassen zu werden. Sie wirbelte herum und ging zur Transporterfläche.

»Dieser Plan findet also nicht ihre Zustimmung«, sagte Kirk zu den anderen.

»Sie hat einen Verlust erlitten, Captain«, sagte Arkazha. »Zwei Wochen vor Ihrer Ankunft haben die Stelzengeher die Ranch ihrer Familie überfallen. Sie haben ihren Vater getötet und das Haus versenkt. Vielleicht waren es auch diese Klingonen; sie haben diese fremdartigen Energiestrahlen benutzt, bei denen ein Mensch einfach verschwindet, wenn er auch nur gestreift wird.«

»Sie hat noch immer Sonderurlaub aus familiären Gründen, Captain«, sagte Strick. »Deshalb hatte sie auch die nötige Freizeit, um als Verbindungsfrau zu dienen. Der Gedanke hat sie überrascht, das ist alles. Wie die meisten von uns wünscht sie, daß der Krieg beendet wird.«

»Bedenken Sie, daß es sehr schwierig sein wird, uns Discordianer dazu zu bringen, die Bedingungen eines Friedensabkommens zu akzeptieren. Die meisten werden einen Vertrag, den sie nicht persönlich ausgehandelt haben, nicht als bindend ansehen«, sagte Arkazha. »Doch wir greifen nicht an – auch wenn einige unserer Hitzköpfe das gern täten. Wir verteidigen uns nur. Wenn die Susuru aufhören, uns zu belästigen, wird es wirklich Frieden geben.«

Kirk nickte. »Dann ist das mein erstes Ziel. Um Ihnen die Wahrheit zu sagen ... Friedensverhandlungen sind immer sehr kompliziert, und meiner Erfahrung zufolge gibt es keine ›kurzen Friedensgespräche‹. Der wichtigste Schritt ist es normalerweise, die beiden Parteien erst einmal an einen Tisch zu bekommen.«

Arkazha und Aileea verabschiedeten sich kurz. din-Athos sah Kirk dabei nicht an.

»Captain«, sagte Strick und klang dabei fast zaghaft.

»Kann ich noch kurz mit Ihnen sprechen, bevor wir auf den Planeten beamen?«

»Natürlich.«

Sie traten ein paar Schritte zur Seite. »Dieser Kommunikationsoffizier, die mit den schönen Augen ...«

»Lieutenant Uhura ...«

»Die meine ich. Ich würde sie gern persönlich einladen und ihr unsere Welt zeigen.«

Kirk betrachtete ihn skeptisch. »Ich weiß nicht, ob ich das richtig verstanden habe – Sie bitten mich um Erlaubnis, sich mit meinem Kommunikationsoffizier zu verabreden?«

Strick lachte. »Ich möchte Ihre Bräuche nicht verletzen, Captain. Bislang haben Sie sorgsam darauf geachtet, die unseren zu befolgen.«

»Der Lieutenant ist einer meiner wichtigsten Offiziere. Sie ist einer der intelligentesten Menschen, die ich kenne. Sie hat einen ausgezeichneten Geschmack und eine hervorragende Urteilsfähigkeit. Wenn ich das alles berücksichtige, kann ich nur sagen« – er zuckte mit den Achseln –, »Sie können es ja mal versuchen.«

Obwohl Kirk hundemüde war, berief er ein Gespräch der Kommandooffiziere im Konferenzraum ein, um die an diesem Tag gewonnenen Erkenntnisse zu erörtern. »Die Bräuche der menschlichen Kolonisten auf Discord – und vergessen Sie bitte nie, daß sie genau wie wir Menschen sind – unterscheiden sich von den unsrigen so stark, daß man sie fast als fremde Spezies bezeichnen könnte. Doch sie kommen mir durchaus vernünftig vor, und trotz der Handwaffen keineswegs kriegerisch. Daher schlage ich vor, daß wir uns morgen mit den Susuru in Verbindung setzen und versuchen, Friedensgespräche zwischen den beiden kriegführenden Spezies einzuleiten. Irgendwelche Kommentare?«

»Ich bin Arzt, kein Diplomat«, sagte Dr. McCoy,

»aber ich finde es immer besser, wenn Leute miteinander sprechen, statt gegeneinander zu kämpfen.«

»Dieses eine Mal stimmt Ihre Empfindung mit der Logik überein, Doktor«, sagte Spock.

Die anderen Brückenoffiziere murmelten ihre Zustimmung. Kirk nickte lediglich und freute sich über den leicht erzielten Konsens, als Kommissarin Wayne vom anderen Ende des Raums aus, wo sie mit vor der Brust verschränkten Armen stand, das Wort ergriff.

»Ihr Plan ist unannehmbar, Captain.«

»In … welcher … Hinsicht?« fragte Kirk bedächtig. Er mußte sich bemühen, nicht die Beherrschung zu verlieren.

»Unsere Mission sieht nicht vor, daß wir als Friedenswächter fungieren. Wir sollen fremde Organismen entfernen, die illegal in die planetare Umwelt eingedrungen sind.«

»Sie sprechen schon wieder von Menschen, als wären sie nur Ungeziefer, was?« fragte McCoy.

»Doktor, vom ökologischen Standpunkt her gesehen, sind Menschen das verheerendste Ungeziefer überhaupt.«

»Darf ich die Kommissarin daran erinnern«, sagte Spock, »daß Starfleets wichtigster Auftrag *stets* darin besteht, den Frieden zu bewahren.«

»Nicht, wenn die Captain Kirk erteilten und in Ihrem Computer gespeicherten Befehle etwas anderes besagen«, hielt Wayne dagegen. »Starfleet hat Sie angewiesen, mir bei der Umsiedlung der Kolonisten zu helfen.«

Sie sah sich um. »Und … ehrlich gesagt kommt mir dieses Geschwätz von Frieden unsäglich naiv vor. Trotz der bemerkenswert blauäugigen Einschätzung Ihres Captains haben diese Leute eine Gesellschaft geschaffen, die ständig am Rande der Gewalt steht. Ich habe nicht den geringsten Zweifel daran, daß sie sich der Durchführung unserer Mission mit dem Zorn von in die Ecke getriebenen Ratten widersetzen werden.«

»Wenn jemand bereit ist, gegen eine gewaltsame Umsiedlung Widerstand zu leisten, ist er noch längst nicht psychotisch, Kommissarin«, sagte Uhura.

»Sie vergessen, daß diese Leute Gesetzlose sind«, sagte Wayne. »Sie lehnen in ihrer Kultur jede Vorstellung von Autorität ab. Sie praktizieren eine Technik, die auf der Erde – und später in der Föderation – seit dreihundert Jahren verboten ist. Und sie führen mutwillig Angriffe gegen die rechtmäßigen Besitzer des Planeten durch.«

»Sie verteidigen sich«, sagte Sulu.

»Das behaupten sie. Oder leiden Sie dermaßen unter Vorurteilen, daß Sie das Wort eines Menschen automatisch über das eines Nichthumanoiden stellen?« Sie warf den Kopf zurück. »Oder ist diese Frage von vornherein überflüssig?«

Sulus stattliches Gesicht errötete, und er schaute schnell auf den Tisch hinab.

»Der Einwand ist nicht von der Hand zu weisen, Jim«, sagte McCoy bedauernd. »Wir können das Wort dieser Leute nicht einfach für bare Münze nehmen, nur weil sie Menschen sind.«

»Sie haben natürlich recht, Kommissarin«, sagte Kirk. »Ich beabsichtige in der Tat, der Geschichte auf den Zahn zu fühlen, und werde mir auch die Version der Susuru anhören. Morgen.«

»Dann werden Sie wohl feststellen, daß die Beschuldigungen begründet sind«, sagte Wayne. »Schließlich wurde ihr Vorwurf der Umweltzerstörung ja schon umfassend bestätigt.«

»*Was?*« rief Kirk. »Kommissarin, das ist doch lächerlich. Wir haben soeben einen ganzen Tag in diesem Schnellkochtopf da unten damit verbracht, Recyclingvorkehrungen zu besichtigen und uns Predigten über ein ökologisches Bewußtsein anzuhören, die jedem

Stadtrat des einundzwanzigsten Jahrhunderts zur Ehre gereicht hätte. Verdammt noch mal, wovon *sprechen* Sie überhaupt?«

»Kommissarin«, sagte Spock, »ein einziger, mäßig aktiver Vulkanschlot im Meer der Stürme läßt in einer Stunde mehr Abfallstoffe in das Ökosystem ab als sämtliche menschlichen Habitate auf Discord an einem Tag. Das ergeben einfachste mathematische Berechnungen, und die Sensordaten bestätigen es.«

»Und was ist mit der Abwärme?«

»Wie wir gestern festgestellt haben, greifen die menschlichen Siedler umfassend auf Solar-, Wind- und Meeresenergie zurück«, sagte Spock. »Keine dieser Energiequellen führt dem System zusätzliche Wärme zu.«

»Sie haben in diesen Krebsgeschwüren von Städten auch Fusionsgeneratoren.«

»Computer«, sagte Kirk.

»Ja, Schatz.«

Wayne funkelte ihn wütend an. Er ignorierte sie.

»Zeig uns den Planeten, der in deinem Speicher als Okeanos aufgeführt wird.«

»Ja, Schatz.« Die von Wolken umwirbelte Scheibe erschien auf dem dreigeteilten Bildschirm am Kopfende des Tisches.

»Nun markiere alle Stellen, deren Temperatur um über einhundert Grad Celsius über der der Umgebung liegt. Nein, warte. Nimm einen Wert von fünfzig Grad.«

Auf dem Bildschirm leuchteten rote Punkte auf, als würde er plötzlich unter einer schlimmen Akne leiden. »Nun entferne alle Quellen, die künstlichen Ursprungs sind. Laß jede dabei weiß aufleuchten.«

»Jawohl, Schatz.«

»Hör auf damit.«

»Bestätigung … Schatz.«

Kirk seufzte. Einige Punkte leuchteten auf. Er stellte fest, daß etwa zwanzig Prozent davon auf Inseln im Susuru-Archipel lagen.

»Fast alle bleiben übrig«, sagte er. »Das ist *Lava*, Kommissarin, die an einigen Stellen *tonnenweise* freigesetzt wird. Das Ausmaß menschlicher Aktivitäten, das wir beobachten können, spielt da kaum eine Rolle.«

»Die Menschen begehen trotzdem eine ökologische Vergewaltigung in riesigem Maßstab, Captain«, sagte Wayne streng. »Sie haben gesehen, wie sie den Tiefseeberg verschandeln. Sie haben die Fabriken gesehen, mit denen sie dem Meer seine Rohstoffe rauben.«

»Würden diese Normen in der Föderation gelten«, sagte Spock, »würden sie jegliche technische Aktivität untersagen, ja sogar jede Form der Interaktion mit der Umwelt. Sie propagieren doch bestimmt nicht das Ende jeglicher technischen Zivilisation, Kommissarin?«

»Ich weiß nicht, ob das die schlechteste Idee wäre«, sagte sie.

»Was ist mit Bibern?« fragte Sulu.

»Oder Grabwespen?« fragte Uhura.

»Die gehören zur Natur«, sagte Wayne.

»Wenn man nicht gewisse extreme Theorien vertritt, denen zufolge den Vorfahren aller zur Zeit intelligenten Rassen die Klugheit durch irgendeine noch unbekannte Einwirkung verliehen wurde«, sagte Spock, »hat die Intelligenz sich ganz natürlich entwickelt.«

»Auch die Susuru setzen erhebliche Wärmeenergie frei, Kommissarin«, sagte Kirk, »in Kraftwerken und Gießereien.«

»Inkorrekt«, sagte der Computer.

Wayne sah ihn triumphierend an.

»Erkläre das«, sagte Kirk.

»Fünf Wärmequellen werden als Gießereien identifiziert, sechs als unterschiedliche Industrieanlagen und vier als Atomkraftwerke, in denen Kernspaltung betrieben wird. Die restlichen drei Quellen sind unvollständig abgeschirmte mobile Materie-Antimaterie-Generatoren der bekannten klingonischen Bauweise.«

»Unvollständig abgeschirmt?« wiederholte Mr. Scott.

Die Worte des Computers hatten ihn aus dem Dämmerzustand gerissen, in dem er stets Konferenzen verbrachte, die nicht direkt etwas mit technischen Dingen oder Fragen des unmittelbaren Überlebens zu tun hatten. »Aber jeder anständige M-AM-Generator wandelt die brauchbare Energie mit einhundertprozentiger Effizienz um.«

Die Minderwertigkeit der klingonischen Geräte ließ ihn erschauern. Kirk mußte grinsen, als er sich vorstellte, wie er bei der erstbesten Gelegenheit sein klingonisches Wörterbuch und die technischen Handbücher in einen Müllschlucker warf.

»Das alles spielt doch überhaupt keine Rolle«, sagte Wayne steif. »Sie haben Ihre Befehle, Captain, und es ist unannehmbar, daß Sie bei der Ausführung noch mehr Zeit verschwenden.«

Kirk senkte das Kinn auf das Schlüsselbein und sah sie an. »Dann können diese Befehle mich mal kreuzweise, Kommissarin. Diese Leute mit Waffengewalt in Transporter zu treiben und sie von dem Planeten zu schaffen, auf dem jeder einzelne von ihnen geboren wurde … das wäre eine Tat, die eines Hitlers würdig ist – oder eines Khans.«

Er hob den Kopf. »Sie werden sich bestimmt daran erinnern, daß in beiden dieser Fälle der Ausspruch ›Ich habe nur meine Befehle befolgt!‹ als Verteidigung ganz kläglich versagt hat.«

»Captain, ich warne Sie …«

Er hob eine Hand. »Sparen Sie sich die Warnung, Kommissarin. Sollte sich bei Beendigung meiner Ermittlung ergeben haben, daß die Anwesenheit der menschlichen Siedler von der Erde auf Okeanos den Planeten oder irgendeine seiner einheimischen Spezies unerträglich belastet, werde ich dafür sorgen, daß sie von dieser Welt entfernt werden. Mit allen nötigen Mitteln.«

McCoy sprang wütend auf. »Jim …«

»Setz dich, Pille. Ich bin Starfleet-Offizier. Ich habe geschworen, meine Befehle auszuführen – wie wir alle. *Falls* diese Befehle rechtmäßig sind. Sind sie es meiner Einschätzung zufolge nicht, wird die *Enterprise* nach Starbase Dreiundzwanzig zurückkehren, ohne diese Befehle ausgeführt zu haben. Auf keinen Fall werde ich Schritte unternehmen, bevor ich ganz sicher bin, daß ich auch das Richtige tue.«

Wayne sprach ganz leise. »Das könnte Sie Ihr Schiff kosten, Captain«, sagte sie fast traurig.

»Dessen bin ich mir bewußt«, erwiderte er. »Aber es wird mich nicht meine Seele kosten.«

12

»Lieutenant, dürfte ich noch kurz mit Ihnen sprechen?«

»Ja, natürlich, Captain.«

Die Konferenz war beendet, die Brückencrew nahm ihren Dienst wieder auf oder kehrte, wie Uhura, in ihre Quartiere zurück – was auch Kirk bald zu tun hoffte.

»Erinnern Sie sich an den Sprecher der Discordianer – den Mann, der mit den beiden Frauen auf die Brücke gekommen ist?«

»Den großen mit den hinreißenden Augen – meinen Sie den, Sir?«

»Äh ... ja. Ich glaube, er wird Ihnen bald eine Einladung zukommen lassen.«

»Ach, *wirklich?*«

»Ja. Es wäre zwar nicht klug, sich allzu sehr mit einem Beteiligten eines Konflikts einlassen, den wir zu klären versuchen, aber andererseits gibt es keinen Grund, weshalb Sie« – er machte eine vage Geste – »sich nicht etwas amüsieren sollten.«

»Das werde ich ganz bestimmt, Captain«, sagte der Lieutenant mit strahlenden Augen.

»Natürlich muß ich Ihnen nicht sagen, daß ein gewisses Maß an Diskretion angebracht ist ...« *Wie kommt es, daß ich mich so oft wie ein Vater anhöre, der seiner heranwachsenden Tochter einen Vortrag hält?* fragte er sich.

»Ich werde die Traditionen von Starfleet hochhalten, Captain«, sagte Uhura, »und ganz bestimmt nichts tun, was *Sie* auch nicht tun würden. Gute Nacht, Sir.«

»Ich hatte befürchtet, daß Sie das sagen«, rief er ihr hinterher.

»Captain.«

Kirk blieb stehen. Wenn er diesen Gesichtsausdruck aufgesetzt hatte, wichen die Mannschaftsmitglieder, die ihm entgegenkamen, auf die andere Gangseite aus. Oder ihnen fielen plötzlich wieder Aufträge ein, die sie dort, woher sie kamen, noch nicht erledigt hatten.

»Kommissarin«, sagte er, als die energischen Schritte zu ihm aufschlossen.

Moriah Waynes Gesicht war weiß vor Zorn. »Warum wurde ich nicht zu Rate gezogen bei der Frage, ob man der Crew erlauben soll, Landurlaub bei den Siedlern zu machen?«

»Ich bin der Captain. Das ist mein Schiff und meine Crew. Es ist einzig und allein meine Sache, den Urlaubsplan meiner Leute zu erstellen. Ich muß Sie diesbezüglich genauso wenig zu Rate ziehen, wie Pille Sie um Erlaubnis bitten muß, wenn er medizinische Vorräte bestellen will.«

Ihre Augen nahmen ein gefährliches Funkeln an. »Ich glaube, Sie versuchen, diese Mission absichtlich zu sabotieren, Captain«, sagte sie. »Und das wird auch in meinem Bericht stehen.«

Er starrte sie an. »Weil ich Landurlaub genehmige?«

»Genau. Sie hoffen auf die natürliche Eigenschaft der Crew, Menschen jenen Wesen vorzuziehen, die sie für Außerirdische halten – obwohl diese ... diese Ersatzmenschen da unten mindestens genauso fremdartig sind wie die Susuru. Sie wollen eine Situation schaffen, in der es unmöglich wird, die Siedler zum Verlassen ihres Planeten zu zwingen, ohne eine Meuterei zu riskieren.«

»Meuterei?« Zuerst verspürte er den Drang, sie anzubrüllen. Der verging ihm jedoch schnell und wurde von dem ersetzt, ihr ins Gesicht zu lachen. Dem gab er nach.

»Also wirklich, Kommissarin. Sie haben überaus erstaunliche Ansichten darüber, wie Starfleet funktioniert.« Er hob einen Finger. »Zuerst einmal – darf ich Sie daran erinnern, daß auf der *Enterprise* keine Demokratie herrscht?« Noch ein Finger. »Zweitens möchte ich darauf hinweisen, daß jeder an Bord, abgesehen von ein paar Zivilisten und Ihnen, den Eid geleistet hat, die Gesetze und Ideale der Föderation zu ehren und allen rechtmäßigen Befehlen der vorgesetzten Offiziere zu gehorchen, ganz gleich, was sie persönlich davon halten. Diese Leute haben meine Befehle schon oft ausgeführt, wenn sie es lieber nicht getan hätten, sogar, wenn sie ihr Leben damit in Gefahr gebracht haben.«

»Was ist mit dem Beispiel, das Sie ihnen gerade eben gegeben haben, als Sie sich weigerten, meine Befehle auszuführen?«

»Sie sind Zivilistin, Kommissarin. Sie stehen außerhalb der Kommandokette von Starfleet. Und jeder Mann und jede Frau der Crew weiß: Sollten Sie nach meiner Rückkehr Anklagen vorbringen, werde ich vor einen Untersuchungsausschuß zitiert oder komme sogar vors Kriegsgericht. Es gibt einen Preis für Ungehorsam, den sogar ich zu zahlen bereit bin.«

Nun streckte er beide Hände aus. »Verstehen Sie denn nicht, wie Sie sie beleidigen, Kommissarin, wenn Sie behaupten, sie würden meutern, wenn ich ihnen einen unpopulären Befehl erteile?«

Sie sackte so abrupt zusammen, daß er befürchtete, sie würde zu Boden fallen. Statt dessen lehnte sie sich gegen die Wand.

»Jim«, sagte sie, »es tut mir leid. Ich … ich habe wohl nicht mehr genug Abstand zur Situation.«

Er wandte sich von ihr ab, hob einen Arm und stützte sich an der Wand ab. Er hätte ihr in diesem Augenblick nicht ehrlich sagen können, was er empfand.

Eine Berührung auf seinem Arm. Er drehte sich wütend weg. »Was willst du mir antun?« fragte er.

Ihr Gesichtsausdruck veränderte sich schnell, als probierte sie verschiedene Gefühle aus und fände keines davon angemessen. Schließlich begnügte sie sich mit einem, das halb zwischen Kränkung und Hochmut lag. »Ich könnte dich dasselbe fragen.«

»Moriah, ich versuche, mein Verhalten dir gegenüber als Person und dir gegenüber als Föderationskommissarin voneinander zu trennen. Du machst es mir nicht besonders leicht.«

»Du bist wütend auf mich wegen unserer Differenzen über die richtige Vorgehensweise.«

»Differenzen über die Vorgehensweise? Du sagst mir, daß du mir wegen dieser ›Differenzen über die Vorgehensweise‹ in dem Augenblick, da wir wieder den Fuß auf den Boden der Föderation setzen, meinen Job wegnehmen wirst.«

»Du kannst das Geschäftliche also wirklich nicht vom Persönlichen trennen, was?« fragte sie mit hohler Stimme.

»Das ist es nicht«, sagte er und sah sie erneut an. »Oder das ist nicht *alles*. Es ist nur …« Eine abgehackte Bewegung mit einer Hand. »Ich kann nicht vergessen, was du mir heute morgen als Kommissarin über die Discordianer gesagt hast, und auch nicht, in welchem Tonfall du es gesagt habst.« Er schüttelte den Kopf. »Da habe ich eine Person gesehen, die ich kaum mögen kann.«

Sie trat zu ihm und umklammerte seinen Arm. »Du meinst doch wohl nicht die Bemerkung über die alten Filme, Jim? Das war ein Scherz! Mehr nicht.«

»Das konnte man unter diesen Umständen nicht so leicht erkennen.«

Sie lachte schwach und schüttelte den Kopf. »Dann habe ich wohl auch in dieser Hinsicht noch viel über den Umgang mit Menschen zu lernen.«

Er ging buchstäblich ein wenig in die Knie. *Findet dieses Gespräch wirklich statt?* »Vielleicht ist dem so. Aber du hast einiges über die Kolonisten gesagt, Moriah, und ich glaube nicht, daß alles als Scherz gemeint war.«

»Nein. Das war es auch nicht. Vielleicht habe ich etwas überspitzt reagiert – aber es war eine ehrliche Reaktion.«

Sie ging ein paar Schritte den Korridor entlang. »Ich erinnere mich, als kleines Mädchen über die Eugenischen Kriege gelesen zu haben. Ich sah die Bilder der Verheerung, die Khan und die anderen angerichtet haben. Und ich sah die Bilder der *Dinge,* die sie in ihren Labors geschaffen hatten.«

Er trat hinter sie und legte eine Hand auf ihre Schulter. »Ist dir nicht klar, daß diese Leute Khans Opfer waren? Sie haben ihn nicht gebeten, Experimente an ihnen vorzunehmen.«

»Vergiß nicht, auch Khan und sein Kader und die anderen Tyrannen waren Produkte der Gentechnik.«

Kirk zuckte zusammen. Das konnte er kaum vergessen, denn zwei Jahre zuvor war die *Enterprise* der im All treibenden *Botany Bay* begegnet – dem unterlichtschnellen ›Schläfer‹-Kolonieschiff, in dem Khan und eine Handvoll seiner Gefährten 1996 von der Erde geflohen waren. Khan hatte die *Enterprise* durch Verrat übernommen, und mehrere Mannschaftsmitglieder waren gestorben, bevor das Schiff zurückerobert werden konnte. Kirk hatte Khan und seine Gefolgsleute, darunter auch die Historikerin der *Enterprise,* die sich in ihn vernarrt hatte, auf Ceti Alpha V ausgesetzt.

»Sie waren Herrscher«, sagte er. »Eine selbsternannte Herrenrasse. Diese Leute wurden gezüchtet, um ihre *Sklaven* zu sein.«

Sie drehte sich zu ihm um. »Aber du hast etwas Entscheidendes vergessen. Sie *machen damit weiter.* Ich habe in den historischen Archiven des Computers über ihre Vorfahren gelesen. Nach Khans Sturz wurden die von den Tyrannen veränderten Menschen zu Mündeln der Vereinten Nationen erklärt. Sie wurden in eine Reihe von Lagern in abgelegenen Gebieten umgesiedelt. Die normalen Menschen hatten in den Kriegen unglaublich gelitten. Einige machten Khans Geschöpfe für ihr Elend verantwortlich – machten sie zu Sündenböcken, das ist mir klar. Andere fürchteten sie einfach. Also mußten sie sorgfältig abgesondert und bewacht werden.«

»Das war eine schreckliche Tragödie, Moriah. Man sollte meinen, daß jemand mit deinem ausgeprägten Mitgefühl einen Teil davon für Menschen erübrigen könnte, deren Vorfahren so etwas durchgemacht haben.«

»Aber verstehst du denn nicht? Die Vereinten Nationen haben die gentechnische Manipulation von Menschen verboten. Wie ich in der Einsatzbesprechung erläutert habe, ist sie noch immer illegal. Ich wurde so erzogen, daß ich schon die bloße Vorstellung mit Entsetzen betrachte. Genau wie du, Jim. Genau wie jedes andere menschliche Kind in der Föderation.«

»Nun ... ja. Das stimmt.«

»Sie haben sich *selbst* am Leben gehalten. Dem UNO-Verbot getrotzt, das verbotene Wissen weitergegeben, die Geräte sorgfältig in den Lagern versteckt. Sie haben nicht nur ihre künstlichen Eigenschaften an ihre Kinder weitergegeben, sondern neue geschaffen. Sie haben diese Entscheidung für ihre Kinder getroffen – sie ihnen aufgezwungen, trotz ihres hochgestochenen Geschwafels über die Heiligkeit der Entscheidung des einzelnen. Kannst du ehrlich sagen, daß so etwas nicht monströs ist?«

»Das weiß ich nicht. Du hast diese Leute kennengelernt. Du hast mit ihnen gesprochen. Kamen sie dir wirklich wie Monstren vor?«

Sie wandte sich ab. »Ja. Und die Aussagen der Susuru bestätigen dies.«

Er spreizte die Hände. »Kommissarin, wir werden wohl zu keiner Übereinstimmung kommen. *Bis* unsere Suche nach Fakten Früchte getragen hat. Und jetzt – gute Nacht.«

Eine Hand auf seinem Unterarm. »Jim.« Ihre Augen leuchteten, als würden sich glühend Bögen hinter ihnen befinden. »Gehen wir in dein Quartier und sprechen über… andere Dinge. Über deine Pläne und Wünsche. Über die Zukunft. Über *uns*.«

Er wollte so viele Dinge gleichzeitig sagen, daß nichts davon über seine Lippen kam.

»Heute abend nicht«, brachte er schließlich hervor. Dann drehte er sich um und ließ sie stehen.

13

»Sehet!« sagte der Captain Ersten Ranges Kain mit einer weitausholenden Bewegung seiner behandschuhten Hand. »Die Erhabenheit des Planeten Insel.«

Kirk stand neben Spock, Dr. McCoy und Kommissarin Wayne hoch über dem Meer auf einem verwitterten Granitvorsprung und sah. Es war Morgen, und der Himmel war erstaunlicherweise klar. Er mußte eingestehen, daß die Aussicht trotz der schrecklichen Hitze in der Tat erhaben war.

Mit elfhundert Metern war das Vorgebirge der höchste Punkt im Susuru-Archipel. Ein paar aktive Tiefseeberge waren höher, aber am Äquator herrschte zur Zeit keine vulkanische Aktivität. Das Blau der Meerenge schmerzte in den Augen. Dahinter lag die Westspitze der etwa madagaskargroßen Insel Heimgrund. Sie war mit mehr Grüntönen gefärbt, als Kirk jemals gesehen hatte, vom Dunkelgrün des Dschungels und der Terrassenberge bis hin zum bleichen Gelbgrün der kultivierten Küstenregionen und gerodeten Plateaus. Links und rechts erhoben sich andere Inseln aus dem Meer, einige davon so groß, daß sie bewohnt werden konnten, andere kaum mehr als die Stummel lange erloschener Vulkankrater, aber alle so dicht von der Vegetation bewachsen, die aus dem Boden schoß, wann und wo immer sie Gelegenheit dazu bekam, daß sie grüne Perücken über den schwarzen Rändern zu tragen schienen, auf denen die Kraft der Wellen jeden Bewuchs von der Lava abscheuerte.

Kain zeigte auf die auffallendsten von ihnen. »Dort liegt der Zahn des Seedrachens, dort Fieberbaum, Kummer und die Schwefelinsel. Die kahle Spitze aus schwarzem Gestein, dort direkt neben Heimgrund, ist bekannt als Kap der Leiden.«

»Eine verdammt düstere Namenswahl«, versetzte Dr. McCoy.

»Okeanos – Insel – ist eine harte Welt«, sagte Wayne mit geistesabwesender Stimme. Sie stand auf einem kleinen Felsbrocken, ein Stück von ihren Föderationsgefährten entfernt, fast bei dem Klingonen. Sie hatte die Arme unter der Brust verschränkt, und auf ihrem Gesicht lag ein verträumter Ausdruck. Die frische Brise peitschte lose Haarlocken wie Wedel aus Kupferdraht gegen ihre Stirn. »Sie bürdet ihren Kindern eine schwere Last auf.«

»Sie sind sehr einfühlsam«, sagte Kain. »Diese Welt ist meiner nicht unähnlich.«

»Mal davon abgesehen, daß die klingonische Heimatwelt kalt und trocken ist«, sagte McCoy, »wohingegen diese Welt die Sauna des Teufels ist.«

»Die Ähnlichkeit liegt in der Tatsache, daß beide Welten strenge Umweltbedingungen aufweisen, Dr. McCoy«, sagte Kain. »Aber die Wildheit einer Welt fügt doch nur Geschmack hinzu, meinen Sie nicht auch? Schönheit ohne Gefahr ist fad, wie eine Rose ohne Dornen.«

Er ging zu Wayne, blieb neben ihr stehen und zeigte ihr ein besonderes interessantes Merkmal. McCoy und Kirk steckten die Köpfe zusammen.

»Vielleicht habe ich einen Sonnenstich«, sagte der Arzt, »aber ich dachte immer, wenn ein Klingone die Schönheit der Natur würdigen will, würde er sagen: ›Auf dieser Felsspitze könnten ein paar gut bewaffnete Krieger eine ganze Armee zurückschlagen.‹«

»Vielleicht hat unser Captain Kain die Seele eines Poeten.«

»Vielleicht können Schweine fliegen.«

»Meine Herren«, rief Kain mit seinem Bariton aus geschmolzenem Bernstein, »sollen wir zum Gleiter zurückkehren? Wir kommen sonst zu spät zu unserem Treffen mit dem Ersten Geher. Erlauben Sie, Kommissarin.« Er reichte Wayne die Hand. Nach kurzem Zögern ergriff sie sie und sprang hinab.

»Sei auf der Hut vor Romulanern, die Geschenke bringen«, sagte McCoy leise, »und vor höflichen Klingonen.«

Kain und die Kommissarin gingen den langen, flachen Hang hinab, der vom Vorgebirge landeinwärts abfiel. Der Weg verschwand fast sofort in einem Tunnel, der in unglaublich dichte Vegetation geschlagen war. Feuchtigkeit und der Geruch verfallener Pflanzen schienen ihre Köpfe wie nasse Decken zu umgeben.

»Verdammt steile Berge haben sie auf diesem Planeten«, sagte McCoy und schlug auf ein riesiges, fleischiges Dreieck von Blatt ein, das Kain hatte in sein Gesicht zurückschwingen lassen.

»Haben Sie bemerkt, daß der äußerst widerstandsfähige Stein des Vorsprungs, auf dem wir standen, von der Erosion ziemlich glattpoliert war?« sagte Spock. »Dieser Archipel ist uralt.«

»Wenn man bedenkt, wie zerklüftet diese Inseln noch sind, nachdem sie Millionen von Jahren den Gewalten der Elemente ausgesetzt waren«, sagte Kirk, »bin ich nur froh, daß ich nicht dabei war, als sie entstanden.«

»Auf diesem Planeten gibt es einfach nicht viel Frieden, Jim, und das ist eine Tatsache«, sagte McCoy.

Der Boden senkte sich zu einem breiten Ausläufer, auf dem sich eine Lichtung befand; Kirk konnte nicht sagen, ob sie natürlichen oder künstlichen Ursprungs war. Der Gleiter, der sie hierher gebracht hatte, stand auf der anderen Seite.

»Wenn ich mir Skier umgeschnallt hätte, könnte ich

glatt über die Baumkronen sausen«, sagte McCoy, als sie durch das kniehohe, vom Tau schwere Gras trotteten.

»Kaum durchführbar, Doktor«, sagte Spock.

»Aber ich weiß, was du meinst, Pille«, sagte Kirk. »Das Land ist unglaublich fruchtbar – der Boden würde jeden Farmerjungen glücklich machen.«

»Die Susuru können sich glücklich schätzen, daß das Erdreich so fruchtbar ist«, sagte Spock. »Schließlich ist nur ein geringer Prozentsatz der Planetenoberfläche landwirtschaftlich nutzbar.«

»Ich frage mich, warum hier kein Ackerbau betrieben wird«, sagte Kirk.

»Weil es sich um einen Park handelt, Captain«, erwiderte Wayne, die stehengeblieben war, damit die anderen zu ihr aufschließen konnten. »Sehen Sie.«

Auf der Seite der Lichtung tollte eine Susuru-Familie herum; zwei Kinder liefen im Kreis um ein Erwachsenenpaar, wahrscheinlich ihre Eltern. Kirk beobachtete, wie der größere Erwachsene, wohl das männliche Exemplar, mit einem übertrieben gespreizten Gang auf einen der Jungen zulief. Der kleine Susuru fiel prompt über seine eigenen schlaksigen Vorderbeine. Sein Bruder oder seine Schwester hüpfte johlend von einem Fuß auf den anderen. Der ältere Susuru streckte ein Vorderbein aus, um ihm hochzuhelfen. Dann vollzogen die drei einen komplizierten Tanz, während der kleinere Erwachsene mit einer hellen Sopranstimme sang.

»Sehen Sie sie nur an«, sagte die Kommissarin. »Friedlich, verspielt. *Sie* tragen keine Waffen.« Sie ging auf das klingonische Luftfahrzeug zu.

»Weißt du, Jim«, sagte McCoy, »wenn ich mir diese Geschöpfe ansehe, kommt mir sofort das Wort *niedlich* in den Sinn.« Er schüttelte den Kopf. »Schwer zu glauben, daß sie die Dämonen sind, als die die Siedler sie darstellen.«

»Aber die Kolonisten dämonisieren die Susuru

doch gar nicht, Doktor«, sagte Spock. »Sie sprechen hauptsächlich in Begriffen von ihnen, die auf amüsierte Verachtung schließen lassen.«

Außer Aileea, dachte Kirk leicht besorgt. *Und sie hat guten Grund, sie nicht zu mögen.*

Dann fragte er sich, warum es ihn interessierte, was dinAthos von den Susuru hielt – und wieso er nach Entschuldigungen für sie suchte.

Der größere der beiden jungen Susuru erstarrte, die Beine gespreizt, das Fell der Halskrause gesträubt, und schaute angestrengt über das Gras zu der kleinen Gruppe von Humanoiden hinüber. Er stieß ein Wiehern der Furcht aus und stampfte mit den Vorderbeinen auf. Die anderen Susuru drehten sich um, sahen nun auch die Gruppe und schossen in das Unterholz.

»Überaus seltsam«, sagte Spock.

Der Gleiter landete auf einem Feld vor der größten Stadt von Heimgrund. Drei Feldarbeiter flohen bei ihrer Annäherung, setzten mit erstaunlichen Sprüngen über ordentliche Reihen von Büschen mit dicken, fleischig aussehenden Blättern. Der klingonische Pilot ignorierte einfach die Tatsache, daß das Feld bebaut war, landete und drückte mehrere Buschreihen in den bröckeligen, schwarzen Boden.

Ohne die geringste Betroffenheit zu zeigen, sprang Kain aus dem Fluggerät und half Wayne hinaus. Der Pilot folgte, und alle drei trampelten über die Reihen der Zuchtpflanzen.

Kirk, Spock und McCoy stiegen behutsamer aus. »Diese Klingonen haben schon seltsame Manieren«, sagte McCoy und schaute zu den Susuru-Bauern hinüber, die sie aus einigen hundert Metern Entfernung beobachteten und dabei erregt von einem Vorderbein auf das andere sprangen.

»Für ›brüderliche Berater‹ kommen sie mir ein wenig zu barsch vor«, sagte Spock.

»Klingonen haben eine andere Vorstellung von brüderlicher Liebe als wir«, sagte Kirk. »Das ist ein Beispiel für das, was die Kommissarin kulturelle Vielfalt nennen würde.«

Sie folgten Kain und der Kommissarin. Die Stadt war in konzentrischen Ringen mit immer geringer werdenden Abständen dazwischen angelegt. Je dichter die Ringe aufeinander folgten, desto stärker wandelte das Bild der Umgebung sich von ländlich zu städtisch. Die Gebäude waren größtenteils niedrig und stabil, um dem gnadenlosen Wetter standhalten zu können – fünfseitige Gebilde aus Beton und Stein, der geschmolzen und in Form gegossen war. Die Türöffnungen und Fenster waren allesamt fünfseitige Polygone mit vertikalen Parallelseiten und zwei kürzeren, die oben zu einem Bogen zusammenliefen.

»Ist Ihnen aufgefallen, Captain«, sagte Spock, »daß die Anzahl der Gebäude in einem Ring immer ein Vielfaches von fünf beträgt?«

»Nun machen Sie mal halblang, Spock«, knurrte McCoy. »Nicht alle haben Theodoliten als Augen.«

Spock runzelte die Stirn. »Sie wissen doch sicher, Doktor, daß ein Theodolit ein geodätisches Instrument zur Vermessung von horizontalen und Höhenwinkeln ist und man keine Zählungen damit durchführt.«

»Sie sollten langsam mal lernen, darauf zu achten, was ich *meine,* und nicht, was ich sage.«

»Ihre Bitte ist unlogisch, Doktor. Ich kann nur hören, was Sie tatsächlich artikulieren.«

Kirk lauschte ihrem spöttischen Geplänkel nur mit halbem Ohr. Normalerweise zeigte er lebhaftes Interesse an ihren Wortgefechten, auch nachdem er sie sich schon fünf Jahre lang angehört hatte; sie waren zumindest einfallsreich, und jeder suchte ständig nach neuen Möglichkeiten, den anderen auszustechen. Und zu seiner Überraschung schenkte er auch der Umgebung kaum Aufmerksamkeit, obwohl er sich normalerweise geradezu daran berauschen konnte, zum erstenmal eine fremde Zivilisation aus der Nähe zu sehen.

Statt dessen beobachtete er Wayne und den Klingonen, die ziemlich dicht nebeneinander gingen und sich eifrig unterhielten.

Abgesehen von Spock schwankten die Repräsentanten der Föderation sichtlich, als sie den innersten Kreis erreichten, eine breite grüne Rasenfläche um das fünfeckige Gebäude, das den Regierungssitz der Susuru beherbergte. Es gab keinen Gehsteig. Der Erste Geher der Susuru und sein Gefolge kamen aus dem großen, fünfseitigen Portal und gingen die paar Treppenstufen direkt zu der Grasfläche hinab.

»Verzögerung ist unannehmbar!« schrillte Flink, als die Fremdweltler näher kamen. »Die Menschen müssen unsere Welt verlassen oder werden ausgelöscht!«

»Ich habe versucht, dem Captain die Dringlichkeit dieser Tatsache begreiflich zu machen«, sagte Wayne. »Bislang ist es mir nicht gelungen.«

»Erster Geher«, sagte Kirk, »wie gut kennen Sie Ihre Feinde, die Discordianer?«

Flink schnippte mit den Fingern, offensichtlich ein Ausdruck seiner Verärgerung. »Gut genug. Sie sind Eindringlinge und Verwüster.« Er warf Kain einen Blick zu, der neben Wayne stand. »Was müssen wir noch über sie wissen?«

»Wenn sich beide Seiten besser verstehen würden, haben Sie vielleicht nicht mehr den Wunsch, Sie von Ihrer Welt zu vertreiben«, sagte McCoy.

Der Erste Geher betrachtete ihn aus zusammengekniffenen Augen; seine Ohren waren zur Seite und nach unten abgewinkelt. Dann sah er Kirk an. »Sie erlauben, daß Stimmen aus der Herde sprechen? Anarchie, Anarchie.«

»Der Doktor ist einer unserer herrschenden Fünf«, sagte Kirk. »Und ich kann seiner Einschätzung nur zustimmen. Warum setzen Sie sich nicht mit den Discordianern zusammen und reden? Vielleicht werden Sie dann feststellen, daß sie keine unangenehmen Nachbarn sind.«

Flink stampfte mit dem rechten Fuß auf. Seine Vorhut-Geher stimmten ein in den Ohren schmerzendes Geheul an.

»Nein! Sie sind nicht unsere Nachbarn! Sie plündern, sie töten ...«

»Vielleicht könnten Sie uns einige der Schäden zeigen, die sie an Ihren Gebäuden angerichtet haben«, sagte Spock. »Das würde uns helfen, die Lage besser zu verstehen.«

Flink stellte sich auf die Zehenspitzen, lehnte sich zurück, als wolle er fliehen, und warf Kain einen fast panischen Blick zu. Der Captain lächelte lediglich ermutigend – falls man das Lächeln eines Klingonen als ermutigend bezeichnen konnte.

»Das darf nicht sein«, sagte Flink langsam und verlagerte sein Gewicht wieder nach vorn. »Sicherheitsbedenken verbieten es.« Er senkte die Schnauze und warf Kirk einen vielsagenden, gerissenen Blick zu. »Sie sind schließlich auch Menschen. Woher sollen wir wissen, daß Sie ihnen nicht berichten, was wir Ihnen gezeigt haben?«

Kirk spürte, daß seine Wangen sich noch kräftiger röteten, als es aufgrund der Sonne sowieso schon der Fall war. »Ich bin kein Mensch«, sagte Spock. »Ich kann Ihnen versichern, daß ich völlig unparteiisch bin.«

»Für mich sehen Sie alle gleich aus«, sagte Flink argwöhnisch.

»Wie Kommissarin Wayne bei unserem ersten Gespräch gesagt hat, sind wir hier, um Ihnen zu helfen«, sagte Kirk, der nur mit Mühe die Ruhe bewahrte. »Aber wir können Ihnen bestimmt leichter helfen, wenn Sie uns auf halbem Weg entgegenkommen.«

»Nein! Nicht auf halbem Weg!« Flinks ergraute Halskrause sträubte sich. »Dieser Planet – unserer! Sie sind

Menschen. Die Eindringlinge sind Menschen. Wir haben Sie gerufen, damit Sie Ihre Leute wegbringen. Schaffen Sie sie fort, oder wir töten sie!«

»Wir haben den Eindruck, daß Sie seit fast vierzig Ihrer Jahre Krieg gegen die Menschen führen«, sagte Spock. »In all dieser Zeit ist es keiner Seite gelungen, einen entscheidenden Vorteil zu erringen. Wie wollen Sie sie jetzt besiegen?«

Flink deutete mit seiner Schnauze auf Kain. »Unsere Freunde von den Sternen. Sie geben uns viel – zeigen uns viel.«

»Das Einbringen moderner Waffen in einen planetaren Konflikt stellt einen Vorstoß gegen die Friedensvereinbarungen von Organia dar, Captain«, sagte Kirk. »Die Discordianer berichten von neuen Waffen, die seit Ihrer Ankunft gegen sie eingesetzt werden und sich verdächtig nach Phasern anhören.«

»Sie lügen«, sagte Wayne.

Spock runzelte die Stirn. »Wirklich? Wie können sie sie dann so genau beschreiben?«

»Sie wissen ganz genau, Captain, daß meine Leute Krieger sind«, sagte Kain. »Sie haben die strikte Anweisung erhalten, die Friedensvereinbarungen nicht zu verletzen. Doch in der Hitze des Gefechts könnte ihr Blut sogar ihr Pflichtgefühl überwältigen.« Ein Achselzucken. »Ich werde Nachforschungen anstellen.«

»Natürlich werden Sie mit der üblichen klingonischen drakonischen Strenge durchgreifen«, sagte Kirk.

»Natürlich.« Kain legte die Hand auf den Griff der Klinge an seinem Gürtel.

»Wie lautet also die Antwort auf Mr. Spocks Frage?«

»Wirklich, Captain Kirk, halten Sie es für angemessen, ihn mit Fragen zu löchern?« sagte Wayne.

»Die Susuru sind gelehrige Schüler«, sagte Kain. »Wenn man sie richtig unterweist, haben sie ein ausgesprochenes Talent für taktische Innovationen. Die Erdkolonisten können in nicht allzu ferner Zukunft mit jeder Menge Überraschungen rechnen.«

»Aber diejenigen, die vor Ihnen gehen, haben Ihnen befohlen, uns zu helfen, Captain«, sagte Flink. »Wir werden diese Überraschungen nicht brauchen – oder?«

»Erster Geher«, sagte Kirk bedächtig, »die Föderation nimmt die Umsiedlung eines ganzen Volkes sehr ernst. Unter den meisten Umständen« – er warf Wayne einen Blick zu – »wird sie als schändliches Verbrechen angesehen. Ich weiß die Tiefe Ihrer Gefühle zu schätzen. Aber ich bin nicht bereit, ein Unterfangen dieser Größe einzuleiten, ohne zuvor alle möglichen Alternativen ausgeschöpft zu haben.«

»Keine Alternative!« rief Flink. Er beruhigte sich und sah Wayne an. »Sie sprechen für diejenigen, die vor allen gehen, denen alle folgen. Haben sie ihm nicht befohlen, uns zu helfen?«

»Das haben sie.«

»Also verweigern Sie Ihren Vorgehern den Gehorsam, Captain?«

»In der Föderation haben wir eine Herrschaft von Gesetzen, nicht von Wesen. An diese Gesetze halte ich mich, und ich habe vor, das auch weiterhin zu tun. Dementsprechend werde ich keine Schritte einleiten, bis ich Sie und die Siedler dazu gebracht habe, Gespräche zu führen. Haben Sie das verstanden?«

Die zwanzig Angehörigen des Ältestenrats fingen wieder an zu kreischen.

»Und dieser verdammte Krach wird nicht dafür sorgen, daß ich es mir anders überlege!«

Flink stampfte mit dem Fuß auf. Das Heulen verstummte.

»Ich muß Sie etwas fragen, Erster Geher, eine Bitte äußern, deren Erfüllung Ihnen zum Vorteil gereichen könnte. Meine Mannschaft braucht Erholung, muß den Wind und die Sonne auf ihren Gesichtern spüren... sogar diese Sonne. Werden Sie erlauben, daß Gruppen auf Ihre Inseln gebeamt werden, damit meine Leute sich frei unter Ihrem Volk bewegen und von Ihnen lernen können? Das würde uns helfen, Ihre Notlage besser zu verstehen.«

»Nein.« Flink war zu wütend, um zu kreischen. Die Haare seiner Nackenkrause brachten mit ihrem intensiven Zittern die Intensität seiner Gefühle zum Ausdruck. »Diese Welt gehört uns. Uns allein. Wir werden keine Menschen auf ihr dulden. Weder diejenigen, die vor vierzig Jahren aus dem Himmel eingedrungen sind. Noch diejenigen, die Sie auf Ihrem Schiff mitgebracht haben, mit ihren flachen Gesichtern und den dicken, ungelenken, schlecht angebrachten Beinen.«

Er richtete sich zu voller Größe auf. »Insel gehört uns. Wir wollen den Planeten zurückhaben. Es kann keine Verhandlungen geben. Vergessen Sie nicht, Captain – neun Tage. Und dann … die Vernichtung.«

14

Der Türsummer von Kirks Kabine läutete. Der Captain saß an seinem Schreibtisch und las eine Zusammenfassung der Berichte über Okeanos – oder Insel, oder Discord – und hob den Kopf. Er spielte kurz mit dem Gedanken, das Signal einfach nicht zur Kenntnis zu nehmen, überlegte es sich dann jedoch anders. »Verdammt noch mal«, sagte er. »Herein.«

Die Tür glitt auf und ließ Dr. McCoy ein. »Du siehst erleichtert aus, Jim.«

»Vielleicht liegt es am Anblick dieser Flasche in deiner Hand.«

»Dieser hier?« McCoy hielt sie hoch. Braune Flüssigkeit schwappte darin. »Nur ein Erzeugnis der örtlichen Kultur.«

Er warf sie Kirk zu, der sie nur mit Mühe auffangen konnte. Der Captain warf einen Blick auf das Etikett. »›Sturznarkose‹?«

»Eine literarische Anspielung, habe ich mir sagen lassen.« McCoy ging zum Sofa und setzte sich.

»Der Verschluß ist nicht mehr intakt«, sagte Kirk, »und es scheint ein Teil zu fehlen.«

»Tja, da das Zeug von einem Beteiligten an einem Krieg hergestellt wurde, den du zu beenden versuchst, wäre es eine eindeutige Pflichtverletzung gewesen, meinem Captain zu erlauben, das Zeug zu trinken, ohne es vorher einer genauen wissenschaftlichen Analyse zu unterziehen.« Er rieb sich den Bauch. »Beim Geschmackstest hat es glänzend abgeschnitten. Und es hat mich noch nicht umgebracht. Daher kann ich es ruhigen Gewissens als auch für einen Raumschiff-Captain geeignet erklären. Besonders für einen, der es zur Zeit sehr schwer hat.«

»Das kannst du laut sagen.« Kirk sah sich die Flasche genauer an. »Aber verrate mir nur eins. Was wächst auf diesem Planeten, woraus man ›hochwertigen trinkbaren Whisky‹ brennen kann?«

»Es ist dem Menschen nicht bestimmt, alles zu wissen, Jim. Und jetzt trinke und analysiere nicht. Beweise, daß du ein Mann und kein Vulkanier bist.«

Kirk ging zur Anrichte, holte zwei Kognakschwenker heraus und goß in jeden ein paar Fingerbreit. Ein Glas gab er dem Arzt. »Du zuerst.«

»Was? Du vertraust mir nicht?« McCoy hob den Schwenker. »Auf die Wunder der modernen Medizin.« Er kippte die Flüssigkeit runter, leckte über seine Lippen und seufzte. »Ah. Noch fünf oder sechs davon, und ich vergesse ganz, welche Zustände auf diesem höllischen Schmortopf von Planeten herrschen.«

Kirk nippte vorsichtig an seinem Glas. Die Flüssigkeit rollte samten über seine Zunge und die Kehle hinab – und schien dann wie ein Petroleumfidibus zu zünden.

»Mann«, keuchte er, »das ist …«

»Weich. Aber bei dem Nachgeschmack sollte man auf der Hut sein.«

»Und wie!« Kirk schmatzte und leckte an seinen Lippen. »Weißt du, daran kann man sich gewöhnen.« Er schenkte sich noch einen ein.

»Als ich angeklopft habe«, sagte McCoy, »hast du dich angehört, als hättest du mich für das Ungeheuer aus den tiefsten Gewölben der Bürokratie gehalten.«

»Sie ist noch heil unten auf dem Planeten und setzt ihre eigenen Ermittlungen fort.« Kirk nahm im Sessel hinter seinem Schreibtisch Platz. »Aus irgendeinem Grund haben die Susuru nichts dagegen, daß sie bleibt.«

»Sie sagt ihnen, was sie hören wollen. Und ich glaube auch, ihre Bosse, diese ›Vorgeher‹ oder wie immer sie sich nennen, sind nur allzu gern bereit, ihren tollen neuen Freunden mit den Knochenwülsten auf der Stirn alles zu geben, was ihr schwarzes Herz begehrt.« Er musterte Kirk genau. »Komisch, daß du in diesem Zusammenhang das Wort *heil* benutzt. Wüßte ich es nicht besser, würde ich schwören, dieser zungenfertige Mistkerl von Klingone macht deiner Freundin den Hof.«

Kirk lachte schwach. »Hältst du das wirklich für möglich, Pille?«

»Na ja, Klingonen und Menschen sind anatomisch kompatibel, fortpflanzungsmäßig gesehen, so ungern sie es auch eingestehen werden ...«

»Ich meine ... glaubst du wirklich, daß eine Frau in ihrer Position ...«

McCoy lehnte sich zurück. »Ich glaube, die stellvertretende Kommissarin Wayne hat ihren Schädel mit dermaßen vielen Dämonen vollgepackt, daß man unmöglich sagen kann, welcher von ihnen gerade seine Show abzieht. Nach allem, was ich gehört habe, war Daddy Cornelius ein dermaßen tyrannisches altes Ekel, wie man es sich nur vorstellen kann. Moriah war sein einziges Kind. Ich bin zwar Arzt und kein Seelenklempner, aber ich würde sagen, so eine Situation ist geradezu maßgeschneidert dafür, eine verwirrte Person mit einer Zwangsneurose hervorzubringen, die stets versucht, es Daddy recht zu machen. Und es nie kann.«

Kirk schaute in sein Glas. »Du willst damit sagen, ihr Interesse für mich beruht auf dem Drang nach einer Vaterfigur?«

McCoy grinste.

»Pille, ich bin ein oder zwei Jahre älter als sie, wenn überhaupt. Und die Vorstellung, Kain als Vaterersatz zu nehmen ...«

»Der menschliche Verstand ist überaus erfindungsreich«, sagte McCoy. »Wer kann schon sagen, zu welchen Verdrehungen er imstande ist?«

Er schlug die Beine übereinander, und die beiden Männer tranken in behaglichem Schweigen. Nach einer Weile stand Kirk auf und holte die Flasche.

»Wieso ist dieser klingonische Hund Kain überhaupt so glatt?« fragte McCoy, als Kirk nachschenkte. »Die meisten Klingonen glauben, Etikette bedeutet, daß man sich die Hände nicht an der Schärpe abwischt, nachdem man beim Abendessen den Tischnachbarn erstochen hat. Aber diesen Jungen könnte man glatt der Königin von England vorstellen. Die meisten Klingonen sprechen, als würde man eine Handvoll Kies auf einem Waschbrett schütteln. Aber der hat eine Stimme, auf die Wu Shanxi neidisch wäre.« Er bezog sich auf den führenden Opernbariton der Föderation.

»Für einen Klingonen ist er sehr geschliffen«, stimmte Kirk ihm zu. »Zum Beispiel hast du ihm bezüglich der Ähnlichkeit zwischen Discord und seiner Heimatwelt widersprochen, und er hat nicht mal versucht, dich umzubringen.«

McCoy blinzelte und schluckte. »Ja. Hm ... auf ehrliche Art und Weise ist er bestimmt nicht dazu gekommen.«

»O doch, Pille. Sein Vater war Diplomat.«

»Diplomat?« McCoy runzelte die Stirn. »Ich habe gar nicht gewußt, daß die Klingonen Diplomaten haben.«

»Sie haben auch keine ... jedenfalls nicht viele. Aber selbst eine Kultur fanatischer Krieger braucht dann und wann mal einen Unterhändler. Und angesichts dessen, was meistens auf dem Spiel steht, wenn die Klingonen beteiligt sind, müssen sie ziemlich gut sein. So habe ich ihn auch kennengelernt. Er hat seinen Vater zu einer Konferenz begleitet, an der ich teilgenommen habe, als ich noch an der Akademie war.«

»Axanar.«

»Ganz genau. Sein Vater war ein großer Mann, imposant, sehr würdevoll. Um dir die Wahrheit zu sagen, abgesehen von der Größe sieht Kain ihm gar nicht ähnlich. Wir kannten ihn als Krodan, obwohl er in Wirklichkeit wohl so ähnlich wie QoDang hieß.«

Er sank tiefer in seinen Sessel; allmählich setzte die entspannende Wirkung des scharfen discordianischen Whiskys ein. »Wenn ich darüber nachdenke ... es ist die reine Ironie. Ich glaube, genau deshalb ist Kain so ein Draufgänger. Er will damit kompensieren, daß sein Vater einem unehrenhaften Beruf nachging.« Er schüttelte den Kopf. »Und zu seiner Blütezeit war Krodan einer der vier oder fünf mächtigsten Männer des Imperiums.«

»Aber wie er mit dir gesprochen hat, müßt ihr euch nach den Gesprächen von Axanar noch mal über den Weg gelaufen sein.«

»Gewissermaßen.« Kirk zuckte mit den Achseln. »Persönlich begegnet sind wir einander nie. Es war auf einem Planeten namens Endikon. Ich war noch Lieutenant auf der *Farragut* – nach Captain Garrovicks Tod. Wir und die Klingonen bemühten uns um die Rechte, an den lebensverlängernden Pharmazeutika einer anderen griesgrämigen Rasse mit knöchernen Köpfen, um damit Handel zu treiben. Der klingonische Captain schickte eine Gruppe hinab, die ein wertvolles heiliges Relikt stehlen sollte, um diese Spezies damit unter Druck zu setzen.«

»Was ist passiert?«

»Es ... äh ... verschwand, bevor die Klingonen Gelegenheit zu dem Diebstahl bekamen.«

McCoy kniff die Augen zusammen. »Willst du mir sagen, daß du dieses Relikt geklaut hast?«

»Sagen wir, ich habe es entfernt, um Schaden von ihm abzuwenden.«

Der Arzt lachte schallend. »Und was ist dann passiert?«

»Irgendwie haben die örtlichen Behörden einen Tip bekommen. Die Klingonengruppe rannte ihnen direkt in die Arme. Damit war die Sache für sie gelaufen. Sie wurden von dem Planeten gejagt.«

Er kippte den Rest seines Drinks. »Jetzt fällt mir wieder ein: Die Gruppe wurde von einem jungen Fähnrich kommandiert. Das war wahrscheinlich Kain.«

»Angesichts der üblichen Strafe der Klingonen für so ein Versagen hast du dem Jungen aber einen ziemlich groben Streich gespielt.«

»Mag schon sein. Über so was habe ich damals, als ich jung und ungestüm und putzmunter war, noch nicht nachgedacht.«

»Und jetzt bist du alt und ungestüm und putzmunter.«

Kirk erhob sich – und schwankte. »Wer ist alt?«

»Frag mal den Mann im Spiegel.« McCoy beugte sich vor und drehte das Glas auf den Knien. »Ich frage mich, wieso unser Freund Kain ein *Kligat* trägt.«

Kirk sah ihn an. »Das Messer? Irgendwie kommt es mir bekannt vor.«

McCoy lachte. »Wirst du wirklich alt, oder benebelt der Schnaps deinen Verstand? Das ist ein *Kligat,* die Lieblingswaffe der Bewohner von Capella IV. Von denen einer zufällig mein Patenkind ist.«

»Teer Leonard James Akaar«, sagte Kirk.

»Du mußt eingestehen, das klingt hervorragend.« McCoy rieb sich den Nacken. »Natürlich hab ich noch immer 'ne Beule am Hinterkopf, genau da, wo seine Mutti mich mit diesem Stein niederschlug. Meine alten Freunde, die Capellaner, sind noch griesgrämiger als die Klingonen – wie dieser klingonische Spion herausfinden mußte. Wie hieß er noch gleich?«

»Kras.«

»Der seine Mitverschwörer beschwatzte, den alten Teer Akaar senior abzumurksen, ihn mit einem dieser fliegenden Dosenöffner umzubringen ... ob Kain wohl weiß, wie man so ein Ding benutzt?«

»Wahrscheinlich.«

McCoy schüttelte den Kopf. »Wenn es noch viele wie ihn gibt, haben wir uns ganz schön was eingebrockt.«

»Es gibt nur einen *Qeyn HoD wa'DIch*«, sagte Kirk und tat sich gewaltig schwer mit der klingonischen Aussprache, »sowohl im Imperium als auch in der Föderation.«

McCoy hob sein Glas. »Dafür sei Gott gedankt!« Er kicherte. »Obwohl unsere wunderschöne Kommissarin da vielleicht nicht ganz unrecht hat. Du bist so ziemlich sein Pendant ... he, mein Glas ist leer.«

»Genau wie die Flasche.«

McCoy warf ihm einen verschleierten Blick zu. »Ich sehe noch immer einen Mann in den Fängen großer Anspannung vor mir. Als dein Arzt verschreibe ich dir mehr von dieser Medizin. Was hast du in der Anrichte?«

Kirk hielt eine braune Glasflasche hoch. »Wie wäre es mit saurianischem Brandy?«

McCoy schürzte die Lippen. »Der ist mir überaus willkommen. Wieso kriege ich was davon ab?«

»Na ja, ich habe ihn für eine besondere Gelegenheit aufbewahrt ...«

»Und?«

Kirk zuckte mit den Achseln und schenkte großzügig ein. »Sie kam«, sagte er, »und ging.«

McCoy nahm das neue Glas entgegen und starrte in die Tiefen der Flüssigkeit. Dann schaute er zu Kirk hoch.

»Was ist, wenn er es ehrlich meint, Jim?«

Kirk lächelte. »Was hast du neulich gesagt? Daß Schweine fliegen können? Prost.«

In der Tiefe, in der das Tauchboot sich bewegte, gab es kein Licht bis auf das, das aus der gedrungenen Hülle abgestrahlt wurde. Bildschirme in dem engen Innenraum boten Ansichten, die von einer Vielzahl von Sensoren generiert wurden, darunter auch Blicke, die auf Radar- und Sonar-Werten basierten. Im Augenblick zeigten sie einen Meeresboden bar jeglicher Vegetation, über den kleine, seltsame Organismen krochen.

»Ich gestehe meine Verwirrung ein, Dr. Arkazha«, sagte Spock.

Der Pilot schaute über die Schulter zurück. Er war ein junger Mann mit lockigem Haar und vollen roten Wangen, bekleidet mit einem senfgelben Overall. Er gehörte einer Gens an, die eine ähnliche Statur wie die Micros aufwies, aber stämmiger war, runde Gesichter hatte und zur Fülle um die Taille neigte. Sie nannten sich Hobbits.

Mona Arkazha nickte mit ihrem schweren Kopf. Ihr Befeuchtungsgerät war ausgeschaltet, doch noch immer kreiste Wasser durch das Joch, das die Kiemenschlitze in ihrem Hals bedeckte. Ihre Haut mußte nur befeuchtet werden, wenn es direkt dem Sonnenlicht ausgesetzt war.

Spock sah auf den Bildschirm. Er zeigte ein Leuchten, das vom Meeresboden selbst zu kommen schien. Es wurde von einer Fülle an Meeresvegetation umgeben und mutete an wie eine Oase in der Wüste.

»Was ist das, Doktor?«

»Ein Vulkanschlot. Es gibt genug Energie ab, um ein hübsches kleines Ökosystem zu versorgen. Ein jedes ist praktisch eine kleine Welt für sich. Im Augenblick stellen diese Systeme mein wichtigstes Forschungsgebiet dar.«

Die großen, gelatineartig aussehenden Augen betrachteten ihn einen Moment lang. »Aber Sie haben eine Frage über den Krieg gestellt. Wir fanden bei unserer Ankunft keine Susuru vor, auch wenn wir kaum die Gelegenheit gehabt haben, den Planeten gründlich abzusuchen. Wir sind ihnen erst etwa drei örtliche

Jahre nach der Landung begegnet – etwa zwölf Erdenjahren.«

»Was hat sich beim ersten Kontakt zugetragen?«

»Ein Boot voller Schwimmer bemerkte Spuren von Aktivität auf einer Insel. Sie dachten, es könnte sich um Schiffbrüchige handeln, und haben nachgesehen. Aber sie fanden Susuru, die mit Projektilwaffen das Feuer auf sie eröffneten.«

Spock runzelte die Stirn. »Sind Sie sicher, daß Ihre Leute nichts getan haben, um sie aufzustacheln?«

»Mr. Spock, wir Varis sind ein streitlustiges Völkchen, und häufig auch extravagant. Und Sie wissen bestimmt, daß Verfolgung am schlechtesten dazu geeignet ist, die Toleranz einer Gruppe zu fördern; normalerweise hat sie so ziemlich die gegenteilige Wirkung. Aber wir haben unser Bestes gegeben, um aus unserem Leiden zu *lernen*. Wir *wollten* niemals irgendwem das antun, was man uns angetan hat.

Aber mehr noch: Kommen wir Ihnen wie ein Volk vor, das etwas fürchtet oder haßt, nur weil es *anders* ist? Ich bin für den jungen Jason oder Aileea fast so fremd, wie die Susuru es sind, ganz gleich, wie menschlich meine Gene sind. Glauben Sie etwa, wir hätten sie instinktiv angegriffen?«

»Warum sollten sie Sie angreifen?«

Der Pilot lachte verbittert. »Wenn Sie die Antwort darauf erfahren, teilen Sie sie uns bitte mit«, sagte er. »Wenn wir Stelzengeher gefangennehmen, sagen sie immer nur, wir wären eine Gefahr für sie. Und nur die, die wir ergriffen haben, sind überhaupt bereit, mit uns zu sprechen.«

»Überaus seltsam. Als wir sie besucht haben, kamen uns die Susuru keineswegs wie eine kriegerische Rasse vor.«

Der Pilot warf dem Vulkanier einen erstaunten Blick über die Schulter zu. »Aber auf uns schießen sie, wenn sie uns nur sehen!«

»Wir leben jetzt seit fast zweiundvierzig Jahren auf diesem Planeten«, sagte Arkazha. »Seit neununddreißig dieser Jahre müssen wir Krieg führen. Und wir haben nie herausgefunden, *warum*.«

»Wir nähern uns unserem Ziel, Mona«, sagte der Pilot.

»Danke, Suleyman.« Arkazha krümmte ihre eckige Gestalt, um den Bildschirm besser sehen zu können. Ihre Körpersprache kündete von Erregung. »Jetzt sehen Sie sich das an – sehen Sie nur!«

Die Oase, die den Vulkanschlot umgab, war hinter ihnen zurückgeblieben. Unter ihnen breitete sich flach und merkmallos der Meeresboden aus. Dann tauchte am »Horizont« eine Linie auf. Als das Tauchboot sich näherte, wurde sie breiter, wurde zu einer Spalte, einer Kluft, einer Schlucht und dann scheinbar zu einem Riß in der Welt.

»Der Höllentor-Graben«, sagte Arkazha. »Zehn Kilometer tief, stellenweise noch tiefer.«

Das Tauchboot befand sich jetzt über dem Abgrund. Selbst die künstlichen Sinnesorgane des kleinen Schiffes zeigten dort unten nur Dunkelheit.

»Schlechte Wasser«, knurrte der Hobbit-Pilot. »Hier verschwinden ständig Schiffe. Der Leviathan holt sie. Wir befinden uns in unmittelbarer Nähe des Unterschlupfs vom Teufel im Meer.«

»Aberglaube«, schalt Arkazha ihn. »Niemand weiß, was wirklich da unten ist, abgesehen von Vulkanschloten, die man im Übermaß dort findet. Sie wühlen das Wasser auf, so daß unser Sonar nicht richtig arbeitet, und die starken elektromagnetischen Aktivitäten, die Hand in Hand mit dem Vulkanismus auf dieser Welt auftreten, verwirren unseren Radar.«

»Faszinierend.«

Sie nickte. »Das ist es, Spock.« Sie fuhr mit grünlichschwarzen Fingerspitzen über den Bildschirm. »Ich hoffe, dazu beitragen zu können, die Geheimnisse von

Höllentor zu entschlüsseln. Ich habe da unten bereits einiges gesehen – aber ich weiß nicht, ob ich Ihnen vertrauen kann.«

Spock sah sie fragend an. »Warum nicht, Doktor? Ich war so offen zu Ihnen, wie es mir möglich ist. Ich muß sagen, ich finde unsere Zusammenarbeit sogar ... angenehm.«

Sie lächelte. »Ich auch, Spock, mein Freund. Aber ich vergesse immer wieder ... Sie arbeiten für den Staat. Um Leviathans willen – das ist unser alter Feind, ganz gleich, welche Gestalt er annimmt. Ich weiß einfach nicht, ob ich Ihnen vertrauen kann.«

»Was hat meine Anstellung bei Starfleet mit meiner Vertrauenswürdigkeit zu tun?«

»Sie haben Ihrem Staat und Ihren Vorgesetzten gegenüber eine Verpflichtung. Wenn sie Ihnen den Stiefel auf die Kehle setzen, wie Kommissarin Wayne es beabsichtigt, sind Sie gezwungen, alles weiterzugeben, was ich Ihnen gesagt habe.«

»Ich kann mir nicht vorstellen, wie etwas, das auf dem Boden eines Meeresgrabens liegt, eine brauchbare Geheiminformation darstellen kann.«

Sie drehte den Kopf zur Seite. Ihre gummiähnlichen Lippen verzogen sich zu einem seltsamen Lächeln. »Aber Sie wissen doch gar nicht, was da unten ist. Vielleicht ist es ja wirklich Leviathans Schlupfwinkel.«

Spock zog eine Braue hoch. Für eine Vertreterin ihrer Spezies verfügte Dr. Arkazha über eine überaus erfrischende Logik. Er konnte ihr die gelegentlichen Abstecher ins Wunschdenken nicht vorwerfen.

Sie konnte schließlich nichts dafür. Sie war nur ein Mensch.

15

Das kleine Flugzeug jagte in zwei Kilometern Höhe über ein Meer, das wie ein saphirblaues Brett aussah. Wellenkämme stellten milchigweiße Sterne dar.

»Machen Sie sich keine Sorgen wegen des Ultimatums der Susuru?« fragte Kirk, der im Cockpit auf dem Passagiersitz auf der Steuerbordseite saß. »Noch drei Tage.«

Aileea dinAthos gab ein schnaubendes Lachen von sich – keineswegs damenhaft, aber charmant, dachte er. »Wenn sie uns hätten auslöschen können, hätten sie es schon vor vierzig Jahren getan.«

»Jetzt haben sie Hilfe.«

»Die *Kofirlar*.« Sie schnaubte erneut. »Mit denen werden wir auch fertig, Captain, solange sie nicht ihre Massenvernichtungswaffen gegen uns einsetzen.« Sie warf ihm einen fragenden Blick zu. »Wo stehen Sie? Was werden Sie tun, wenn ihr Raumschiff das Feuer auf uns eröffnet?«

»Sie warnen«, sagte er. Eine Pause. »Wenn sie dann nicht aufhören, werde ich sie aus dem Orbit schießen. So eine Intervention ist streng verboten, und die Klingonen wissen das auch.«

Sie warf den Kopf zurück und schob kurzgeschorenes Haar aus der Stirn. »Dann werden wir es überstehen. Wie wir bislang alles überstanden haben. Darin sind wir ziemlich gut, Captain.«

»Jim.«

Aileea nickte. »Da ist es«, sagte sie, legte das Flugzeug in die Kurve und zog einen Kreis um drei miteinander verbundene leuchtende Metallzylinder, die in einer parallelen Anordnung befestigt waren, einer über den beiden anderen. Auf der einen Seite erhob sich ein ovaler Turm, auf der anderen erstreckte sich ein von einer weißen Fasermatte bedecktes Deck. »Mein Heimatfloß.«

»*Ihre* Heimat?« Kirk schüttelte verwirrt den Kopf. »Ich dachte, Dr. Arkazha hätte gesagt, die Susuru hätten Ihre Heimat versenkt.«

Aileea warf ihm vom Pilotensitz einen Blick zu und lächelte schwach. »Nein. Mansur hat es *abgetaucht*, um den Raketen der Stelzengeher zu entgehen.« Als er sie verdutzt ansah, holte sie zu einer weiteren Erklärung aus. »Das Floß ist auch ein U-Boot. Das gilt für praktisch jede Unterkunft auf Discord. Nur so können wir die wirklich mörderischen Stürme überstehen – nur die großen Städte können sie verkraften. Das ist einer der Vorzüge, die das Leben in einer Stadt mit sich bringt.«

»Ich dachte, Ihre Heimat wäre jetzt Discord City.«

»Ich habe dort meinen *Arbeitsplatz*. Das hier ist mein Zuhause.« Sie zog das Flugzeug herum und begann mit dem Landeanflug. »Auch jetzt noch.«

»Dann sind Sie im Grunde Ihres Herzens noch ein Mädchen vom Lande?« fragte Kirk. Er saß verkehrt herum auf seinem Sitz und hatte den linken Arm auf die Lehne gelegt.

Sie sah ihn an, und Unverständnis ließ sie leicht die Stirn runzeln. Mit ihren grünen Locken, die ihr fast bis in die Augen hingen, sah sie richtig süß aus – trotz der bedrohlichen großen Pistole, die an einer wohlgerundeten Hüfte hing.

Paß auf dich auf, dachte er. *Es handelt sich um eine rein dienstliche Reise.* Was nicht ganz stimmte; Pille hatte gedroht, ihn krankzuschreiben, wenn er sich nicht ebenfalls etwas Entspannung gönnte. Es kam ihm seltsam vor, zu einem Landurlaub auf den Planeten zu beamen, während die Uhr unaufhaltsam der planetenweiten Eskalation entgegentickte. Doch da die Susuru jegliche Friedensgespräche ablehnten, hatte Kirk keine Ausrede finden können, dinAthos nicht zu begleiten, als sie ihn fragte, ob er sehen wolle, wie das Leben auf einer discordianischen Meeresranch war. Er hatte sich nichts vorzuwerfen: Alle anderen Möglichkeiten hatte er schon ausprobiert.

Ihr Gesicht hellte sich auf. »Ich verstehe«, sagte sie. »Sie meinen, daß mein Herz und meine Seele noch der Ranch gehören. Da haben Sie recht.«

Er nickte. »Dachte ich mir. Ich bin ein alter Farmjunge aus Iowa. Ich kenne die Symptome.«

Sie nickte geistesabwesend und sprach in das Mikrofon ihres leichten Kopfhörers. Das Flugzeug schlingerte in der Luft knapp über der Meeresoberfläche und wurde langsamer. Mit einem Knarren rotierten die ziemlich hoch angebrachten Schwingen nach oben; nun wurde es von den breiten Propellern statt von den Tragflächen stabilisiert. Aileea hielt das Flugzeug ruhig und lenkte es geschickt über eine runde Plattform, die neben dem Haupthaus trieb, ließ es noch einen Augenblick lang schweben und setzte dann leicht auf.

Kirk nickte anerkennend. Er gehörte im Grunde zur Navy und nicht zur Air Force; wie der Name schon andeutete, war die *Enterprise* viel enger mit einem alten Flugzeugträger verwandt als mit den Flugzeugen, die von dessen Decks starteten. Aber er erkannte einen guten Piloten, wenn er einen sah.

Er enthielt sich jedoch jeglicher Bemerkung. Der empfindliche Stolz seiner Gastgeberin würde ein Kompliment vielleicht als Herablassung auffassen, wenn es einer so alltäglichen Aufgabe galt. Die Kolonisten hatten bei dem Aufbau einer technischen Zivilisation großartige Arbeit geleistet, wenn man bedachte, daß ihnen am Anfang lediglich Willenskraft, Einfallsreichtum und die Geräte zur Verfügung gestanden hatten, die sie an Bord ihres Schläferschiffs hatten unterbringen können – und Kirk wußte, daß es sich dabei um nicht allzu viele hatte handeln können, wenn man bedachte, wieviel Raum allein die Kryoschlafkapseln und das primitive Warptriebwerk beansprucht hatten. Dennoch waren sie längst nicht so weit fortgeschritten wie die Föderation und in dieser Hinsicht sehr empfindlich.

Aileea sprang hinaus und wurde von zwei metergroßen Frauen mit kurzem Haar, runden Gesichtern und stämmigerem Körperbau, als die Micros ihn aufwiesen, begrüßt. Sie umarmten die größere Frau und halfen ihr dann, das Flugzeug auf der Landefläche zu vertäuen und mit einer Persenning zu bedecken, während Kirk mit seinem Seesack über der Schulter dastand. Er hätte ihnen zwar gern geholfen, befürchtete aber, daß er ihnen nur im Weg gestanden hätte.

»Das ist Captain Kirk«, sagte Aileea zu den beiden Frauen. »Er ist einer der Erdenmenschen, von denen alle sprechen. Captain, das sind Ranit und Yuki. Sie sind schon seit Jahren bei uns.«

»Er ist sehr stattlich«, sagte Yuki.

Die andere schaute skeptisch drein. »Stimmt es, daß Sie uns zwingen wollen, Discord zu verlassen, Captain?« fragte sie. »Wo sollen wir denn hin?«

»Ich möchte niemanden irgendwo hinbringen. Ich möchte Frieden bringen.«

Die beiden lachten. Es war kein fröhliches Geräusch.

Er folgte Aileea über einen kurzen treibenden Laufsteg, der unter ihm beunruhigend auf und ab hüpfte. Sie trug weiße Shorts und ein kurzes, weites Top, das ihren flachen, gebräunten Bauch freiließ. Er erinnerte sich daran, welchen Eindruck ein Untersuchungsausschuß bekäme, wenn er sich allzu intim mit einer der Personen einließ, die er eigentlich mit aller gebotenen Eile von dem Planeten wegschaffen sollte.

Kirk trat auf das eigentliche Floß und blieb stehen.

Über dem oberen Zylinder des Ranchgebäudes befand sich ein Röhrengestell, das oben mit spitzen Kegeln versehen war.

»Was ist das?« fragte er.

»Koman-Abwehrraketen«, erklärte sie mit grimmiger Befriedigung. »Überschall-Fernlenkkörper mit einer Reichweite von einhundert Kilometern. Sie werden von den Daten gelenkt, die unsere Hirten liefern. Ein Volltreffer kann das größte Schiff versenken, das die Stelzengeher haben.«

Sie warf ihm einen schrägen Blick zu. »Sie wurden gerade erst installiert – wir haben die Schutzverkleidung noch nicht angebracht. Beim nächsten Angriff werden die Stelzengeher feststellen, daß wir kein so leichtes Ziel mehr sind, Captain.«

»Ich verstehe.« Ihm war klar, daß sie seine Reaktion abschätzte, und er blieb einen Augenblick lang stehen und schaute zu den ominösen Gebilden hoch, deren weiße Nasen von gelben Ringen umgeben waren. Sie schienen ihn daran erinnern zu wollen, wie schwierig die Aufgabe war, mit der er konfrontiert war. Er gestattete sich ein besorgtes Stirnrunzeln.

Sie führte ihn ins Haus. Das Innere war voll klimatisiert und bot höchste Behaglichkeit – nach discordianischen Maßstäben. Das bedeutete lediglich eine bescheidene Bruthitze, obwohl es Kirk fast schon ein wenig kühl vorkam, als er nun aus dem Auge der gnadenlosen Eris trat.

Er fragte sich, wie geräumig so ein Ranchgebäude sein konnte. Die Hauptzylinder waren fünfundzwanzig Meter lang und sechs Meter breit, was nicht besonders viel Platz für die etwa zwanzig Personen zu bieten schien, die nach Kirks Kenntnissen hier lebten und arbeiteten. Dann führte Aileea ihn eine Wendeltreppe hinab, und Kirk wurde klar, daß – wie bei einem Eisberg – der Großteil des Hauses unter Wasser lag.

In einem schmalen Durchgang ein paar Zylinder tiefer, in dem freiliegende rote, gelbe und weiße Rohre an der Decke verliefen, stieß Aileea eine Tür auf. »Das ist Ihre Kabine, Captain. Sie ist wahrscheinlich nicht annähernd so groß wie die, an die Sie gewöhnt sind.«

Es war eine kleine Kammer mit einem Bett, das in die gekrümmte Hüllenwand eingebaut zu sein schien. Sie war sauber und hell erleuchtet. Ein Bullauge bot einen Blick auf vorbeiströmendes Meerwasser, durch das Schäfte aus weißem Sonnenlicht wie Scheinwerferstrahlen fielen. Kirk kam sich vor wie in einem türkischen Bad.

Er lächelte. »Wirklich sehr hübsch, Miss dinAthos.«

»Aileea, Captain.«

»Einverstanden – wenn Sie mich Jim nennen.«

Sie grinste. »Abgemacht. Würden Sie gern etwas essen, bevor ich Ihnen zeige, wie wir auf der Ranch arbeiten?«

»Ich fühle mich, als könnte ich einen Wal verdrücken.«

»Auf Discord gibt es keine Wale, Jim. Aber warten Sie nur, bis Sie unsere Garnelen gesehen haben.«

Der obere Zylinder diente als Kantine. Ein langer Tisch verlief durch die Mitte. Große Bullaugen boten auf der einen Seite einen Blick auf das Deck und auf der anderen einen aufs Meer.

Ein riesiger Grunzer in einer weißen Schürze servierte ihnen Eintopfgerichte – Meereshülsenfrüchte mit gekochtem Schellfisch und hartkrustigem Brot als Beilage. Aileea stellte Kirk vor, doch der Koch reagierte nur mit einem schwerfälligen Nicken darauf und ging wieder, ohne ein Wort zu sagen.

»Das ist Mansur«, erklärte Aileea. »Er ist noch nicht so lange bei uns – erst seit drei oder vier Jahren. Kurz, bevor ich auf die Schule ging, kam er zu uns. Aber er ist das Rückgrat der Ranch. Er ist einer der maßgeblichen Leute hier.«

»Und er ist der Koch?«

»Es macht ihm Spaß. Ein Grunzer muß etwas mit den Händen anfangen können, oder er wird so nervös, daß es ihn in den Wahnsinn treibt.«

»Das Leben, das Sie führen, wird wahrscheinlich zu einem großen Ausmaß davon bestimmt, welcher Gens Sie angehören.«

Sie wollte ihren Löffel gerade zum Mund führen und hielt abrupt mit der Bewegung inne. »Nein. Unser Leben wird von unseren Genen *beeinflußt*, genau, wie es bei allen anderen der Fall ist. Wir sind uns unserer Unterschiede bewußt – bei Eris, wir halten sie in Ehren. Aber wir können selbst entscheiden, was für ein Leben wir führen. Das ist unser Vorteil – und unsere Verantwortung.«

Die Außenschleuse wurde geöffnet, und der Drachenatem der nach Metall riechenden Meeresluft drang in den Raum. Drei Rancharbeiter traten ein, zwei Männer und eine Frau, und begrüßten Aileea mit lauten Rufen, kräftigen Umarmungen und Schlägen auf den Rücken. Aileea stellte sie als Haidar, Krysztof und Jasmine vor. Sie holten sich Schüsseln mit Eintopf von der Theke am anderen Ende der Kantine und setzten sich dann zu den beiden an den Tisch.

»Wir müssen Ihnen danken, daß Sie Aili zu uns zurückgebracht haben«, sagte Haidar. Er war ein kleiner, braunhäutiger junger Mann mit einem pechschwarzen Haarschopf und einem runden Gesicht und erinnerte Kirk an Chekov. Er hatte auch einiges von der Überschwenglichkeit des Navigators der Enterprise, auch wenn das winzige Netz der Falten neben seinen pechschwarzen Augen verriet, daß er älter als Chekov war.

»Seit sie wegging, haben wir sie viel zu selten gesehen«, sagte Jasmine. Sie war eine braunhaarige und -häutige Schwimmerin mittleren Alters mit bernsteinfarbenen Augen und einem breiten, etwas traurigen

Mund. Sie erweckte den Eindruck, als wäre sie von strahlender jugendlicher Schönheit zu drahtiger, müder Stattlichkeit verblichen. Wie die beiden anderen trug sie lediglich eine knappe Badehose und einen Allzweckgürtel, an dem neben einigen anderen Geräten auch ein Halfter mit einer Handfeuerwaffe hing.

»Das wird immer mein Zuhause sein, Mina«, sagte Aileea leise.

»Und nun ist unsere Aili fort und hat die schöne Gita ebenfalls in die Stadt gelockt, damit sie ihr Gesellschaft leistet«, sagte Haidar. »Wir müssen uns fragen, wer als nächster geht.«

»Haidar«, sagte Krysztof streng. Der dritte Arbeiter war ein großer Mann mit einem schroffen Gesicht und scharfkantiger Nase, ungezügeltem, drahtigem Haar und Bart und einem beeindruckenden, mit blondem Haar überwucherten Bauch. Wie Haidar war ihm äußerlich keine Modifizierung anzusehen.

Haidar wurde klar, daß angesichts des Todes von Aileeas Vater diese Bemerkung nicht gerade geschmackvoll war, errötete und widmete seine ungeteilte Aufmerksamkeit dem Eintopf.

»Ich weiß, daß Sie für irgendeine Sicherheitsfirma arbeiten, Aileea«, sagte Kirk. »Aber ich weiß nicht genau, was Sie da tun.«

Aileea wandte den Blick ab. »Hör zu, Aili«, sagte Jasmine. »Dein Beruf macht dir keine Schande. *Wir* werfen dir nichts vor. Dein stattlicher Gast wird es auch nicht tun.«

Sie sah Kirk an. Wenn irgend etwas ihr Interesse erregte, waren ihre Augen lebhaft hell. »Ihr Raumschiff… es ist ein Kriegsschiff, nicht wahr?«

Kirk nickte. »Ich halte es nicht wirklich für eins. Die primäre Mission der *Enterprise* ist die Erforschung. Aber es ist ziemlich gut bewaffnet, und ich bekomme meinen Sold von einer Organisation namens Starfleet.«

»Siehst du?« sagte Jasmine zu Aileea.

Die grünhaarige Frau nickte. »Na schön. Ich bin Soldat, Captain – ein berufsmäßiger Krieger.«

Kirk runzelte die Stirn. »Aber Sie arbeiten für eine Sicherheitsfirma.«

»Unsere Aili hat den Befehl über ein Geschwader von tausend Mann«, sagte Haidar stolz. »Sie hat den Rang eines Oberst.«

»Auf Discord gibt es kein stehendes Heer, Captain – Jim. Und wir kämpfen schon seit langer Zeit. Wir haben zwei Arten von Kriegern, freiwillige und berufsmäßige. Ich bin ein Profi und stehe bei der Verwaltung von Discord City unter Vertrag.«

»Sie ist eine fabelhafte Pilotin und unfehlbare Schützin«, sagte Haidar. »Noch vor ihrer Ausbildung war sie schon so gut wie die besten Profis.«

»Nicht ganz, Haidar«, sagte Aileea. »Und bei dem Überfall hat Gita die Heldin gespielt.«

»Deshalb hast du sie uns auch weggenommen«, sagte Krysztof.

»Sie wurde frei geboren, Sztof«, sagte Jasmine streng. »Sie bestimmt allein über ihr Schicksal, wie alle Discordianer.«

»Sie nehmen Ihre Individualität sehr ernst, nicht wahr?« fragte Kirk.

»Das ist einer der Gründe, wieso unsere Vorfahren die Erde verließen«, sagte Haidar. »Außer dem natürlich, daß die Bewohner dieses Ortes ständig damit beschäftigt waren, sich gegenseitig in die Luft zu sprengen.«

»Es überrascht mich, daß Sie in einer gemeinschaftlichen Einrichtung essen«, sagte Kirk. »Das scheint im Widerspruch zu Ihrer individualistischen Natur zu stehen.«

Haidar lachte. »Sehen wir aus, als könnten wir uns gegenseitig nicht ausstehen? Wir alle sind frei, wir alle sind wir selbst, und wir leben, wie wir es möchten. Aber ein Individuum zu sein, heißt keineswegs, mit anderen nicht zusammenarbeiten zu können. Die Ranch, unser Profit, ja sogar unser Leben ist davon abhängig, daß wir kooperieren. Und es heißt auch nicht, daß wir nicht an der Gegenwart anderer Freude finden können.«

»Manchmal«, sagte Krysztof.

»Wenn wir uns zurückziehen wollen«, sagte Jasmine, »haben wir unsere Quartiere. Und wir haben immer das Meer.«

Wie eine lebende Insel wogte die Garnele durch das klare, sonnenhelle Wasser. Kirk schob sich mit Schlägen der Schwimmflossen, die an seine Füße geschnallt waren, an der dunklen, metallischen Masse des Tiers vorbei. Er hoffte, in seinem Bemühen, mit seiner Gastgeberin Schritt zu halten, nicht *zu* eifrig zu wirken.

Er widersetzte sich dem Sog der Wasserverdrängung, der von den zweihundert Tonnen der Garnele ausging, und den Schwingungen der Auftriebsmembranen, die wie Gummibänder auf beiden Seiten der Unterseite ihrer Schale verliefen und sich in peristaltischen Bewegungen kräuselten. Aileea bewegte sich wie ein schlanker Fisch und schwamm, unter Wasser silbern im Licht der Sonne schimmernd, direkt auf das Geschöpf zu, um über dem stilisierten Brandzeichen seinen Panzer zu tätscheln.

Kirk folgte ihr. Blasen von seiner Atemmaske stiegen in kitzelnden Wolken an seinen Ohren vorbei nach oben. Neben dem gepanzerten Ungetüm kam er sich nackt vor. Er war es auch fast – in dem badewannenwarmen Meer von Discord mußte man nicht mehr tragen als die fast unanständig knappe Badehose, die Aileea ihm geliehen hatte. Seine Därme und die Kehle hatten sich zusammengezogen; ohne den geringsten Zweifel würde ein bloßes, zufälliges Zucken des Ungetüms ihn wie ein billiges Spielzeug zerbrechen. Aber das war Vorsicht, keine Angst. In Wirklichkeit verspürte er *Ehrfurcht*.

Er streckte die Hand nach der Schale aus. Sie war kühl und hart wie die Hülle eines Raumschiffs. »Sie *essen* diese Dinger?« fragte er. Das über seiner Luftröhre angeklebte Knopfmikrofon fing seine Worte auf, ohne das er sie vokalisieren mußte, und übertrug sie zu dem knochenleitenden Lautsprecher hinter Aileeas rechtem Ohr. »Das nenne ich eine Riesengarnele!«

Aileea lachte. »Die alte Lucy werden wir nicht essen. Soweit unsere Biologen es feststellen können, ist sie über hundert unserer Jahre alt. Sie wäre ziemlich zäh, meinen Sie nicht auch?«

»Auf jeden Fall bräuchte man für sie eine Menge Cocktailsauce.«

Er bemühte sich, nicht atemlos zu klingen. Er schwamm, so schnell er konnte, um mit dem mühelosen Wiegen des Riesen Schritt zu halten. Selbst Aileea schien sich anstrengen zu müssen – ein wenig jedenfalls.

Seine Gastgeberin wurde langsamer, ließ das Geschöpf davonziehen. Kirk konnte nun den Rest der Herde sehen, die um sie herum weidete, von Jungen, die kaum größer als er waren, bis hin zu Ungetümen, die so furchteinflößend wie die Matriarchin waren. Das mikroskopische Meeresleben, das sie in trichterförmige Mäuler sogen, schimmerte im Wasser wie heller Staub.

»Sie legt noch immer Eier, wenn auch nicht mehr so oft wie eine jüngere Garnele«, sagte Aileea. »Sie stellen unseren hauptsächlichen Viehbestand dar. Wir essen die Eier und die jüngeren Garnelen. Zwischen ihren Bauchschilden scheiden sie auch eine wachsähnliche Substanz ab. Die kratzen wir ab und verkaufen sie. Sie ist sehr wertvoll, wird für zahlreiche Pharmazeutika und Kosmetika verwendet.«

»Sie müssen aus der alten Lucy eine Menge herausholen«, sagte Kirk.

»Das tun wir.« Sie grinste ihn an. *Sie* trug natürlich keine Maske. Die Kiemen an ihrem Hals pulsierten in einem gemächlichen Rhythmus. In ihrer eigenen Umgebung, an die die verbotene Wissenschaft der Discordianer sie angepaßt hatte, wirkte Aileea keineswegs exotisch. Sie kam ihm so natürlich – und wunderschön – wie das Meeresleben vor, vor dem es, in respektvoller Entfernung von den Garnelen, um sie herum wimmelte.

Wenn Moriah sie nur so sehen könnte, dachte Kirk. Doch gleich wurde ihm schmerzlich bewußt, daß das nicht helfen würde. Es bereitete ihm Unbehagen, daß eine Frau, der er ehrlichen Respekt und Zuneigung entgegen brachte – eine Frau, mit der er mehr als nur ein wenig intim gewesen war –, so blind sein konnte.

»In Wirklichkeit repräsentiert sie viel mehr die Ranch, als wir dies tun«, sagte Aileea. »Sie hat schon gelebt, lange bevor Menschen hier eintrafen, und sie wird noch lange schwimmen, nachdem wir alle tot sind.«

»Sehr beeindruckend«, sagte Kirk und ließ die drei Meter großen Libellen nicht aus den Augen, die über dem Floß schwebten. Sie hatten jeweils sechs Schwingen, die wie Gummimatten aussahen. Ihre Panzer wiesen blaue Tigerstreifen über stumpfen scharlachroten Leibern auf.

Aileea hatte den Scooter ziemlich stark seitlich geneigt, um die dicke Seetangmatte zu umkreisen. Die bei ihrem dröhnenden Flug durch die Wellen aufgewühlte Gischt legte sich wie Nebel auf die linke Seite von Kirks Körper und Gesicht. Erstaunlicherweise fühlte sie sich *kühl* an.

»Wir nennen sie Hinds«, sagte sie. »Ich bin mir nicht sicher, woher der Name kommt. Ich glaube, so hieß ein Hubschrauber zu der Zeit, da unser Volk in Rußland war, nachdem die Sowjets am Ende des Großen Patriotischen Krieges General Prester von der SS gefangengenommen und sein Gentechnik-Projekt von den Nazis erbeutet hatten.«

Des Zweiten Weltkriegs, übersetzte er automatisch. Die Varis entstammten zwar allen Rassen der Erde, doch vorherrschend waren ethnische Russen, Asiaten vom Pazifikrand und Polynesier. Mona Arkazhas Geburtsstadt Exile weit im Süden war so durch und durch russisch wie das zeitgenössische Wolgograd – zur großen Freude Chekovs, der es kaum abwarten konnte, bis der Dienstplan es ihm gestattete, zum Landurlaub runterzubeamen. Die kulturellen Hintergründe des Discordianer ähnelten stark denen des Fähnrichs.

»Wie kann ein so großes Tier fliegen?« fragte Kirk. Sie trugen noch immer die Kommunikationsvorrichtungen, was es ihm ermöglichte, sich im Ansturm der Luft und des Wassers verständlich zu machen, ohne zu schreien.

»Eine hohe Stoffwechselrate. Bei all den Hochfrequenzphotonen, die Eris ausstößt, ist Discord ein phantastisches Hochenergie-Ökosystem, Jim. Die Luft, die diese Insekten aus ihren Trachealöffnungen pumpen, ist nur etwas kühler als Wasserdampf. Auf unsere Raketen mit Wärmesuchköpfen müssen wir Computerfilter setzen, damit sie die Hinds nicht erfassen.«

Kirk verzog das Gesicht. Das war eine andere Facette des Lebens auf Discord – es dauerte nie lange, bis das Gespräch sich wieder um Waffen drehte.

»Was fressen sie?« fragte er.

Wie zur Antwort tauchte ein Hind zu der Matte hinab. Als es wieder hochkam, hielt es ein kleines, wild mit den Beinen strampelndes Ding in den chitinüberzogenen Mundfühlern. »Sie würden *Sie* essen, wenn Sie es zuließen, obwohl sie keinen erwachsenen Micro hochheben können. Es gibt *Gründe,* weshalb wir Waffen tragen, James Kirk. Das machen wir nicht aus reiner

Sturheit, wie Ihr köstlicher Doktor McCoy sich ausdrücken würde. Halten Sie sich fest.«

Der durchsichtige Kanzelhaube aus Metallkristall schloß sich über ihnen und schottete sie von der Gischt und dem Lärm des Windes ab. Der Scooter schoß hinab; die See schäumte um Kirks Gesicht, und dann flogen sie unter Wasser, unter dem Floß hindurch. Erstaunt betrachtete er die Lebensformen, die sich um das künstliche Gebilde und an der zotteligen grünen Unterseite drängten: Würmer mit stählernen Stacheln, die wie dämonische Raupen aussahen; sich bewegende, hell leuchtende Gallertklumpen; Wesen, die wie treibende Knäuel aus verknoteten grauen Bändern aussahen, in die dicke gelbe Klümpchen eingelassen waren. Dreiäugige Fische, die das Floß begleiteten, fett, aber agil, spielten Fangen mit dem Scooter.

Die Kombination aus Flugzeug und Schiff war eigentlich nicht für zwei Personen gedacht. Aileea hatte ihren gepolsterten Pilotensitz so weit vorgezogen, daß Kirk sich zwischen sie und die Rückwand zwängen konnte, wo er sich aufgrund der beunruhigenden Geschwindigkeit des Dings an den schenkelhohen Geländerstangen festklammerte. Nun, da der Scooter abgeschottet war, fiel es ihm noch schwerer, nicht darauf zu achten, daß unmittelbar vor ihm eine wunderschöne und praktisch nackte Frau saß.

Er zwang sich, an etwas anderes zu denken. Aileea fuhr für seinen Geschmack zu schnell, doch er mußte eingestehen, daß Haidar mit der Einschätzung ihrer Fähigkeiten als Pilotin recht hatte. Sie flogen geradezu an einer Schule Aale vorbei, die wie lebendige Gummibänder aussahen, an riesigen schwimmenden Insekten, die mit gefährlich wirkenden Beißzangen ausgestattet waren, und an Wolken bunter Fische, die aussahen wie... nun ja, wie *Fische*.

»Wenn Sie nicht so viel Zeit in unseren Dekompressionskammern verbringen müßten, würde ich Sie auf den Meeresboden bringen«, sagte Aileea. »Hier ist das Wasser nur dreihundert Meter tief. Unsere Meere sind größtenteils flach – auch wenn das Höllentor-Riff stellenweise zehn Klicks und noch tiefer ist.«

Die Kanzelhaube erzitterte. Ein Geräusch wie von einem Donnerschlag drang an Kirks Ohren und ließ ihn bis ins Mark erzittern. »Was war das?«

»Detonationen.«

»Werden Sie angegriffen?«

Der Gedanke, daß er in eine Schlacht verwickelt wurde, flutete seinen Verstand wie Wasser eine aufgerissene Schiffshülle. Er konnte sich nur allzu gut vorstellen, was Kommissarin Wayne *daraus* machen würde, sobald sie sich wieder im Föderationsraum befanden. Bedauernd war ihm klargeworden, daß er sie allmählich für eine Gegenspielerin hielt. Diese Veränderung in ihrer Beziehung war ihm überaus unangenehm.

Aileea schüttelte den Kopf. »Das sind Lev und die neue Pilotin, Magda. Sie verscheuchen Raubtiere mit Raketen. Unsere Robot-Hirten strahlen Schallschwingungen aus, die Raubtiere abschrecken und unseren Bestand in den ›Gehegen‹ halten, aber manchmal arbeitet das Gehör der Räuber unterhalb der abgedeckten Frequenzen – oder sie kommen einfach trotzdem rein.«

»Was für Raubtiere muß man denn mit Raketen jagen?« fragte Kirk und schaute sich mit einem ganz neuen Interesse im Ozean um.

»Seedrachen, *Akyula, Volk,* Kraken. Sie ähneln – wenn ich mich recht an den Unterricht über die Erde erinnere – Plesiosauriern, Haien, reptilischen Killerwalen und Riesentintenfischen.«

»Und sie jagen Tiere wie die alte Lucy?«

Sie lachte. »Wir züchten Fische und andere Meerestiere, die wesentlich kleiner als die Garnelen sind. Bei denen sind die Parasiten unser größtes Problem. Nicht einmal ein großer Kraken würde es wagen, die alte Lucy in die Tiefe zu zerren. Außer, die Legenden sind wahr.«

»Legenden?«

Sie schaute zurück. »Lassen Sie sich leicht beunruhigen, Captain?«

Nun mußte er lachen. »Wohl kaum. Für ein Geschöpf, das groß genug ist, um die alte Lucy zu fressen, würden wir nicht mal eine anständige Vorspeise ergeben.«

»Gut gesagt, Captain. Unsere Legenden berichten vom mächtigsten aller Kraken: Leviathan, dem Teufel im Meer.«

»Ich würde ihm nicht gern begegnen. Oder ihr.«

Ein Achselzucken. »Ich würde mir keine Sorgen machen. Leviathan existiert gar nicht. Das ist nur eine Geschichte, mit der wir uns selbst Angst machen – und eine Personifikation des allmächtigen Staates, den wir fürchten. Thomas Hobbes und so weiter.«

»In der Schule bringt man Ihnen eine Menge über die Erde bei.«

»Wir erinnern uns daran, woher wir kommen. Terra hat uns abgelehnt, nicht umgekehrt.«

Als sie zum Floß zurückkehrten, stand die Sonne bereits tief. Am östlichen Horizont zogen schwere, weiße Wolkentürme auf, die immer weiter anschwollen, bis der Strahlstrom ihnen einfach die Köpfe abrasierte.

Aileea blieb auf Deck stehen, legte die Hand über die Augen und schaute nach Osten. Kirk tat es ihr gleich und machte kurz darauf einen winzigen schwarzen Punkt aus, der durch den Himmel glitt. Er wurde langsam größer.

Sie nahm einen Kommunikator von ihrem Gürtel und rief den Tower. »Mansur«, sagte sie, »erwarten wir Besuch?«

Die Stimme des grauen Riesen klang, als scheuerte eine Drahtbürste über Stahl. »Das Flugzeug hat sich identifiziert und wurde als freundlich eingestuft. Mach dir keine Sorgen.«

Sie schaute auf den Kommunikator. »Mehr wird er nicht sagen, was?« Sie steckte das Gerät an den Gürtel zurück und sah wieder zum Himmel hoch.

Es kam Kirk ganz natürlich vor, zu ihr zu gehen und direkt hinter ihr stehen zu bleiben. Sie trat nicht weg von ihm.

»Ein Sturm zieht auf.« Mehr sagte sie nicht.

Der Punkt wurde größer, wurde zu einem weiteren Verti wie dem, in dem Aileea und Kirk geflogen waren, mit ähnlich massigen Außentanks, die an den Seiten des Rumpfs befestigt waren. Als es die Tragflächen aufwärts drehte, um schweben zu können, bedeutete Aileea dem Captain, er solle sich zum Ranchhaus begeben. Da das Landefloß besetzt war, konnte das Gefährt nur auf dem Deck selbst aufsetzen.

Es landete in einem Wirbelwind hochofenheißer Luft. Die Luke auf der Pilotenseite wurde geöffnet, und eine junge Frau sprang leichtfüßig auf die Matte. Sie war kleiner als Aileea und eindeutig rundlicher; das konnte auch ihre Kleidung nicht verbergen, eine weite Bluse und genauso weite Plunderhosen. Ihre Haut war zimtfarben, ihr Haar eine üppige dunkelblaue Mähne.

Aileea lief zu ihr und umarmte sie. Die beiden sprangen lachend im Kreis herum. »Gita!« sagte Aileea. »Was für eine wunderbare Überraschung, dich zu sehen!«

»Ja«, erwiderte der Neuankömmling mit einer dieser Kontraaltstimmen, die einem unwillkürlich eine Gänsehaut verursachten. »Es ist auch schon drei Tage her, seit wir uns zum letzten Mal gesehen haben.«

»Ich habe mich noch immer nicht daran gewöhnt, dich nun ständig um mich zu haben.« Aileea legte den Arm um die Taille der kleineren Frau und steuerte sie auf Kirk zu. »Jim, ich möchte Ihnen gern jemanden vorstellen. Das ist Gita. Sie ist meine älteste Freundin und gleichzeitig der neueste Rekrut in meiner Einheit.«

Gita trat vor, fort von Aileea, und ging schnurstracks zu Kirk. Sie hatte eine lange, gerade Nase und schwarze Augen, die so tief wie das Höllentor-Riff waren. Aus nächster Nähe strahlte sie die gleiche rohe, kraftvolle Sinnlichkeit aus wie eine Sklaventänzerin vom Orion, nur daß sie nicht grün war.

»Das ist also dein Mann von den Sternen, Aili«, sagte sie, streckte eine Hand aus und ließ einen Fingernagel über Kirks Brust hinabgleiten.

Über ihre Schulter sah er, daß Aileea plötzlich den Kopf hängen ließ. Die stolze und fähige Kriegerin wirkte plötzlich wie ein nasser, trauriger Vogel. *Was geht hier vor?*

Gita drehte sich um und sah ihre Freundin an. »Weißt du was? Ich konnte mich nicht von dir ausstechen lassen. Deshalb habe ich meinen eigenen Mann von den Sternen mit nach Hause gebracht.«

Aus der Nase des Flugzeugs kletterte eine kleine, drahtige Gestalt, die ein Hawaiihemd, einen Panamahut und Badehosen trug. Genau wie Kirk bei seiner Ankunft hatte sie einen Seesack über die Schulter geworfen. Sie blieb abrupt stehen.

»Captain?«

»Mr. Sulu?«

Der Steuermann wurde blaß. »Äh, Gita«, stammelte er, »vielleicht ist das keine so tolle Idee ...«

»Unsinn, Mr. Sulu. Stehen Sie bequem. Ein Mann lebt nicht allein von Schleimpilzen.«

Gita trat neben Sulu. Er legte einen harten braunen Arm um ihre Taille.

»Der Ansicht bin ich auch«, sagte er.

16

Captain Kain hob ein Glas aus schwerem, aber gekonnt geschliffenem Kristall, so daß die grüne Flüssigkeit darin den Fackelschein einfing und zu funkeln schien. »Auf den Erfolg Ihrer Mission«, sagte er, »und darauf, daß der Frieden zu diesem Planeten zurückkehrt.«

Der Blick seiner schwarzen Augen traf den der grünen Augen Moriah Waynes. Sie tranken.

Die Klingonen hatten ihr Hauptquartier in Bunkern untergebracht, die nicht weit entfernt von Flinks Hauptstadt aus den Lavaklippen der Küste geschnitten worden waren. Die Doktrin der Klingonen predigte Entsagungen und Widerstand gegen Unannehmlichkeiten, doch ihr Eifer in dieser Hinsicht reichte nicht bis zum Irrsinn. Oder zumindest nicht bei Kain. Er hatte in die Bunker mit ihren Felswänden Klimaanlagen einbauen lassen, so daß die Bedingungen dort denen auf der klingonischen Heimatwelt ähnelten.

Vor einigen Stunden hatte er die Klimaregler so justiert, daß sein Quartier um ein paar Grad erwärmt wurde, damit ein Erdenmensch die Temperatur als angenehm empfand. Kain war ein überaus entgegenkommender Gastgeber.

Wayne betrachtete ihr Glas. »Ein wunderbares Getränk, Captain. Herb, aber außerordentlich erfrischend. Es schmeckt … schmeckt irgendwie nach Frühling. Ist es klingonischer Herkunft?«

Er schüttelte den Kopf. »Nein. Es ist ein Getränk der

Susuru, aus einer Frucht gegoren, die sie mitgebracht haben …« Er hielt inne und runzelte die Stirn.

»Mitgebracht?« fragte Wayne.

»Von einem fernen Archipel, auf der anderen Seite der Welt. Dort ist sie … äh … mittlerweile ausgestorben. Die Erdenmenschen haben die Insel, auf der diese wertvolle Frucht wuchs, bei ihrer Ankunft gerodet und das Ökosystem dermaßen verwüstet, daß es sich nicht mehr davon erholen konnte.«

»Wirklich? Wie tragisch.« Sie schüttelte den Kopf. An diesem Abend trug sie ein leuchtend grünes, schulterfreies Kleid. Ihr Haar war zu einem komplizierten Knochen hochgesteckt, und die Fackeln, die in schwarzen eisernen Halterungen an den Wänden brannten, warfen immer wieder einander jagende Lichter darauf, die wie kleine Flammen aussahen. »Und die Siedler behaupten, sie würden das Land überhaupt nicht nutzen.«

Ein tiefes Lachen hob sich polternd aus Kains Brust. Er hatte den Körperbau eines Windhundes, langbeinig, schmale Hüften, eine breite Brust und breite Schultern.

»Kommissarin«, fragte er, »ist Ihre Spezies Ihrer Erfahrung nach stets der Wahrheit verpflichtet?«

»Meine Spezies hat viele Tugenden, Captain«, erwiderte sie, »doch absolute Wahrheitstreue gehört nicht dazu.«

»Wie ist es mit der Disziplin? Zählt die zu den Tugenden?«

Sie schaute auf den Teller hinab. Die Mahlzeit bestand aus gekochten süßen Gräsern und gebratenem Filet der besten Fleischstücke eines Meerestiers, gereicht mit einer scharfen grünen Sauce, die sie an japanischen Senf erinnerte. Es war eine ausgezeichnete Mahlzeit, die nicht im Einklang mit dem Ruf stand, den die klingonische Küche in der Föderation hatte; dort behauptete man, sie sei so grausam wie die Krieger, die solche Gerichte zu sich nahmen.

Kann mich das noch überraschen? dachte sie. *Captain Kain ist die leibhaftige Widerlegung der meisten unserer Vorurteile.*

»Captain Kirk glaubt daran, das Richtige zu tun«, sagte sie leise, »genau wie Sie.«

»Ist es richtig, sich den Befehlen eines Vorgesetzten zu widersetzen?«

»Ich gehöre der Kommandohierarchie eigentlich nicht an. Ich bin nur Zivilistin.«

Warum verteidige ich ihn? fragte sie sich. *Er steht kurz davor, seiner irdischen Vorurteile zuliebe die Gerechtigkeit schimpflich zu verkaufen.*

Aber irgend etwas trieb sie dazu, Kirks Partei zu ergreifen. Genau wie etwas sie dazu getrieben hatte, ihren Vater gegen diejenigen zu verteidigen, die behaupteten, er sei ein herrischer Tyrann, dessen persönlicher Ehrgeiz und Machtgier der Föderation Schaden zugefügt habe.

»Aber er mißachtet ja nicht nur Sie, Moriah.«

Sie blickte scharf auf. Sein unverletztes Auge betrachtete sie auf die genau richtige Weise – offen, herausfordernd, aber nicht verurteilend.

»Trotzt er nicht auch seinen Vorgesetzten bei Starfleet?«

Sie schlug den Blick wieder nieder. »Ja«, flüsterte sie fast.

»Die Pflicht des Kriegers ist es«, sagte Kain, »zu dienen. Zu gehorchen, im Interesse des größeren Wohls. Oder ist das in der Föderation anders?«

»Wir gestehen dem Individuum größere Freiheiten zu«, sagte sie spröde. »Zu große. Jeder glaubt, er habe das Recht, bei jedem Thema ein eigenes Urteil zu fällen… und sein Gewissen würde schwerer wiegen als die Stimme der Gemeinschaft.«

»Macht Sie das stark?« Er drehte das Weinglas mit Fingern, die imstande zu sein schienen, es mühelos zu zerbrechen. Sie hatte nie einen so starken und mächtigen Mann gekannt. Das schloß sogar ihren Vater ein.

»Es spaltet uns. Macht uns schwach, macht uns zu einer Meute selbstversunkener, nur an sich selbst interessierter Leute, die auf der Suche nach einem« – sie suchte nach dem richtigen Begriff – »Nervenkitzel sind. Die Gier nach persönlicher Befriedigung überwiegt alles.«

»Wir Klingonen praktizieren die Selbstverleugnung im Dienst des Ganzen.« Er lächelte. »Zweifellos sind Sie fortgeschrittener als wir.«

»Nein.« Sie schüttelte den Kopf. »Sie sind die Klügeren.«

Er lehnte sich auf seinem Stuhl zurück und betrachtete sie. Schließlich schüttelte er den Kopf mit der prachtvollen schwarzen Mähne.

»Moriah, Moriah. Wie lange wollen Sie sich das noch von ihm antun lassen?«

»Er ist stark«, flüsterte sie fast. »Starrsinnig. Er ist blind für das, was hier geschieht, und taub für meine Worte.«

»Ein alter Philosoph von der Erde hat einmal gesagt, niemand sei so blind wie der, der nicht sehen will.«

Ein Beben lief durch den unterirdischen Raum, ein Flüstern des Gesangs vom Gleiten weit entfernter Kristallplatten über den Meeresboden. Solche Mikrobeben hatten das Geschirr während der Mahlzeit immer wieder erzittern lassen. Kain hob einen Finger.

»*Lauschen Sie.* Hören Sie nicht, wie der Planet selbst nach Vergeltung schreit? Sie sind nicht taub. Und auch nicht blind.«

Sie starrte ihren Teller an. »In drei Tagen werden die Susuru mit ihrer Offensive beginnen. Vielleicht werden sie das Problem beilegen.«

Kains Lippen verzogen sich zu einem bitteren Lächeln. »Wie Sie selbst gesehen haben, sind die Susuru friedlich – sie haben keine Erfahrung im Blutvergießen.

Wir sind mächtige Krieger, aber wir sind nur wenige. Die Siedler sind gewalttätige Kriminelle. Sie alle tragen Waffen und haben keine Skrupel, sie auch einzusetzen.« Er schüttelte den Kopf. »Sicher ist nur, daß die Meere von Insel sich rot vor Blut färben werden.«

»Was kann ich *tun?*« Sie schüttelte den Kopf; auf ihrem Gesicht lag ein Ausdruck der Verzweiflung. »Es ist sein Schiff, seine Mannschaft. Ich habe zahllose Gesuche um Unterstützung an Starfleet geschickt, doch die Subraumverzögerung ist hier draußen gewaltig, und wer weiß, was seine Kumpane in die Militärhierarchie anstellen werden, um seine Insubordination zu vertuschen.«

»Sie können handeln«, sagte Kain, und in seiner Stimme schwang stählerne Befehlsgewalt mit. »Sie müssen zuerst sich selbst in den Griff bekommen – hören Sie auf mit diesem Selbstmitleid und dieser Verwirrung. Sie sind viel zu stark, als daß Sie das nötig hätten, Moriah.«

Sie sah ihn mit großen, staunenden Augen an. »Glauben Sie das wirklich?«

Er nickte. »Ich weiß es. Und nachdem Sie sich in den Griff bekommen haben – und nur dann –, können Sie Herr über die Lage werden.«

Sie biß sich auf die Lippe. »Aber ich wüßte nicht, was ich tun kann. Alles ist so verwirrend.«

»Hat Ihr Vater Sie keine Selbstdisziplin gelehrt?« Er sprach ganz leise. Sie riß den Kopf zurück, als hätte er sie geschlagen.

»Schon besser«, sagte er. »Ihr Kampfgeist leuchtet in Ihren Augen. Jetzt kann ich die Kraft in Ihnen *sehen.*« Er erhob sich. »Es wird die Zeit kommen, da ich Ihnen konkrete Hilfe anbieten kann, Moriah. Aber Sie müssen dann bereit sein, auch mir zu helfen.«

Sie stand langsam auf. »Ich kann in dieser Hinsicht gar nichts tun. Ihr Volk und meines sind Feinde. Zumindest auf dem Papier.«

»Ich werde Sie um nichts bitten, was nicht *richtig* wäre«, sagte er, und der Blick seines Auges durchbohrte sie wie Neutroniumstrahlen. »Alles, was ich tue, tue ich zum Nutzen dieser Welt und der Susuru, denen sie gehört.«

Sie schüttelte verwirrt den Kopf. Er trat auf sie zu, streckte eine Hand aus.

»Kommen Sie. Wir haben eine Beobachtungsplattform mit Panzerglas versehen. Sie bietet einen Blick auf die Bucht. Wir können beobachten, wie der Zorn des Sturms sich an den Felsen tief unter uns erschöpft, und in der wilden Macht dieser Welt schwelgen.«

Er ergriff ihre Hände. Einen Augenblick lang stand sie zitternd da; neben ihm wirkte sie klein und zerbrechlich. Dann riß sie sich los. »Ich … kann nicht. Ich muß wirklich auf das Schiff zurückkehren.«

Sie trug einen Kommunikator an einem lockeren elastischen Band an ihrer rechten Hüfte. Sie klappte ihn auf. »Kommissarin Wayne ruft die *Enterprise*.«

»*Enterprise*. Hier Lieutenant Kyle, Kommissarin.«

»Erfassen Sie meine Koordinaten und beamen Sie mich sofort an Bord.«

»Jawohl, Kommissarin.«

Kain ließ die Händen an den Seiten baumeln. »Lauf davon, kleines Mädchen«, sagte er fast sanft. »Lauf mit Lichtgeschwindigkeit davon. Du wirst feststellen, daß du vor dir selbst nicht davonlaufen kannst.«

Sie warf ihm einen flackernden Blick zu. Sie wurde zu goldenem Licht, zu einem Schimmern und einem Trillern, und dann war sie fort. Er betrachtete die Stelle, an der sie gestanden hatte. Dann warf er den Kopf zurück und lachte. Es war nicht das höfliche Lachen, das er den Erdlingen zeigte, so herzhaft es ihnen auch vorkam. Es war ein Lachen aus voller klingonischer Kehle, wild und rauh, wie das Brüllen eines urgewaltigen Tiers.

Er hörte das Kratzen einer Stiefelsohle auf dem Stein hinter ihm und drehte sich um. Seine Adjutantin stand dort.

»luHoHta' Sogh nuqneH«, schnaubte er. *(Lieutenant Lu Kok Tak, was wollen Sie?)*

»Qeyn HoD wa'DIch«, erwiderte sie, nannte seinen Namen und Rang und bot den angemessenen Gruß dar.

Sie war eine große junge Frau, die die Insignien eines Senior-Lieutenants trug. Sie hatte eine gerade Nase und hohe, schräge Wangenknochen. Die meisten Klingonen hätten ihre Gesichtszüge als übermäßig fein bezeichnet – ja sogar als fade. Kain fand sie sehr anziehend. Aber andererseits hieß es ja, aufgrund des langen Kontakts mit den Erdenmenschen sei sein Geschmack degeneriert.

Ihr Name hatte die – in klingonischen Ohren poetische und aufrüttelnde – Bedeutung *Sie haben ihn getötet*. Es war eine Anspielung auf den Ausgang einer besonders ruhmreichen Episode in der langen Geschichte ihres Klans.

»Die Monitore haben einwandfrei funktioniert«, sagte sie. »Die gesamte widerwärtige Szene wurde aufgezeichnet.«

»maj«, sagte er, verlieh seiner Zufriedenheit Ausdruck.

Sie stand neben dem Tisch. Der Abscheu verzerrte noch immer ihr Gesicht.

»Sie sind noch da«, sagte Kain.

Sie griff nach einem Teller und schob einen Bissen in ihren Mund. »Warum tun Sie sich so einen schalen Dreck an? Wo ist die Pipiusklaue, wo der gute Schlangenwurm? Das *thlIngan*-Essen?«

Sie spuckte den Bissen absichtlich auf das weiße Tuch, das auf den Tisch aus einheimischem Hartholz gelegt worden war. »Schmeckt Ihnen das ungewürzte *Tera'ngan*-Fleisch jetzt besser?«

Er sah sie an. Sie trat einen Schritt zurück und setzte den Teller ab.

»Lieutenant, Sie sind ein vorbildlicher Offizier und waren für mich sehr nützlich. Sie stammen aus dem Klan von *tlheDon*, meinem ersten Captain, dem ich eine große Blutschuld zahlen muß. Doch nehmen Sie es sich nicht heraus, meine Toleranz zu sehr zu beanspruchen, *luHoHta'*.«

Sie senkte den Kopf, knirschte jedoch mit dem starken Kiefer. Kain ging zu ihr, legte eine Hand unter ihr Kinn und hob ihren Kopf.

»Was?«

Ihre Augen funkelten ihn wütend an. »Warum erniedrigen Sie sich und richten dieser törichten Erdfrau ein Essen aus? Sie gehört nicht zum Plan.«

Er runzelte die Stirn. Sie wich nicht zurück.

»Es ist *mein* Plan«, sagte er. »Ich habe ihn ausgearbeitet. Mir gebührt es, ihn in die Tat umsetzen.«

»Aber … was ist mit Ihrer *Rache*?«

Kain hob den Kopf. »Auch sie muß warten.«

Lu Kok Taks Kiefer klappte auf. Obwohl sie alle einer eisernen Disziplin unterworfen waren, die weder Gnade noch Ausnahmen kannte, war es noch nie vorgekommen, daß ein Klingone etwas über die Rache stellte. Nicht einmal die Pflicht.

»Aber …«, setzte sie an.

Er ging zum anderen Ende des Tisches, drehte sich um und sah sie an. »Wer sind Sie, daß Sie von meiner Rache sprechen? *Wer*?«

Das letzte Wort war ein Bellen, das sie auf ihren Stiefelabsätzen zurückschaukeln ließ.

»Glauben Sie etwa, ich *wüßte* nicht, was Kirk mich gekostet hat? Als meine Mission auf Endikon scheiterte, als meine Gruppe entdeckt und von den örtlichen Behörden gestellt wurde, fiel der Großteil der Schuld auf meinen Captain. Auf Ihren Großvater, Kledon. Ein Vorgesetzter ist für das Versagen seiner Untergebenen verantwortlich. Das meine hat ihm das Leben gekostet.«

Er berührte die Narbe über seiner linken Augenhöhle. »Mir wurde erlaubt, Buße zu tun, indem ich mir ein Auge mit einem rotglühenden Messer ausstach.«

Der Lieutenant lauschte mit gesenktem Kopf. Sie hatte diese Geschichte schon einmal gehört. Aber ein Klingone unterbrach seinen vorgesetzten Offizier nicht. Besonders dann nicht, wenn er *Qeyn* war und von seiner Stimmung überkommen wurde.

»Das war die erste Rache, die ich James Kirk schulde.« Er legte die Hand auf den Griff des *Kligat*. »Und dann, vor zwei Jahren, haben seine Verbündeten auf Capella Vier *QaS*, meinen Bruder, mit dieser Waffe hier umgebracht!«

»Warum zögern Sie dann noch, mein Captain?« platzte Lu Kok Tak heraus.

»bortaS bIr jablu'DI'reH QaQqu' nay«, zitierte Kain. »Rache ist ein Gericht, das man am besten kalt serviert.«

»Mein Großvater ist seit zwanzig Jahren kalt«, sagte Lu Kok Tak. »Ihnen fehlt seit zwanzig Jahren ein Auge. Wie kalt muß Ihre Rache werden, bevor Sie speisen?«

Kain trat zu ihr und hob eine Hand. Sie drehte sich noch immer nicht um. Er senkte die Faust langsam und trat wieder zurück.

»Hier steht mehr auf dem Spiel«, sagte er. »Viel mehr. Dieser Planet ist an Rohstoffen reicher, als man es sich vorstellen kann. Unser Imperium ist arm. Unsere Feinde sind reicher und zahlreicher als wir. Dieser Planet ist nicht bloß ein Instrument in meinen Händen« – er machte eine Handbewegung, ergriff zuerst etwas und zerquetschte es dann –, »das ich zur Erfüllung meiner Rache benutzen und dann wie eine leere Verpackung wegwerfen kann. Er ist ein Schatz, der für das Imperium gesichert werden muß. Und was meine Rache betrifft ...«

Er drehte sich zu ihr um und lächelte. »Sie wird kommen, Lieutenant, sie wird kommen. Aber um wie vieles süßer wird die Vernichtung der *Enterprise* und ihres Captains James Kirk schmecken, wenn der Captain und das Schiff Schande über sich und ihre Föderation gebracht haben, indem sie bei der Vernichtung einer Kolonie ihrer eigenen kostbaren Erdenmenschen mitwirkten?«

17

Zum Abendessen stellte Mansur einen Tisch in der Aussichtskuppel auf dem Turm auf. Während der Mahlzeit beobachteten sie ein unglaubliches Gewitter, dessen Blitze über ihnen zuckten und pulsierten.

»Was passiert, wenn die Susuru angreifen?« fragte Sulu und warf einen nervösen Blick auf die unbeaufsichtigten Sensormonitore und Kontrollkonsolen.

»Das werden sie nicht wagen«, sagte Gita verächtlich. »*Wir* würden es nicht wagen, und sie sind auf dem Meer nicht so gut wie wir.«

»Es spielt sowieso keine Rolle«, sagte Aileea. »Das Kommandozentrum ist ständig besetzt, und es befindet sich tief unter der Wasserlinie. Von dort aus wird das Haus verteidigt.«

Während sie sprach, rutschte sie näher zu Kirk hinüber. Zum Abendessen hatte sie einen knapp sitzenden weißen Kittel angezogen, der bis auf ihre Hüften fiel. Der Captain war gleichzeitig erleichtert und enttäuscht.

Die Mahlzeit war ausgezeichnet und auf das langsame Rollen der See abgestimmt. Die Stabilisatoren und die computerisierte Ballastverteilung dämpften das von den Wellen erzeugte Schaukeln, unterdrückten es aber nicht ganz. Discordianer zogen es vor, mit dem Gefühl des Rhythmus ihrer Meeresheimat zu leben.

Das weiche, flackernde bernsteinfarbene Leuchten der Instrumente war zwar kein romantischer Kerzenschein, tat es zur Not aber auch. Kirk genoß das Gefühl der zwanglosen Kameraderie mit Sulu. So etwas erlebte er nicht oft, abgesehen vielleicht, wenn er mit Spock und Pille zusammen war, seinen beiden besten Freunden. Die unsichtbare Barriere des *Kommandos* lag zwischen ihm und dem Rest seiner Crew – sogar der Brückenbesatzung.

Allerdings schenkte Sulu ihm nicht gerade große Beachtung. Der Steuermann verbrachte den Großteil des Abends damit, sich flüsternd und kichernd mit seiner Begleiterin zu unterhalten.

Einmal bemerkte Kirk, daß Aileea Gita über den Tisch hinweg mit seltsam leerem Gesichtsausdruck musterte. Ihre sinnliche Freundin war mit Sulu beschäftigt und bemerkte den Blick nicht. Eindeutig waren diese beiden Frauen nicht nur durch ihre Freundschaft, sondern auch durch Rivalität verbunden. Kirk wurde plötzlich klar, wieso Aileea über Gitas Ankunft nicht besonders begeistert gewesen war: Sie hatte angenommen, Kirk würde sich vom augenfälligeren Charme ihrer alten Freundin beeindrucken lassen.

Schön zu wissen, daß ihr etwas daran liegt.

Er wurde geweckt, indem er fast von seiner Koje geworfen wurde, obwohl sie mit einer kardanischen Aufhängung versehen war. Er streckte hektisch einen Arm aus, fand die Lampe, die neben dem Bett an die Wand geschraubt war, und schaltete sie ein. Dann zog er ein Hemd und Hosen über, taumelte über den stampfenden Boden und auf den Gang hinaus.

Aileea war bereits dort; sie trug nur einen leichten Bademantel. »Ich wollte Sie gerade holen.«

»Ich vermute, der Sturm hat uns jetzt so richtig erwischt«, sagte er, als die Hülle unter einem Donnerschlag vibrierte.

Sie nickte. »Kommen Sie mit.«

Sie führte ihn die Wendeltreppe hinauf, die ihn offenbar unbedingt abschütteln wollte. Die zusätzliche Schwerkraftbelastung betrug nur zwanzig Prozent, doch bei dem Sturm, der wild am Ranchhaus rüttelte, hatte er den Eindruck, man habe ihm einen nicht gerade kleinen Erwachsenen auf den Rücken geschnallt, der ihm meckernd ins Ohr lachte. Irgendwie kämpfte er sich zur Kantine durch.

Gita und Sulu befanden sich bereits dort. Die Bullaugenabdeckungen waren geöffnet, die Beleuchtung ausgeschaltet. Im Himmel loderten unablässig Blitze. Schwarze Wellen spülten über das Deck und griffen mit ebenso dunklen Tentakeln nach dem höchsten Zylinder. Das Floß machte Sätze in alle Richtungen wie ein Betrunkener, der auf einem Medizinball zu balancieren versucht.

»Etwas nervenaufreibend, nicht wahr, Captain«, sagte Sulu, »wenn man weiß, daß man uns wegen des Sturms nicht herausbeamen kann, falls etwas schiefgehen sollte.«

Kirk schaute in den Sturm hinaus. »Sie haben ein Talent dafür, die Sache immer positiv zu sehen, Mr. Sulu.«

»Bestimmt wird alles glatt gehen, Captain.«

»Macht euch keine Sorgen«, sagte Gita gelassen.

Aileea hatte in ein Interkom gesprochen. Nun kam sie zurück und trat neben Kirk. Es kam ihm ganz natürlich vor, den Arm um sie zu legen. Sie lehnte sich gegen ihn.

»Passen Sie auf«, sagte sie.

Das Stampfen des Floßes ließ nach, obwohl die Wellen immer höher stiegen. »Captain, wir sinken!« rief Sulu und sah sich alarmiert um. Seine Augen leuchteten im Schein der Blitze.

»Schon in Ordnung, Mr. Sulu. Das ist beabsichtigt – glaube ich.«

Aileea nickte. »Dieser Sturm ist zu schwer, als daß wir ihn überstehen könnten. Wir gehen runter, bis er vorbeigezogen ist.«

Das Wasser stieg auf wie schwarzer Schaum und schien das Pandämonium des Sturms einfach wegzuspülen. Dann trieben sie ruhig dahin, umgeben von dem unheimlichen, blau fluoreszierenden Unterwasserleben Discords.

Nach einiger Zeit stellte Kirk fest, daß Sulu und Gita sich unbemerkt zurückgezogen hatten. Er drückte Aileea an sich. Dann küßte er sie aufs Haar und ging allein zu Bett, wobei er sich unglaublich tugendhaft und töricht vorkam.

»Oha«, sagte Aileea. Ihre Finger drückten auf die Kontrollen des Funkgeräts ihres Scooters.

Der Sturm war vorübergezogen. Der Himmel war klar, bis auf einige faserige Wolken, die aussahen wie Eiweiß, das in heißem Fett Fäden gezogen hatte. Die Waverider-Ranch war unbeschadet wieder aufgetaucht. Es war Kirk möglich, sich direkt auf die *Enterprise* beamen zu lassen, doch aus Rücksicht auf seine Gastgeberin unternahm er mit ihr den langen Rückflug nach Discord City.

Aileea lauschte. Ihr Körper wirkte angespannt. Dann sagte sie etwas ins Mikrofon ihres Kopfhörers, so leise, daß Kirk es nicht verstehen konnte. Sie schlug mit der Faust auf die Computertastatur, nagte an ihrer Unterlippe und nickte. Dann nahm sie den Kopfhörer ab und sah Kirk an.

»Stelzengeher greifen vierzig Klicks entfernt von hier mit kleinen Booten ein Ernteschiff aus Harmony an.«

»Was haben Sie vor?«

Sie antwortete, indem sie das Flugzeug in die Kurve legte. »Ich werde ihnen helfen. Diese dummen Harmony-Typen sind fast Pazifisten. Die Stelzengeher werden sie zerfetzen.« Sie sah Kirk an. »Der Sturm ist vorbei«, sagte sie. »Wenn Sie um Ihre Neutralität besorgt sind, können Sie sich auf Ihr Schiff beamen lassen.« Sie konnte eine gewisse Verbitterung nicht aus ihrer Stimme halten.

»Nein. Ich sollte mir das ansehen.«

»Sie sind bewaffnet«, sagte sie und deutete nickend auf den Phaser, den er am Gürtel trug. »Werden Sie kämpfen?«

»Das kann ich nicht.«

Sie zeigte die Zähne, sagte aber nichts mehr.

Nach ein paar Minuten konnte Kirk das Kielwasser der Boote sehen, weiße Linien auf blauem Untergrund, und dann machte er das riesige Ernteschiff aus, und schließlich auch die Boote der Susuru, die es umkreisten wie Orkas, die einen Blauwal angreifen.

»Ich habe die Ranch informiert«, sagte Aileea. »Gita kommt, so schnell sie kann.«

»Sulu ...«

»Wird er kämpfen?«

Kirk schaute grimmig sein. »Er würde es bestimmt gern tun, hätte er die Wahl. Aber die hat er nicht.«

Aileea sah ihn an. »Aber Sie als Captain haben das Privileg, Ihrem Gewissen folgen und sich der Kommissarin ungestraft widersetzen zu können.«

»Nicht gerade ungestraft.«

Sie schüttelte den Kopf. »Sie leben in einem verdammt blöden System.«

Noch während sie miteinander sprachen, war sie tiefer gegangen, bis der Bauch des Gefährts fast die Wellen streifte, die eine frische Brise aufpeitschte, die gegen die Strömung blies.

Ein rosa Blitz vor ihnen – und noch einer. Aileea knurrte verärgert in tiefster Kehle. »Typisch für diese Harmony-Typen. Schon wieder vorbei.«

»Haben Sie Laser?« fragte Kirk.

»Ein paar. Aber ich vertraue meinen Kugelwerfern. Laser sind Energiefresser, und bei den Energiemengen, die wir zum Einsatz bringen müssen, ist es nicht gerade einfach, sie so klein zu bauen, daß wir sie vernünftig nutzen können.« Sie sah ihn an. »Mit Ihren Phasern haben Sie dieses Problem wohl gelöst, oder? Sie und die Klingonen.«

Er nickte.

Dann glotzte er nur noch, denn sie näherten sich mit phantastischer Geschwindigkeit einem kleinen Boot, von dessen Deck aus zwei schwere Maschinengewehre das Ernteschiff beharkten. Von diesem Winkel sah es aus, als sei eine frontale Kollision unvermeidlich.

Aileea schob eine Schutzummantelung vom oberen Teil ihres Joysticks ab und legte den Daumen auf einen Knopf. Auf der Windschutzscheibe vor ihr erschien ein Fadenkreuz. Sie richtete den Kurs des Flugzeugs aus und drückte kurz auf den Knopf.

Ein Schnauben. Der Scooter wurde langsamer. Kirk sah weiße Splitter vom Bug des Susuru-Bootes hochfliegen. Es kam augenblicklich vom Kurs ab und ging schon unter, während Aileea die Nase des Flugzeugs hochzog und darüber hinwegraste.

»Revolverkanone«, sagte sie. »Einer versenkt, fünf sind noch übrig.« Dann: »Wir müssen sie sowieso alle erledigen. Sie entern!«

Kirk schaute schnell hin und sah, daß zwei Boote unbeaufsichtigt schaukelten, jeweils eins neben dem breiten, flachen Heck des Tenders.

»Wir haben keine Zeit, um uns mit diesen Narren herumzuschlagen«, sagte Aileea. Sie zog das Flugzeug steil um einhundert Meter hoch und betätigte die Kontrollen, die die Tragflächen von horizontal auf vertikal stellten. Der Verti verlor Geschwindigkeit, als wäre die Luft plötzlich dicker geworden.

Das Flugzeug vibrierte. Kirk warf einen Blick aus dem Fenster und bemerkte mehrere Löcher in der Steuerbordtragfläche.

»Das sind ...«

»Kugeleinschüsse«, sagte Aileea und drehte die Nase des Flugzeugs zum Schiff zurück. »Wir fliegen langsam und tief. Damit sind wir im Augenblick ein hervorragendes Ziel.«

Bevor er sich zu dieser guten Nachricht äußern

konnte, drückte sie auf einen anderen Knopf. Feuer und Rauch stiegen auf der rechten Seite am Rand von Kirks Blickfeld empor. Explosionen ließen Wasser neben der mit Platten gepanzerten Hülle des Schiffes von Harmony hochspritzen. Ein Susuru-Boot brach durch den Gischtvorhang auf dessen Seite, prallte verkehrt herum auf die Wasseroberfläche und zog eine große weiße Furche durchs Meer.

»Außen angebrachte Raketenrohre«, sagte Aileea. »Wo sind die beiden anderen Boote?«

Kirk zeigte auf sie. Er öffnete den Mund. Es dauerte einen Augenblick, bis er die Stimme zurückgefunden hatte.

»Sie fliehen«, sagte er.

Sie nickte. »Gut. Brave Jungs. Sie wissen, was gut für sie ist.«

Wie ein riesiges räuberisches Insekt senkte der Verti die Nase und raste vorwärts. Braune Susuru wogten mit anliegenden Halskrausen vor ihnen im Wasser auf und ab. Kirk verkrampfte sich, befürchtete, seine Begleiterin würde die hilflosen Wesen im Wasser erschießen. Das würde er nicht zulassen.

Aber was soll ich dagegen tun? fragte er sich. *Sie mit dem Phaser betäuben?* Sie *fliegt dieses Ding.*

Sie glitt über die Schwimmenden hinweg, ohne einen Blick auf sie zu werfen, und flog zu dem Ernteschiff zurück. Auf Deck tobte ein mit Schußwaffen ausgetragener Kampf. Mehrere Gestalten lagen reglos auf dem offenen Achterdeck oder wälzten sich hin und her. Andere schossen mit automatischen Waffen vom Heck und einem Gewirr von Maschinen mittschiffs aus und griffen den hohen Aufbau an. Kirk glaubte, bei dem Enterkommando mindestens zwanzig Personen zählen zu können. Nicht alle davon wiesen die hageren, seltsam proportionierten Umrisse von Susuru auf.

»Das ist schlecht«, sagte Aileea. Während sie parallel zum Schiff flog, zog sie den Verti wieder im Uhrzeigersinn herum, so daß ihr Geschütz auf die Schiffsbreite gerichtet war. Mehrere Susuru stürmten gerade über das Achterdeck. Mehrere schnelle Salven mit der Revolverkanone fegten sie hinweg.

Kirk achtete nicht auf das Gemetzel auf Deck. Er beobachtete Aileeas Gesicht. Er machte kein Vergnügen darauf aus, keine Begeisterung – nur eine zurückgezogene Grimasse, als würde sie etwas Unangenehmes, aber Notwendiges tun.

Das Schiff hielt an und schwebte. Inmitten des metallischen Durcheinanders ein fahles Aufblitzen. Die Windschutzscheibe zersplitterte zwischen Aileea und Kirk. Der Captain zog den Kopf ein, als Flocken aus Metallkristall ihn wie Schnee bedeckten.

»Ergebt euch, ihr stelzenbeinigen Idioten«, schnaubte Aileea. »Ich bin euch zuvorgekommen!«

Weitere Schüsse wurden auf sie abgegeben. Ein unvorsichtiger Susuru feuerte von der Achterreling auf sie. Mit offensichtlichem Zögern zog Aileea die Nase in diese Richtung und zerfetzte ihn mit einer kurzen Salve.

»Sie töten sie nicht gern!« brüllte Kirk über das Heulen des Antriebs und die Schüsse hinweg.

»Nein! Es ist keine Herausforderung. Es ist einfach nur traurig.«

Sie drückte auf den Kombiknopf für das linke und rechte Triebwerk; das Flugzeug sackte ab und schien auf der Luft zu tanzen. Sie suchte nach sauberen Zielen. Mündungsfeuer blitzte zwischen den Maschinen auf. Aileea feuerte einige Salven mittschiffs, und eine Trümmerwolke spritzte in die Luft.

»Nein«, sagte sie wütend. »Ich kann das Schiff nicht einfach zusammenschießen.«

Sie griff hinter ihren Sitz und holte eine gedrungene Maschinenpistole mit einem gekrümmten Magazin vor dem Griff hervor. »Vergeben Sie mir das, was ich jetzt tun werde«, sagte sie.

Das Flugzeug schoß vor und senkte sich auf das Achterdeck. Der Lärm der Triebwerke erstarb noch, während Aileea schon hinaussprang, auf das Deck prallte, sich abrollte und schießend aufsprang. Kirk wand sich in seinem Sitz. Zwei Susuru auf dem Heck ließen ihre Maschinenpistolen fallen und sprangen über die Reling.

Er wußte bereits, daß das Flugzeug nicht kugelsicher war. Es stellte jedoch ein ausgezeichnetes Ziel dar. Und selbst wenn niemand absichtlich das Feuer darauf eröffnete, war es einfach groß und stand im Weg. Kirk stieß seine Tür auf und warf sich auf die allgegenwärtige Fasermatte, die auf dem Deck lag.

Aileea lief auf das Durcheinander mittschiffs zu. Zwei Susuru sprangen auf und eröffneten das Feuer auf sie. Schreiend riß sie ihre Waffe hoch, schwang sie von einer Seite zur anderen und deckte sie mit Schüssen ein. Der rechts von ihr wurde mehrfach getroffen und brach zusammen. Der andere warf seine Waffe weg und floh.

Kugeln zerfetzten hinter Kirks rechtem Stiefelabsatz die Matte. Er wußte nicht, wer auf ihn schoß. Unter diesen Umständen war es ihm auch egal. Er wollte hochspringen. Die ungewohnte Schwerkraft behinderte ihn. Er erhob sich auf alle viere und kroch vorwärts.

Er wollte in eine Nische springen, die von angenehm solide aussehenden Gehäusen umgeben war. Eine braune, pelzige Gestalt versperrte ihm den Weg – ein Susuru, der irgendeine kurze Handfeuerwaffe mit zwei Griffen umklammerte. Er schreckte zurück und wollte die Waffe auf Kirk richten. Der Captain schlug ihm auf die Nase. Das Wesen brach auf den nach hinten eingewinkelten Knien der Vorderbeine zusammen, riß die Hände an die Schnauze und begann zu schreien.

Kirk trat zurück. *Verdammt noch mal, was tue ich hier?* Er kam sich wie ein primitiver Schläger vor.

Kugeln zischten an seinem Kopf vorbei; er konnte nicht sagen, aus welcher Richtung sie kamen. Er warf sich einfach zwischen die Aufbauten, wobei er glücklicherweise weder gegen einen sich dort versteckt haltenden Feind prallte noch sich das Schienbein oder sonst etwas aufschlug. Er duckte sich unter ein dreißig Zentimeter dickes Kabel und schätzte die Lage ein.

Aileea tobte irgendwo durch den metallenen Dschungel. Er hörte sie brüllen und schießen. Noch immer wurden aus verschiedenen Richtungen Schüsse abgegeben; Kugeln schlugen auf Metall und prallten mit häßlichem Pfeifen als Querschläger ab. Er spürte das Gewicht des Handphasers an seinem Gürtel, sehnte sich danach, die Waffe zu ziehen; er war jedem ausgeliefert, der zufällig über ihn stolperte. Aber er wagte es nicht, den Phaser zu benutzen, solange er nicht bereit war, jeden zu betäuben, den er mit einem Gewehr sah, Aileea eingeschlossen. Und er war nicht bereit, gegen sie vorzugehen und den Susuru das Schiff einfach zu überlassen.

Es war ein seltsames Gefühl, das in seinem Mund wie Kupfer schmeckte, genau wie die mit Spurenelementen durchsetzte discordianische Nahrung. Er war *Kirk*, der furchtlose Raumschiffcaptain, der stets der ersten Gruppe angehörte, die ins Unbekannte beamte, der stets jede Situation sofort in den Griff bekam. *Und er konnte nicht das geringste tun.* Die aufgezwungene Passivität erzeugte überall auf seinem Körper einen Juckreiz, als wäre er mit winzigen Metallspänen besprüht worden.

Und er war auch nicht so unparteiisch, wie es eigentlich der Fall sein sollte. Er brannte darauf, etwas für Aileea zu tun. Sie war offensichtlich eine sehr gute Kämpferin. Und die Moral der Susuru war genauso offensichtlich nicht sehr gut. Aber eine einzige Frau, ganz gleich, wie wehrhaft sie sein mochte, gegen zwölf oder zwanzig gut bewaffnete Gegner – das war kein gesundes Verhältnis. Früher oder später würden die Susuru tapfer werden – oder einfach nur Glück haben.

Ein Geräusch, als würde ein riesiger Kopfkissenbezug zerreißen. Ein dröhnender Knall, und ein gelber Flammenball rollte achtern über die Backbordreling. Dann raste Gitas Verti über sie hinweg; Rauch quoll noch aus dem Raketenrohr, mit dem sie gerade eins der Boote der Susuru, die am Heck des Ernteschiffs vertäut waren, gesprengt hatte.

Kirk hörte schrille Schreie der Verzweiflung, dann ein schweres, gedämpftes Pochen, als die Susuru ihre Waffen auf die Matte warfen. Er sah, wie einer von ihnen hervortrat; die Hände hatte er in einer unmißverständlichen Geste der Kapitulation über den Rükken gehoben.

»Sie können jetzt herauskommen, Captain«, hörte er Aileea rufen. »Es ist vorbei.«

Stirnrunzelnd verließ er seine Deckung und sah, daß die grünhaarige Discordianerin niedergeschlagen wirkende Susuru unter der Tragfläche ihres Flugzeugs auf Deck zusammentrieb. Blut floß die rechte Seite ihres Gesichts hinab.

Sein Herz machte einen Satz, und er sprang vor. »Sie wurden angeschossen«, sagte er.

»Nein. Ich war nur tolpatschig. Ich habe mir den Kopf an einem Flansch aufgeschlagen.«

»Und was passiert jetzt?«

»Wir haben es uns zur Angewohnheit gemacht, keine Gefangenen durchzufüttern«, sagte Aileea. Kirk schaute düster drein. »Also wird Gita sich darum kümmern, mit ein paar Booten Überlebende der Schiffe aufzulesen, die ich versenkt habe, und dann müssen wir irgendeinen Leichter finden, mit dem wir diese Viecher zu ihrem Kumpels zurückschiffen können.«

»Sie ... lassen sie einfach ziehen?«

»Wie ich schon sagte, wir wollen sie nicht durchfüttern.« Sie grinste. »Außerdem treibt es ihr Oberkommando in den Wahnsinn, wenn es sich überlegen muß, was es mit ihnen anstellen soll. Ihre Moral ist sowieso schon schlecht genug, ohne daß Überlebende nach Hause kommen und Geschichten von Niederlagen verbreiten.«

»Sie hassen sie nicht?«

Sie sah die Gefangenen an, traurige Bündel, denen die Niedergeschlagenheit ins Gesicht geschrieben stand. Man konnte sich unmöglich vorstellen, daß sie je wieder jemandem Leid zufügen würden.

»Aber sie haben Ihren Vater getötet«, sagte er, nicht weil er eine frische Wunde aufreißen wollte, sondern weil er einfach nicht ergründen konnte, wieso diese junge Frau, die so hingebungsvoll ihre Lebensweise verteidigte, sich nicht an jenen rächen wollte, die gegen sie und die ihren vorgegangen waren.

Ihre Reaktion überraschte ihn völlig. Sie wirbelte zu ihm herum und riß ihre Maschinenpistole mit einer Hand hoch. Ihr Gesicht hatte sich zu dem reinsten Ausdruck von Wut verzerrt, den er je gesehen hatte.

Zu schockiert von ihrem plötzlichen Verrat, um sich zu bewegen, sah er zu, wie ihr Finger sich um den Abzug krümmte, sah er, wie das Mündungsfeuer tanzte, fühlte er die Einschläge auf seinem Brustkorb.

Aber es waren nur Federstriche, Schockwellen des Überschallknalls, den die Kugeln beim Vorbeiflug erzeugten. Neben Kirks rechtem Stiefel leuchtete ein Stück des Decks rosa auf und verschwand.

Kirk fuhr herum. Ein junger Klingone mit dem Rangzeichen eines Fähnrichs auf der Schärpe und Blut auf dem Gesicht, das aus einem Riß in seinem Stirnwulst strömte, taumelte mit einem halben Dutzend Löcher in der Brust zurück. Ein Phaser fiel aus seiner Hand. Er riß die Hände hoch und brach zusammen.

»Wissen Sie, wer meinen Vater getötet hat, Captain?« rief Aileea. »Sie waren es. Die Wulstköpfe, dir *Kofirlar*. Seit vierzig Jahren kämpfen wir gegen die Stelzengeher. Vierzig Jahre lang haben wir sie immer geschlagen. Sie haben uns nie so schwer verletzt, daß wir den Stachel spürten.

Und jetzt sind diese Klingonen gekommen, und alles hat sich geändert. Sie versprechen den Stelzengehern die Waffen, mit denen sie uns vom Planeten fegen können – wenn Sie diese Aufgabe nicht für sie erledigen.«

Sie warf das leere Magazin auf das Deck aus.

»Jetzt haben wir jemanden, den wir hassen können.«

18

»Ah, Exile«, sagte Chekov seufzend, als Kirk die Brücke betrat. Der junge Fähnrich war gerade erst von seinem Landurlaub auf dem Planeten zurückgekehrt und unterhielt Fähnrich Kyle mit seinen Abenteuern. »Sie haben mich mit Bœuf Stroganoff und Wodka vollgestopft, bis ich mich kaum noch bewegen konnte. Und die *Frauen …*«

Kyle warf ihm einen skeptischen Blick zu. »Wieso haben die das alles einfach *verschenkt?* Ich dachte, diese Typen wären fanatische Laisser-faire-Kapitalisten.«

»Das heißt nicht, daß sie nicht gastfreundlich sein können«, sagte Chekov. »Sie wollten, daß ich ihnen unablässig Geschichten vom Leben in der Föderation und auf den seltsamen und wunderschönen Planeten erzähle, die ich gesehen habe.«

»Und sie haben Ihnen keine Rechnung präsentiert, als Sie zurückbeamten?«

Chekov schüttelte den Kopf. »Eine Hand wäscht die andere«, sagte er. »Sie haben gesagt, die Unterhaltung, die ich ihnen geboten habe, sei wesentlich mehr wert als meine Kost und Logis.«

»Ein seltsamer Haufen von Kapitalisten, wenn Sie mich fragen.«

»Pah. Erzählen Sie mir nichts vom Kapitalismus. Wir Russen haben den Kapitalismus *erfunden.*«

Mit einem zufriedenen Seufzen ließ Kirk sich in den Kommandantensessel fallen. Er war wieder da, wohin er gehörte. Die Temperatur war normal, die Schwerkraft war normal, und das Licht löste nicht diesen Juckreiz aus, als bekäme er eine tödliche Strahlendosis ab.

Er mußte über jede Menge unangenehmer Auswirkungen der Auseinandersetzung nachdenken, in die er verwickelt worden war. Aber das würde er später tun. Im Moment verspürte er eine ziemlich törichte freudige Erregung darüber, daß man auf ihn geschossen und er erneut überlebt hatte.

Er nickte Chekov am Steuerpult zu und schaute dann zu seinem Kommunikationsoffizier hinüber. »Lieutenant«, sagte er, »Sie sehen heute besonders gut aus.«

»Nun ja ... danke, Captain«, sagte Uhura.

»Haben Sie Ihr Äußeres irgendwie ... verändert?«

Sie drehte den Kopf und zeigte ihm eine orangefarbene Blume hinter ihrem Ohr. »Die hat Jason mir geschenkt, Sir. Sie wird Passionsblüte genannt.«

»Tja, das entspricht wohl kaum den Dienstvorschriften, Lieutenant – aber unter diesen Umständen können wir drüber hinwegsehen.«

»Danke, Captain.«

»Statusbericht, Mr. Chekov.«

»Captain, alle Systeme sind voll funktionsfähig. Es befindet sich niemand im Bau. Zur Zeit haben einhundertundsieben Mannschaftsmitglieder Landurlaub auf dem Planeten, darunter Mr. Spock, der in einer Tiefsee-Forschungsstation in der südlichen Hemisphäre ist, in der Nähe des Meeresgrabens, den die menschlichen Kolonisten Höllentor nennen, und Mr. Sulu, der ...«

»In fähigen Händen ist. Ist weiß, Fähnrich. Was ist mit Kommissarin Wayne?«

»Sie wurde gestern abend um dreiundzwanzig Uhr siebzehn Schiffszeit an Bord gebeamt, Sir. Sie blieb auf dem Schiff ...«

»Captain«, sagte Uhura, »ich empfange eine kodierte Subraumnachricht von Starfleet. Sie ist an Sie persönlich gerichtet. Und ... ich erhalte auch eine für Kommissarin Wayne.«

»Leiten Sie sie in ihr Quartier weiter, Lieutenant«, sagte er. »Ich nehme meine im Konferenzraum entgegen. Und bitten Sie Mr. Spock freundlicherweise, so schnell wie möglich hochzubeamen.«

»Ja, Sir.«

Die Besorgnis ließ Admiral Douglas Satantas aufgezeichnetes Gesicht noch schwerer als normal wirken. »Captain, die stellvertretende Kommissarin Wayne behauptet, Sie würden sich weigern, Ihre Befehle auszuführen. Sie schlägt bei Starfleet Command gewaltig Krach. Kommissar Hightower übernachtet praktisch schon auf der Treppe des Föderationsrates.

Ihnen ist vielleicht nicht klar, wie mächtig die Abteilung für interspeziäre Angelegenheiten geworden ist. Starfleet ist in letzter Zeit starkem Druck ausgesetzt; man wirft uns ›Kulturimperialismus‹ und die Vorherrschaft über nichtmenschliche Intelligenzwesen vor. Hightower nutzt diesen Feldzug aus, um seine persönliche Macht zu vergrößern – und Wayne ist sein kleiner Liebling. Die beiden stellen Sie als Komplizen bei der Vergewaltigung der Susuru dar. Und der Rat kauft es ihnen ab.«

Einen Augenblick lang schaute er einfach auf den Bildschirm. Kirk verspürte ein unangenehmes Kribbeln in seiner Magengrube. Es gab in diesem Universum nur wenige Dinge, mit denen Douglas Satanta sich anzulegen scheute. Die Wahrheit gehörte nicht dazu.

»Ich weiß nicht, was da draußen vorgeht, Jim. Ich bin sicher, Sie tun das, was Sie für das Beste halten. Aber damit ist es nun vorbei.

Eine Transporterflotte hat soeben diese Starbase verlassen. Ihr Kommandant hat den Befehl, die menschlichen Kolonisten von Okeanos fortzuschaffen. Wenn Sie sie beim Eintreffen der Flotte nicht dazu gebracht haben, sich zu fügen, wird er Sie in Ketten nach Hause bringen.«

Er breitete seine großen, geschickten Pranken aus. »Jim, ich habe mich für Sie eingesetzt, wo ich nur konnte. Aber jetzt liegt es nicht mehr in meinen Händen.«

Der Bildschirm erlosch. Kirk lehnte sich in seinem Stuhl zurück und betrachtete ihn lange.

»Das ist das Problem, wenn man glaubt, man wäre ganz oben«, sagte er schließlich. »Das ist immer ein sicheres Zeichen dafür, daß einem bald der Boden unter den Füßen weggezogen wird.«

Er erhob sich und ging auf die Brücke zurück.

Uhura war wieder an ihrer Konsole beschäftigt. »Captain, eine Nachricht von der Oberfläche. Der Sprecher der Susuru, Sir.«

Er machte eine Handbewegung. »Auf den Hauptbildschirm, Lieutenant.«

Flinks Gesicht erschien. »Captain«, sagte er, »die Verzögerungen sind unerträglich geworden. Sie haben eindeutig nicht die Absicht, die nötigen Schritte einzuleiten, um Ihre Leute von unserer Welt fortzuschaffen.«

Kirk atmete tief durch. »Erster Geher, ich habe Ihnen gesagt, daß ich nichts unternehmen werde, bis Sie und die Discordianer sich an einen Tisch setzen und Verhandlungen aufnehmen. Zur Zeit tragen Sie die Schuld an den Verzögerungen.«

Der Susuru machte eine scharfe, hackende Geste, die auf sein Brustbein gerichtet war. »Es wird keine Verhandlungen geben. Die Sache muß ein Ende haben. Daher habe ich meine Streitkräfte angewiesen, nach dem Ablauf des Ultimatums, also in zwei Tagen, Raketen mit Atomsprengköpfen auf die discordianischen Städte abzuschießen.«

»Nein«, sagte Kirk leise.

Der Susuru richtete die Ohren nach vorn. »Wie bitte, Captain?«

»Nein. Das werden Sie nicht tun. Denn wenn Sie das tun – wenn Sie es *versuchen* –, werde ich jedes Bestandteil Ihrer militärischen Ausrüstung, das größer als ein Gewehr ist, in Schlacke verwandeln. Ich werde Ihre Schiffe versenken. Ich werde Ihre Flugzeuge zusammenschießen. Ich werde Ihren Handelsverkehr zum Erliegen bringen.«

Flinks Halskrause richtete sich auf. »Captain, Sie können nicht ...«

»O doch, ich kann«, sagte Kirk und beugte sich vor. »Glauben Sie mir, Flink.«

»Ich berufe mich auf die Erste Direktive!« sagte der Susuru. »Sie dürfen nicht eingreifen.«

Kirk lächelte. »Das funktioniert nicht, Flink. Sie haben uns eingeladen. Sie haben darauf bestanden, daß wir hierher kommen und uns in die Angelegenheiten Ihres Planeten einmischen. Sie haben sogar gesagt, wir könnten uns nicht weigern, weil Ihre Feinde von uns abstammen und daher in unseren Verantwortungsbereich fallen. Ja, es gibt eine Erste Direktive, Erster Geher, damit Raumschiffoffiziere wie ich sich nicht in Angelegenheiten von Planeten wie dem Ihren einmischen. Aber wissen Sie was? *Sie haben darauf verzichtet, als Sie uns hergebeten haben.*«

»Das ist ein unerträglicher Bruch unserer Souveränität.«

»Nein, ist es nicht. Aber wenn Sie einen sehen wollen, lassen Sie sich zu einem Schachzug hinreißen, den ich *irgendwie* als den Beginn eines atomaren Angriffs auf die Discordianer interpretieren könnte. Kirk Ende!«

Er seufzte. »Was kann noch alles schiefgehen?«

Die Tür des Turbolifts öffnete sich zischend. »Was geht hier vor?« vernahm er Kommissarin Waynes Stimme.

»Ich hätte es besser wissen und diese Frage niemals stellen sollen«, sagte Kirk.

»Was?« fragte Wayne und ging zu ihm.

»Nichts, Kommissarin.«

Sie lächelte. »Wahrscheinlich haben Sie die Nachricht

von Starfleet bekommen?« sagte sie. Ihre Wangen waren gerötet, ihre Augen funkelten in boshaftem Triumph.

»Allerdings.«

»Dann werden Sie jetzt Ihre Befehle ausführen?«

Mr. Spock trat auf die Brücke. »Captain, Sie haben mich rufen lassen.«

»Ja, Mr. Spock, das habe ich. Ich habe soeben zwei beunruhigende Nachrichten erhalten.«

Er sah, daß Wayne verwirrt die Stirn runzelte. »Erstens hat man mich informiert, daß Starfleet eine Flotte von Transportern losgeschickt hat, die die Discordianer umsiedeln sollen. Man verlangt von mir, daß ich die Kolonisten dazu bringe, sich zu fügen.«

Besorgnis huschte über das adlerartige Gesicht und wurde sofort wieder unterdrückt. »Damit hätte man vielleicht rechnen müssen, Captain.«

»Vielleicht. Zweitens haben die Susuru soeben erklärt, daß sie beabsichtigen, einen atomaren Krieg gegen ihre Nachbarn zu führen.«

»Das können wir auf keinen Fall zulassen, Captain.«

»Das habe ich dem Ersten Geher Flink bereits überdeutlich zum Ausdruck gebracht.«

»Was haben Sie ihm gesagt?« fragte Wayne. Ihre Augen leuchteten seltsam hell, und ihre Wangen waren noch immer gerötet. Spock musterte sie eindringlich.

»Ich habe ihm gesagt, sollte er es versuchen, würde ich seine Kriegsmaschinerie in die Steinzeit schießen«, sagte Kirk. »Er schien mich verstanden zu haben, war aber nicht besonders glücklich darüber.«

»Also intervenieren Sie weiterhin zugunsten der Eindringlinge«, sagte Wayne.

Kirk starrte sie an, konnte einfach nicht glauben, was er gerade gehört hatte. »Kommissarin«, brachte er schließlich über die Lippen, »was genau haben Sie da gerade gesagt?«

»Daß Sie alles tun werden, um den Eindringlingen

gegen die Eingeborenen zu helfen. Einfach nur, weil sie Menschen sind.«

»Der Einsatz atomarer Waffen wird von der Föderation streng verboten«, sagte Spock.

»Wie die Freunde Ihres Captains da unten ihm bei jeder Gelegenheit unter die Nase reiben, sind wir hier nicht in der Föderation. Sie haben kein Recht, sich einfach einzumischen.«

»Aber wir sind als Repräsentanten der Föderation hier«, sagte Kirk. »Wenn die Transporterflotte hier eintrifft und feststellt, daß wir den Bewohnern von Okeanos erlaubt haben, Atomwaffen gegeneinander einzusetzen, werden wir beide gemeinsam bei einem Kriegsgericht am falschen Ende des Tisches sitzen und uns wegen Völkermords verantworten müssen.«

Ihre Antwort bestand aus einem trotzigen Zurückwerfen des Kopfes, und ihre Augen schienen rote Blitze abzuschießen.

»Der Erste Geher hat sein Ziel erreicht. Starfleet hat einen Transportkonvoi geschickt, der die Discordianer vom Planeten fortschaffen soll«, sagte Spock.

Wayne atmete tief ein. Als sie wieder ausatmete, ließ sie die Schultern herabhängen. »Sie haben recht, Mr. Spock. Es ging mir nur um das Prinzip.«

Kirk und Spock wechselten einen Blick.

»Captain«, sagte Wayne, »ich beame auf den Planeten. Ich muß mich noch um einige Angelegenheiten kümmern.«

Kirk spreizte die Hände. Wayne ging.

Die Brückenbesatzung starrte Kirk an. »Captain«, sagte Uhura zögernd, »hat die Kommissarin tatsächlich gesagt, sie habe nichts dagegen, daß die Susuru Atomwaffen einsetzen?«

»Entweder das, oder wir beide haben dieselbe Halluzination gehabt, Lieutenant.«

»Captain«, sagte Spock, »das Verhalten der stellvertretenden Kommissarin Wayne ist allmählich höchst unbeständig.«

»Das haben Sie also auch bemerkt.«

Spock entging die Ironie. »Ich war so frei, mir die Personalakte der Kommissarin anzusehen. Sie kam mir unangemessen oberflächlich vor. Bei ihr scheinen sich Beschwerden wegen selbstherrlichen und impulsiven Verhaltens gehäuft zu haben. Doch in allen Fällen wurde festgestellt, daß sie sich korrekt benommen hat.«

»Kommissar Hightower hat das festgestellt?«

»Darüber gibt die Personalakte keine Auskunft. Die Wahrscheinlichkeit dafür ist jedoch sehr hoch.«

Er schien fortfahren zu wollen. Kirk hob eine Hand. »Ersparen Sie mir den genauen Prozentsatz, Spock. Ich glaube Ihnen auch so.«

Spock nickte gelassen. »Wenn Sie mich nicht mehr brauchen, würde ich gern zu der Forschungsstation zurückkehren. Dr. Arkazha behauptet, sie wolle mir in der Nähe des Höllentor-Grabens etwas zeigen, das mich sehr interessieren wird.«

Kirk machte eine Handbewegung. »Gehen Sie nur, Spock. Sammeln Sie Ihre Rosenknospen, solange Sie noch können.«

Spock betrachtete ihn mit gerunzelter Stirn und ging. Kirk erhob sich. »Uhura, rufen Sie die Krankenstation«, sagte er. »Bitten Sie Dr. McCoy, sofort in mein Quartier zu kommen.«

»Sie weigert sich, sich von mir untersuchen zu lassen, Jim«, sagte McCoy. Er stand mit verschränkten Armen da, mit dem Rücken neben der Nische, die das Modell der *Constitution* enthielt, an die Wand gelehnt. »Da sie Zivilistin ist, kann ich nicht darauf bestehen.«

Kirk schritt auf und ab. »Was ist mit ihren medizinischen Unterlagen?«

»Sie hat keinen organischen Befund, der für ihr

zunehmend irrationales Verhalten verantwortlich sein könnte«, sagte McCoy. »Ihre psychologischen Unterlagen wurden nicht in den Schiffscomputer überspielt.«

Kirk blieb stehen und sah ihn an. »Ist das nicht ungewöhnlich, Pille?«

»Eigentlich nicht. Sie ist eine hochrangige zivile Beamtin. Es gilt als Verletzung der Privatsphäre, wenn Leute wie wir die Nase in solch vertrauliche Informationen stecken.«

Kirk verzog das Gesicht und schritt wieder auf und ab.

»Ich bin nur ein Landarzt, Jim«, sagte McCoy, »und keineswegs ein Seelenklempner. Aber ich kann eine mögliche Erklärung anbieten.«

»Schieß los.«

»Das muß aber unter uns bleiben. Es fällt nicht in mein Fach, und es grenzt ans Unethische, bei einer Patientin, die ich nicht untersucht habe, eine Diagnose zu erstellen. Du kannst nichts davon als begründete Meinung verwenden ...«

Kirk machte eine abfällige Handbewegung. »Schon gut, Pille.«

»Für mich zeigt Kommissarin Wayne alle Anzeichen einer Person, die einen Mißbrauch überstanden und sich niemals damit beschäftigt hat.«

Kirk runzelte die Stirn. »Du meinst, ihr Vater ...«

»War ein maßlos ehrgeiziger alter Mistkerl. Stell dir mal vor, wie es gewesen sein muß, als sein Kind aufzuwachsen.«

»Du glaubst wirklich, daß er sie geschlagen hat?«

»Das kann ich nicht sagen, Jim. Ich kann nur die völlig unqualifizierte Meinung äußern, daß ich es für verdammt wahrscheinlich halte. Aber selbst ein systematischer seelischer Mißbrauch läßt Narben zurück, die genauso tief, wenn auch nicht so sichtbar sind.«

»Warum ist es nicht schon längst an die Oberfläche getreten?«

McCoy zuckte mit den Achseln. »Vielleicht ist es das ja, Jim. Aber wahrscheinlich noch nie auf so ernste Art und Weise.«

»Was meinst du damit?«

»Sie steht hier draußen unter gewaltigem Streß. Ein jungfräulicher Planet, eine bislang unbekannte fremde Spezies im Konflikt mit menschlichen Siedlern – ihr muß das vorkommen wie ein Beispiel aus dem Lehrbuch für jene Mißstände, die die Abteilung für interspeziäre Angelegenheiten korrigieren soll. Sie identifiziert sich psychisch stark mit den Susuru und bringt gleichzeitig den Discordianern eine starke Antipathie entgegen.«

»Was du nicht sagst.«

»Dann wird die Sache noch durch die Anwesenheit der Klingonen kompliziert. Genauer gesagt, durch dich und Kain.«

Kirk warf ihm einen scharfen Blick zu. »Erklär mir das mal genauer.«

»Ich würde sagen, das arme Kind findet sich in einem Konflikt zwischen Vaterfiguren wieder. Gemeinsam mit allen anderen Faktoren wird dieser Streß sie zusammenbrechen lassen.«

Kirk starrte seinen Freund an. Er fühlte, daß er errötete. »Aber ich hab dir doch schon gesagt, ich bin nur ein oder zwei Jahre älter ...«

McCoy schüttelte den Kopf. »Das spielt nicht die geringste Rolle, Jim. Du hast das Kommando, und das ist nicht nur eine Frage der Hemdfarbe, die du trägst. Du bist ein starker Mann, eine starke Persönlichkeit. Du drückst jeder Situation, mit der du dich auseinandersetzen mußt, deinen Stempel auf. Du drückst all ihre Daddy-Knöpfe gleichzeitig.

Und genau das tut auch dieser klingonische Teufelskerl Kain.«

Kirk atmete tief ein. »Wenn das stimmt ... warum hat man ihr dann eine so große Verantwortung anvertraut?«

»Gütiger Himmel, Jim! Die Föderation kann doch nicht einfach jemanden wegen seiner Erziehung diskriminieren. Kindesmißbrauch kommt nicht mehr so häufig vor wie noch vor ein paar Jahrhunderten, aber immerhin. Es ist nicht ihre Schuld; sie ist offensichtlich eine sehr intelligente und fähige Frau, die die Chance verdient hat, die Karriereleiter so weit zu erklimmen, wie ihre Fähigkeiten es zulassen.«

»Was ist mit der Tatsache, daß sie sich nicht mit ihrer Vergangenheit befaßt hat? Mal vorausgesetzt, das alles hat auch nur das Geringste mit der Wirklichkeit zu tun.«

»Ich habe dich gewarnt, daß ich mich auf sehr dünnem Eis bewege, Jim.«

»Das hat dich noch nie aufgehalten.«

McCoy wollte ihn finster anfunkeln, doch der Gesichtsausdruck verwandelte sich in ein Grinsen und verschwand so schnell, wie er gekommen war. »Und ich werde mich auch jetzt nicht davon aufhalten lassen. Die Verarbeitung eines früheren Mißbrauchs ist eine höchst persönliche Angelegenheit, Jim. Kein Außenstehender kann sie einem aufzwingen; ein Eingreifen bewirkt das Gegenteil des Gewünschten.«

»Aber sie wird dadurch leicht angreifbar.«

»Jeder von uns ist angreifbar, so oder so. Das kann man uns wohl kaum vorwerfen.«

»Wahrscheinlich nicht.« Kirk blieb stehen und betrachtete sein Modellsegelschiff, als stelle er sich vor, auf seinem Deck zu weilen und weniger giftige und seltsame Meere als die von Discord zu überqueren.

»Außerdem ist das nach dem, was du mir gesagt hast, sowieso rein akademisch«, wandte McCoy ein. »Sie hat bekommen, was sie wollte.«

Kirk streckte einen Finger aus und berührte die Takelage. »Ja.« Er drehte sich zu dem Arzt um. »Was wäre nötig, um einen Blick in ihre psychologischen Unterlagen werfen zu können, Pille?«

»Ich muß bei Starfleet einen Antrag stellen, den du als Captain gegenzeichnen mußt.« Die Falten in seinem Gesicht vertieften sich zu einem Stirnrunzeln. »Jim, so ein Antrag würde sich vor einem Untersuchungsausschuß in deiner Personalakte nicht besonders gut machen. Er würde wie eine billige Rache dafür aussehen, daß sie sich über deinen Kopf hinweg an Starfleet gewandt hat.«

»Stelle ihn trotzdem. Darauf kommt es jetzt auch nicht mehr an.« Er lachte leise auf. »Was Spock wohl dazu sagen würde?«

»Er ist nun mal nicht hier«, sagte McCoy bärbeißig.

Kirk ging zur Tür. McCoy blieb zurück. »Stell den Antrag, Pille«, sagte der Captain. »Ich muß es einfach wissen.«

»Also haben wir gewonnen, Captain Kain«, sagte Moriah Wayne. Sie saß an dem großen Hartholztisch in der unterirdischen Kammer des Klingonen und sprach etwas zu hell, wie ein zwitschernder Vogel. »Starfleet schickt Transportschiffe, die die Siedler von Insel wegbringen werden. Wir haben erreicht, was wir wollen.«

Kain stand neben dem Tisch, hatte einen Arm vor der Brust gefaltet, den anderen Ellbogen darauf gesetzt und hielt das Kinn in der Hand. Er betrachtete Wayne mit seinem unverletzten Auge. Dann schüttelte er den Kopf.

»Moriah, Moriah«, sagte er traurig. »Wie Sie mich enttäuschen.«

»Was?« rief sie.

»Sie sind doch bestimmt nicht so naiv, daß Sie glauben, Sie hätten James Kirk so leicht besiegt.«

Sie sprang auf. »Aber jetzt bleibt ihm keine andere Wahl mehr. Die Flotte wird von einem Admiral begleitet. Er wird Kirk zwingen, seine Befehle auszuführen – oder ihn ablösen lassen.«

»Kirk hat schon öfter den Kopf aus der Schlinge gezogen«, sagte Kain, »immer wieder. Wie können Sie nur denken, diesmal würde es ihm nicht gelingen? Für die Kriegstreiber von Starfleet ist er ein Held. Glauben Sie wirklich, daß sie gegen ihn vorgehen werden?«

In ihrer Erregung lief Wayne rastlos umher. »Aber...«

Kain schüttelte den Kopf. »Das wird genauso enden wie viele andere Episoden... mit einer weiteren Unredlichkeit der Erdlinge. Eine weitere hilflose einheimische Rasse wird von der menschlichen Arroganz niedergemacht, ein weiterer Planet fällt der menschlichen Gier zum Opfer. Eine pikante Ironie, daß Ihre von Menschen dominierte Föderation sogar ihre eigenen Gesetzlosen den Einheimischen vorzieht, die diese Eingeborenen ausbeuten.«

Sie schlug die Hände vors Gesicht und ließ sie langsam wieder sinken, als wolle sie ihren Selbstzweifel wegscheuern. »Nicht schon wieder. O Erdenmutter, ich kann es einfach nicht zulassen.«

»Die Männer von Starfleet halten zusammen. Das ist ganz einfach eine unumstößliche Tatsache.«

»Er wird damit durchkommen, nicht wahr?«

Kain lächelte. »Nicht, wenn Sie es verhindern.«

Unteroffizier Robison nickte höflich, als Kommissarin Wayne von der Transporterfläche trat. Sie ging entschlossen um die Kontrollkonsole herum, hinter der er stand.

»Kann ich Ihnen helfen, Kommissarin?« fragte er vorsichtig. Er war ein angemessen respektvoller junger Mann, aber er würde keinen Zivilisten, auch wenn es sich um ein hohes Tier handelte, ohne entsprechende Genehmigung an seiner Station herumschnüffeln lassen.

Sie lächelte freundlich – ja sogar bezaubernd. Wenn die Kommissarin so lächelte, war sie wirklich hübsch anzuschauen und wirkte keineswegs wie der Drachen, der sie angeblich war.

»Ja, allerdings, Unteroffizier. Als ich heraufbeamte, fühlte ich eine seltsame Beeinträchtigung – so etwas wie eine Übelkeit. Ich frage mich, ob alle Instrumente richtig eingestellt sind.«

Natürlich waren sie das, aber er warf trotzdem einen Blick auf die Flachbahnregler, nur um sich zu vergewissern.

»Nun ja, Kommissarin«, sagte er und versuchte, dabei nicht allzu herablassend zu klingen, »eigentlich können Sie in aufgelöstem Zustand gar nichts fühlen…«

Er konzentrierte sich auf seine Konsole und sah nicht, daß die Kommissarin die Hand hinter ihrer Hüfte hob und eine kleine goldene Röhre auf seinen Hals drückte. Und dann sah er gar nichts mehr.

Das Herz schlug Wayne bis zum Hals, als sie den jungen Mann in dem roten Hemd beobachtete. *Es hat bestimmt nicht geklappt, er ist bestimmt noch wach…*

Sie wedelte mit der Hand vor seinem Gesicht. Seine Augen schienen die Bewegung nicht zu verfolgen, und er blinzelte auch nicht. Er schien nicht zu atmen.

Es war genau so, wie man es ihr gesagt hatte. Der ›*Ur*‹, eine stachelbewehrte Felsenechse von einer nur selten besuchten Welt des Klingonischen Imperiums, produzierte ein Neurotoxin, das die Eigenschaft hatte, alle körperlichen Prozesse seines Opfers anzuhalten. Sie hatte einhundert Sekunden; dann würde der stattliche junge Unteroffizier wieder zu sich kommen, ohne sich an irgendeine Unterbrechung zu erinnern – oder an die letzten knapp zwei Minuten.

Sorgsam darauf bedacht, den jungen Mann nicht zu berühren – trotz allem glaubte sie nicht ganz an die Wirksamkeit des Toxins –, bediente sie die Kontrollen und stellte den Transporterstrahl auf den ersten Koordinatensatz ein, den sie sich eingeprägt hatte. Sie hatte keine Erfahrung mit der Bedienung eines Transporters, doch die Schritte waren einfach, und sie hatte sie auswendig gelernt. Ihr Vater hatte darauf geachtet, daß sie lernte, sich schnell und unfehlbar etwas einzuprägen.

Sie führte dem Strahl Energie zu. Ein Trillern, ein Funkeln, und ein dunkler Metallzylinder erschien auf der mittleren Fläche.

Sie verließ die Konsole, sprang geschmeidig auf die Plattform, beugte sich über den Zylinder und drückte einen Knopf. Oben auf dem Zylinder leuchtete eine rote Lampe auf. Unleserliche Zahlen flackerten grün auf einem kleinen Display neben der Lampe auf.

Wayne zwang sich, langsam zu atmen und ohne Hast zu gehen, kehrte zu der Konsole zurück und gab einen anderen Koordinatensatz ein. *Du hast genug Zeit,* sagte sie sich. *Und nichts zu fürchten. Nichts auf der Welt.*

Sie drückte erneut auf den Knopf. Der Zylinder verwandelte sich in Licht, flackerte und verschwand.

Moriah Wayne erschauerte. Dann riß sie sich zusammen und ging schnell aus dem Transporterraum.

Unteroffizier Robison blinzelte und schüttelte sich.

»Mann«, sagte er. »Ich muß eingedöst sein.«

Er rieb seine Augen. »War einen Moment lang einfach weg«, sagte er sich laut. »Zum Glück ist Lieutenant Commander Scott nicht aufgetaucht, um mich zu kontrollieren.«

Sonny Puleomua saß bequem in seinem Sessel in dem glasverkleideten Kontrollraum über dem flaschenförmigen Fusionsmeiler, der Harmony mit Energie versorgte, und unterhielt sich mit seinem Vetter Hannes in Storm. »Nein, hier war nichts los, mal abgesehen von einem Besuch der Raumfahrer. Ich hab gar nicht gewußt, daß sie überhaupt hier sind – mir sagt ja nie jemand etwas, und ich hatte Dienst, aber ich hab gehört, daß sie sowieso von diesen arroganten Typen aus Discord City herumgeführt wurden. Eins kann ich dir sagen ... he!«

Die Werte auf seinen Schalttafeln spielten verrückt. Interferenzlinien knisterten über das Gesicht seines Vetters auf dem Telefonschirm.

»Verdammt noch mal, was ist hier los?« fragte er. »Meine Displays tanzen wie Speckelkäfer beim Ausschwärmen!«

Er verstummte, erhob sich halbwegs, beugte sich vor und starrte durch das Beobachtungsfenster. »Da unten flackert irgendein gelbes Licht auf dem Boden«, sagte er.

Ein dunkler und schwer aussehender Gegenstand war einfach neben dem Behälter aus aufgeschäumten Zement aufgetaucht. »Heilige Mutter Eris!« rief er. »Was ...«

»Captain!« rief Fähnrich Chekov. »Unsere Sensoren zeigen etwas an, das eigentlich unmöglich ist!«

Kirk setzte sich in seinem Sessel aufrecht. »Und was, Fähnrich?«

»Ich messe in der Stadt Harmony etwas an, wobei es sich um eine thermonukleare Explosion von etwa einer halben Megatonne zu handeln scheint!«

19

Spock saß in der Tauchkabine, die man ihm in der Tiefsee-Forschungsstation Fünf zur Verfügung gestellt hatte und die nun nicht weit vom Höllentor-Graben in einer Tiefe von fünfhundert Metern unter dem Südmeer verankert war. Er schaute auf einen Computermonitor. In seiner Hand befand sich ein Joystick. Auf seinen Fingerdruck hin blitzten immer neue Daten über den Bildschirm, so schnell, wie ein erfahrener Spieler Karten verteilte.

Die Dinge, die Mona Arkazha ihm gezeigt hatte, waren vom wissenschaftlichen Standpunkt aus gesehen faszinierend. Auf der einen Seite war Discord eine gewalttätige Welt, aber auf der anderen erzeugte ihr energiereiches Ökosystem bei ihren Lebensformen eine Dynamik, wie sie es nach seinem Wissen in der ganzen Galaxis nicht noch einmal gab. Und er war nicht gewillt, Arkazhas Hinweise auf eine noch größere Entdeckung, die sie allerdings noch nicht mit ihm teilen wollte, unberücksichtigt zu lassen. Doch die Informationen, die er überflog, hatten nichts mit dem unterseeischen Leben Discords zu tun.

Sie hatten überhaupt nichts mit einheimischen Lebensformen zu tun. Zu dieser Ansicht gelangte er jedenfalls allmählich.

Die Tür wurde geöffnet. Er schaute auf.

Zwei Varis, ein Mann und eine Frau, traten schnell in den Raum und bauten sich an beiden Seiten der Tür auf. Beide waren Micros; beide richteten Maschinenpistolen auf ihn. Auf der Schwelle stand Mona Arkazha.

Hinter ihr konnte Spock die graue, massige Gestalt eines Grunzers ausmachen.

»Ich muß Sie leider bitten, uns Ihren Handphaser, den Kommunikator und diesen wunderbaren Tricorder zu übergeben, Spock.«

Spock schaute von ihr zu den Micros. Er wußte, daß ihre Reaktionszeit schneller als die seine war. Sie handhabten die Waffen, als wüßten sie mit ihnen umzugehen – und wären auch bereit dazu. Widerstand war daher unlogisch.

Langsam öffnete er seinen Gürtel und legte ihn auf das Ende des Schreibtisches, an dem er arbeitete. Der Micro auf seiner Seite der Tür trat von der Wand vor, schlich zum Schreibtisch, ergriff den Gürtel und tänzelte zurück, wobei er sorgfältig darauf achtete, außerhalb von Spocks Reichweite zu bleiben, sollte der Vulkanier etwas Melodramatisches versuchen. Was er natürlich nicht tun würde.

»Vor nicht allzu langer Zeit haben Sie das Thema Vertrauen zur Sprache gebracht, Doktor«, sagte er. »Es hat den Anschein, daß Sie von mir etwas verlangt haben, das Sie selbst nicht auszeichnet.«

Kräuselte sich Schmerz auf den amphibischen Gesichtszügen? Es fiel ihm schon schwer, den Gesichtsausdruck von normalen Menschen zu deuten. Er hatte keine Ahnung, was der ihre besagen mochte.

»Wir werden bald herausfinden, wer Vertrauen verdient und wer treulos war«, sagte Arkazha. »Bis dahin müssen Sie mich begleiten.«

»... Berichte, nach denen mögliche Überlebende ...«

»... treibende Trümmer auf einundzwanzig einundvierzig Nord, fünfunddreißig dreißig West ...«

»... mein Gott, sie ist weg, die Stadt ist einfach ... weg.«

Kirk schloß die Augen. Sulu saß wieder hinter seiner Konsole und überwachte den Funkverkehr auf der

Oberfläche. Das Bild, das er zeichnete, war alles andere als vollständig, zeigte Kirk jedoch weit mehr, als er wissen wollte.

»Was ist mit Mr. Spock, Sulu? Haben wir schon Gelegenheit, ihn an Bord zu beamen?«

»Negativ, Sir. Der Sturm befindet sich genau über der Forschungsstation, und es gibt keine Anzeichen dafür, daß er schwächer wird. Es ist zu gefährlich, die Transporter zu benutzen.«

Kirk dachte an die wenigen schrecklichen Vorfälle, bei denen er die Folgen von Interferenzen in einem Transporterstrahl gesehen hatte, und sein Magen zog sich zusammen. Spock war nicht nur sein erster Offizier, sondern auch sein Freund. Die Lage war nicht so dringlich, daß Kirk das Risiko eingegangen wäre, ihm *das* anzutun. Noch nicht.

Die Transporter arbeiteten sowieso schon am Rand ihrer Kapazität; sie versuchten, die Besatzungsmitglieder der *Enterprise,* die zur Zeit Landurlaub hatten, so schnell wie möglich zurückzuholen. Er hatte noch immer keine Ahnung, wie es zu der Explosion hatte kommen können, die Harmony zerstört und die meisten, wenn nicht alle, der siebenhundertfünfzigtausend Einwohner getötet hatte. Der Schiffscomputer hatte seinen letzten Wortwechsel mit Flink gründlich überprüft und die routinemäßige Übersetzung des allgemeinen Translators bestätigt: Der Susuru hatte eindeutig von Kernspaltungswaffen und keiner Kernverschmelzung gesprochen. Und Harmony war eindeutig von einer außer Kontrolle geratenen Kernverschmelzung vernichtet worden – von einer Wasserstoffbombe.

Also wußte er nicht hundertprozentig, ob der Krieg um Okeanos zur Katastrophe eskaliert war. Aber aus allgemeinen Sicherheitsgründen wollte er die verstreuten Schäfchen der *Enterprise* so schnell wie möglich in den Pferch zurückholen.

Besonders seitdem festzustehen schien, daß fünf seiner Leute nicht mehr zurückkommen würden. Zum Glück hatte der Großteil seiner Crew den Landurlaub wenigstens in Discord City angetreten, wo der erste Kontakt hergestellt worden war. Die Bewohner von Discord City – den Ausdruck *Bürger* wiesen sie aufs schärfste zurück – kamen mit denen von Harmony nicht besonders gut klar. Die Mannschaftsmitglieder, die andere Kontakte geknüpft hatten, waren größtenteils nach Storm, Serendip oder Qara-Qitay weitergezogen. Aber fünf hatte es offensichtlich nach Harmony verschlagen.

Kirk lauschte den Funksprüchen der Rettungsflüge und der von Freiwilligen bemannten Schiffen einerseits, um so viel wie möglich darüber in Erfahrung zu bringen, was geschehen war, und andererseits, um festzustellen, ob die *Enterprise* etwaigen Überlebenden irgendwie helfen konnte. Aber hauptsächlich wegen der Möglichkeit – auch wenn sie nur so klein wie eine monomolekulare Linie war –, daß einige oder alle fünf Besatzungsmitglieder irgendwie überlebt hatten.

»Captain«, sagte Uhura, »Sie werden aus Discord City gerufen.«

»Stellen Sie durch, Lieutenant.«

Aileea dinAthos' Gesicht füllte den Bildschirm aus. Kirk brachte ein gequältes Lächeln zustande. »Aileea, darf ich Ihnen …«

»Captain Kirk«, sagte sie, als hätte sie ihn nicht gehört. »Wie konnten Sie nur?«

Ihr Bild flackerte. Auch über Discord City tobte ein Gewitter. Es war nicht das gleiche wie über der Tiefseestation Fünf, die eine halbe Welt davon entfernt lag.

»Was?« fragte er völlig verwirrt.

»Ich weiß, daß Sie nur eine Randfigur sind, aber trotz allem dachte ich, Sie wären ein guter Mensch. Jetzt wurde ich eines Besseren belehrt.«

»Wovon sprechen Sie, Aileea? Was habe ich getan?«

Ihre Wangen blähten sich auf und verwandelten ihre

Augen in Halbmonde aus Jade. »So wollen Sie es also durchziehen? Sie streiten einfach ab, daß jemand von Ihrem Schiff eine Bombe hinabgebeamt und das Kraftwerk von Harmony sabotiert hat?«

»*Was?*«

»Unsere Kraftwerke sind datenmäßig miteinander vernetzt«, sagte Aileea, »damit im Fall einer Katastrophe die anderen wenigstens wissen, wie sie zustande kam. Die Instrumente in Harmony haben unmittelbar vor der Explosion Interferenzen mit demselben Muster gezeigt, das Ihre Transporterstrahlen auslösen.«

Sie atmete tief ein. »Des weiteren hat der diensthabende Chefingenieur zum Zeitpunkt der Katastrophe mit einem Verwandten telefoniert. Er sprach von Interferenzen und dann von einem metallisch aussehenden Gegenstand, der in einem gelben Aufflackern von Licht aufgetaucht ist.«

Eine Träne rann ihre Wange hinab. »Warum, Jim? Warum?«

Er hob die Hände und öffnete den Mund. Seine gesamte Willenskraft war erforderlich, um Worte über die Lippen zu bringen.

»Aileea, Sie müssen mir glauben ... *wir waren es nicht.*«

Der Interkom summte. »Transporterraum an Brücke«, sagte Mr. Scotts Stimme.

»Einen Augenblick noch, Scotty«, sagte Kirk, »ich ...«

»Captain, wir haben die Spur unserer Leute verloren, die noch auf dem Planeten sind. Wir können niemanden an Bord beamen!«

»Wir ... wir finden die Verletzung der heiligen Regeln der Gastfreundschaft abscheulich«, sagte Aileea. »Aber Sie sind uns in aller Hinsicht überlegen, und wir müssen uns schützen. Daher haben wir diejenigen Ihrer Leute, die noch auf unserem Planeten waren, in Gewahrsam genommen und ihnen die Waffen, Kommunikatoren und anderen Gegenstände abgenommen, mit deren Hilfe Sie sie vielleicht aufspüren können. Zur Zeit werden sie überall auf Discord verteilt.«

»Aileea?«

»Ihre Leute sind nun unsere Geiseln. Es wird kein zweites Harmony geben.« Sie verschwand.

»Gehen Sie in die Offensive«, sagte Moriah Wayne.

»Wie bitte?« sagte Kirk.

»Es ist an der Zeit, hart gegen sie vorzugehen, Captain. Ihr Schiff verfügt über eine gewaltige Feuerkraft; sollten wir sie nicht einsetzen? Wenn Sie vermeiden wollen, diese Kriminellen zu töten, könnten Sie ja einige der Besitztümer zerstören, die ihnen lieb und teuer sind. Vielleicht sollten Sie mit Discord City anfangen.«

Er sah sie an. Die reguläre Brückenbesatzung hatte sich zu einer Lageeinschätzung im Konferenzraum zusammengefunden. Es sah schlimm aus. In Harmony hatte es kaum Überlebende gegeben, und etwa vierzig Besatzungsmitglieder der *Enterprise* blieben verschwunden, einschließlich der fünf, die mit größter Wahrscheinlichkeit bei der Explosion ums Leben gekommen waren. Die vorherrschende Stimmung war von Schock geprägt, doch Trauer, Verwirrung, Furcht und vor allem Zorn traten allmählich immer stärker an die Oberfläche.

Er versuchte, seinen eigenen Zorn herunterzuschlukken. »Kommissarin, das ist nicht der richtige Augenblick für Witze.«

»Ich machte keine Witze«, sagte die Kommissarin leichthin. Sie allein wirkte nicht grimmig und niedergeschlagen. Sie schien erregt zu sein, fast manisch. »Sie haben versucht, Ihre wertvollen menschlichen Siedler zu verhätscheln, und jetzt sehen Sie, wohin Sie das gebracht hat.«

»Wir wissen nicht genau, was uns in diese Situation gebracht hat, Kommissarin«, sagte Sulu.

»Wir wissen noch nicht mal, wer die Bombe gelegt hat, oder warum«, fügte Dr. McCoy hinzu.

»Was ist mit der Behauptung der Discordianer, jemand hätte die Bombe von der *Enterprise* aus hinabgebeamt?« fragte Uhura.

»Unteroffizier Robison tat zu der Zeit Dienst«, sagte Scott. »Er schwört, daß überhaupt nichts runtergebeamt wurde. Sean ist ein guter Junge – ich habe ihn selbst an den Kontrollen ausgebildet. Und Sie müssen eingestehen, wenn wirklich jemand eine Bombe auf den Planeten gebeamt hätte, wäre uns das wohl kaum verborgen geblieben.«

»*Eins* wissen wir jedenfalls ganz genau«, sagte Wayne, »und zwar, daß diese Discordianer Mitglieder dieser Crew als Geiseln genommen haben.« Sie beugte sich vor und stützte die Arme auf dem Tisch ab. Ihr Blick bewegte sich von einem angespannten Gesicht zum anderen.

»Ich bin überrascht«, sagte sie ruhig. »Wo ist die militärische Empörung, der Zorn darüber, daß Ihre Kameraden auf verräterische Art und Weise von ihren Gastgebern gefangengenommen wurden? Ich dachte, Sie würden vor Wut schäumen. Wollen Sie sich das von diesen Leuten antun lassen?«

»Nein.« Alle schauten zum Kopf des Tisches; es war Kirk, der gesprochen hatte. »Nein, wir können das nicht so einfach hinnehmen. Ganz gleich, was wir von den Discordianern halten, als Gruppe oder Einzelpersonen, wir können nicht dulden, daß unsere Leute als Geiseln genommen werden. Ich *weigere* mich einfach, das hinzunehmen.«

»Was können wir tun, Jim?« fragte McCoy.

»Ich habe Ihnen schon gesagt, was wir tun können«, sagte Wayne leichthin. »Früher oder später werden Sie auf mich hören müssen.«

»Verflixt noch mal, Frau, hat es da unten nicht schon genug Unheil gegeben?« rief McCoy.

»Es gibt ein größeres Problem«, sagte Kirk. »Wie kann ich eine Stadt angreifen, ohne das Leben weiterer Besatzungsmitglieder aufs Spiel zu setzen? Wir wissen nicht, wo sie gefangengehalten werden.«

»Ist es für solche Nettigkeiten nicht zu spät?« fragte Wayne. »Ein starker Kommandant weiß, wann er Leute abschreiben und den Feldzug beginnen muß.«

»›Er scherzt über Narben, die nie eine Wunde gespürt haben‹«, zitierte McCoy verbittert. »Für eine Frau, die nichts vom Militär weiß, außer, daß sie es nicht leiden kann, sprechen Sie sehr selbstsicher über militärische Dinge.«

»Wenn das Stärke ist«, sagte Kirk und erhob sich, »dann bin ich schwach – und stolz darauf. Ich schreibe niemanden ab, Kommissarin, bis ich die Leiche sehe oder die Gefahr für die Lebenden zu groß wird, die Sache weiter zu verfolgen – und selbst dann werde ich eine Möglichkeit finden, so schnell wie möglich zurückzukehren, und versuchen, eine Rettungsaktion durchzuführen. Ja, manchmal müssen Leben geopfert werden. Aber kein Leben ist *entbehrlich*.«

»Dann werden Sie also tun, was Sie immer tun«, sagte Wayne. »Nämlich *nichts*.«

»Ich werde handeln, sobald ich eine vernünftige Lösung sehe.«

Sie nickte, als habe sie ein Urteil gefällt. »Dann haben Sie es selbst zu verantworten«, sagte sie und ging.

»Was hat das denn jetzt schon wieder zu bedeuten?« fragte McCoy.

Kirk eilte auf dem Weg zum Transporterraum den Korridor entlang. Der Sinn seines Abstechers war nicht leicht erkennbar – Sulus Sensoren konnten von der Brücke aus weder Spock noch die anderen Geiseln finden, also bestand kaum eine Chance, sie dort unten aufzuspüren. Aber in diesem Augenblick konnte er auf der Brücke nichts bewerkstelligen. Zumindest war sein Versuch gewissermaßen irgendein Vorgehen.

Außerdem rumorte etwas in seinem Hinterstübchen. Bei ihm hatte sich die Ahnung eingestellt, daß er vielleicht darauf kommen würde, was genau es war, wenn er sich den Transporter ansah.

Dermaßen abgelenkt, bog er um eine Ecke und prallte gegen eine betörend schöne junge Frau. Er trat zurück. »Oh, Verzeihung … es tut mir sehr leid …«

Dann bemerkte er, daß es sich um eine Klingonin handelte.

Er griff nach seinem Handphaser. Sie war schneller.

Er sah einen roten Blitz. Dann nur noch Schwärze.

20

Dr. Arkazha«, sagte Spock, »Ihr Vorgehen ist völlig unlogisch.«

Das U-Boot tauchte immer tiefer, näherte sich dem Mittelpunkt des Planeten – oder zumindest dem geschmolzenen Mantel. Die Tiefen des Höllentor-Grabens waren dunkler als der Weltraum. In der Spalte gab es keine Sterne.

Mona Arkazha steuerte das Boot selbst. Sie respektierte ihren Gefangenen sehr. Sie wollte nicht, daß ein anderer Zeuge von dem wurde, was ihrer Erwartung – und Hoffnung – zufolge geschehen würde.

»Sie können nicht davon ausgehen, die Föderation in einer offenen Konfrontation zu besiegen«, fuhr Spock fort. »Doch durch Ihr Vorgehen mobilisieren Sie die volle Macht der *Enterprise* – und schließlich auch der Föderation selbst – gegen sich. Ich verstehe nicht, was Sie damit erreichen wollen.«

»Dann bedenken Sie einmal, was wir verlieren können. Wenn wir kämpfen, sterben wir – aber wir sterben stolz und frei. Wenn wir nachgeben, werden wir die Freiheit, den Stolz und unsere Heimat verlieren. Und das Recht, unser biologisches Schicksal zu bestimmen. Dann werden wir erneut zum hilflosen Besitz eines mitfühlenden und besorgten Staates – zu mitfühlend, um uns zu töten, zu besorgt, um uns frei herumlaufen zu lassen, weil die anderen Bürger Anstoß an unseren Eigenarten nehmen könnten. Ist das logisch, Spock?«

»Solange man lebt, hat man die Möglichkeit, die Umstände zum Besseren zu ändern.«

Sie zeigte ihm die Zähne. »Wir haben Sie gefangengenommen«, sagte sie, »und leben noch.«

»Was werden Sie mit uns tun?«

»Uns um Sie kümmern. Sogar Ihre Freilassung vorbereiten, falls es möglich ist – denn wir wissen, was geschehen ist, ist wohl kaum das Werk eines derjenigen, die wir als Gäste aufgenommen haben. Sie sind Opfer, und wir werden uns dieser Tatsache nicht verschließen.«

»Falls Sie sich um mich kümmern wollen … warum ist es dann notwendig, mich auf den Boden eines zehntausend Meter tiefen Grabens zu bringen?«

»Weil da unten etwas ist, Spock, mein Freund«, sagte sie mit strahlenden Augen, »das Sie unbedingt sehen müssen.«

Zu seiner großen Überraschung kam Kirk wieder zu sich und stellte fest, daß er auf dem Boden lag. Stimmen wurden von den Wänden eines ziemlich engen Raums zurückgeworfen, drangen in seine Ohren und schienen seinen Kopf fast platzen zu lassen. Bekannte Stimmen. Leider.

Wenn er durch sein Schiff ging und mit einer Klingonin zusammenprallte, die auf ihn schoß, hätte er normalerweise davon ausgehen müssen, daß für ihn alles gelaufen war. Aber dem war eindeutig nicht so, außer, er war dazu verdammt, sein Leben nach dem Tod an einem Ort zu verbringen, an dem sich auch Moriah Wayne und ein Haufen verdrossener Klingonen befanden. Er war nicht bereit, die theologischen Auswirkungen dieser Vorstellung auch nur in Betracht zu ziehen, und kam daher zum Schluß, daß er noch leben mußte.

Mit dieser Tatsache war er nicht unbedingt glücklich. Er wußte, daß er nicht lange außer Gefecht gewesen sein konnte, was bedeutete, daß der Phaser auf die leichteste Betäubungsstufe eingestellt gewesen sein mußte. Doch die primitive Kalibrierung der klingonischen Waffen bewirkte, daß er trotzdem eine ziemlich starke Dosis abbekommen hatte. Sein Kopf fühlte sich an, als hätte jemand Löcher in beide Schläfen gebohrt, um zu sehen, ob tatsächlich kleine Männchen in seinem Schädel waren, und sein Magen, als wären tatsächlich kleine Männchen darin – und würden auf einem Trampolin herumspringen.

Er drehte sich um und übergab sich. »Schade, daß Sie das nicht vermeiden konnten, Jim«, sagte Moriah Wayne. »Es wird ziemlich unangenehm für Sie sein, in dieser kleinen Zelle in Ihrem eigenen Erbrochenen zu liegen.«

Er betrachtete sie mit verschleiertem Blick und versuchte, sich zu erheben. Wie er feststellte, befand er sich in einem kleinen Lagerraum. Die Blume der klingonischen Weiblichkeit, die ihn betäubt hatte, packte sein Hemd, zerrte ihn hoch und knallte ihn gegen die Wand. Sie drückte ihm den Unterarm auf die Kehle und nagelte ihn praktisch fest.

»Wie kommt es«, brachte er würgend heraus, »daß sämtliche gutaussehenden Frauen, die ich auf diesem Flug kennenlerne, mich nicht leiden können?«

Die Klingonin drückte noch härter zu. Vor Kirks Augen legten sich rote Schleier.

»Ich bin Senior-Lieutenant Lu Kok Tak«, sagte sie. »Ich will Sie töten, aber mein Captain beansprucht dieses Recht für sich selbst. Sie haben ihm seinen Captain, sein Auge und seinen Bruder genommen.«

»Nichts davon ... war beabsichtigt«, keuchte Kirk. »Aber ... Sie können ihm sagen ... allmählich macht er mich wirklich wütend.«

Sie hob eine Hand, um ihn zu schlagen. »Nein, Lieutenant«, sagte Moriah Wayne scharf. »Sie dürfen ihn nicht verletzen.«

Lu Kok Tak warf ihr einen Blick zu, als hätte sie *ihr* am liebsten gleich auch eins über den Schädel gezogen. Doch sie trat zurück und ließ Kirk los. Er rutschte hinab und landete mit einer Wucht auf seinem Hintern, daß Funken sein Rückgrat hinaufzuschießen schienen und dann wie Wunderkerzen hinter seinen Augen abbrannten.

Er sah Wayne an. »Jetzt fügen Sie Ihrer langen Liste der herausragenden Leistungen noch Verrat hinzu?«

»Sie sind hier der Verräter, Jim«, erwiderte sie. »Sie haben Ihre Befehle einfach ignoriert. Sie haben sich geweigert, Ihre Pflicht zu tun. Jetzt müssen diese Leute versuchen, die Dinge wieder in Ordnung zu bringen.«

»Wenn es darum geht, etwas in Ordnung zu bringen, würde ich mich normalerweise nicht gerade an die Klingonen wenden«, sagte Kirk. »Aber wenn Ihre Definition dieses Begriffes den Mord an siebenhundertfünfzigtausend Menschen einschließt, sind Sie bei den Klingonen wohl genau an der richtigen Adresse.«

»Ich habe sie getötet«, sagte Wayne. »Mein Gewissen ist rein. Es mußte getan werden. Sie waren nicht mehr als Krebszellen.«

Kirk hatte den Eindruck, darauf irgend etwas erwidern zu müssen. Aber seine Knie gaben unter ihm nach, und er konnte nur mit knapper Mühe verhindern, daß er der Länge nach auf den Boden schlug.

»Wir haben später genug Zeit, ausführlich darüber zu sprechen«, sagte Wayne. »Aber jetzt müssen wir gehen.«

»Sollen wir eine Wache zurücklassen?« fragte die Klingonin. Offensichtlich gefiel es ihr nicht, wenn sie Wayne um Anweisungen bat.

»Nein, Lieutenant Lu. Zu auffällig. Außerdem ... sehen Sie ihn sich doch an.« Sie lachte. »Er ist hilflos.«

Der Lieutenant nickte knapp. Wayne ging hinaus, gefolgt von Lu Kok Tak und ihren beiden männlichen Begleitern. Keiner von ihnen machte sich die Mühe, Kirk im Auge zu behalten.

Die Tür wurde geschlossen. Einen Augenblick später

sah Kirk einen roten Schein und roch heißes Metall. Sie verschweißten die Tür.

Er hätte aufspringen, etwas Heldenhaftes unternehmen und sie überwältigen sollen. Statt dessen kauerte er sich elend zusammen und ließ sie gewähren.

Moriah Wayne wandte sich von dem Klingonen ab, der niederkniete, um die Tür mit seinem Phaser zu verschweißen. »Wenn Sie hier fertig sind, kehren Sie mit Ihren Leuten zu den anderen zurück, Lieutenant Lu. Falls es auf der Brücke Probleme geben sollte, rufe ich Sie.«

Lieutenant Lu Kok Tak starrte die bleiche Kehle an und sehnte sich danach, sie zu zerquetschen. Es war schon schlimm genug, die unbeholfene Aussprache ihres Namens durch die Erdenfrau zu ertragen. Aber *Lu* war eine äußerst vertrauliche Anredeform – so hatte ihre Großmutter sie gerufen, als sie ein Kind war, das sich bei der Jagd in den kalten Hügeln der klingonischen Heimatwelt noch nicht die erste blutende Wunde zugezogen hatte.

Der Lieutenant wußte nichts vom Vorleben der Kommissarin, was ihr allerdings nur recht war. Lu Kok Tak brauchte sie nur anzusehen – ihre Haltung, die Art, wie sie sich bewegte –, um zu wissen, daß Wayne eine größere, sowohl dichtere als auch schwerere, Muskelmasse als normale Erdenfrauen hatte. Sie hatte eindeutig auch eine rudimentäre Unterweisung in dem bekommen, was bei den *Tera'ngan* als Nahkampf durchging. Auch das kümmerte Lu Kok Tak nicht im geringsten. Sie hielt sich – unbewaffnet – jedem männlichen Krieger von der Erde ebenbürtig, wenn nicht sogar überlegen. Ihre blassen, wabbeligen Frauen waren für sie schlichtweg verachtenswert.

Aber der Lieutenant mußte sie vorerst noch leben lassen. Nicht um der arroganten Erdenfrau willen, sondern weil Kain es befohlen hatte.

»Es wird geschehen, wie Sie es wünschen«, sagte sie heiser und dachte an Gerichte, die am besten kalt serviert werden.

Als Moriah Wayne auf die Brücke trat, versuchte sie sich in demselben großspurigen Stolzieren, das Kirk immer an den Tag legte. Jetzt war es ihre Brücke, und das mußte sie diesen dickschädeligen Militärs so schnell wie möglich beibringen.

Sie ging zum Sessel des Kommandanten und nahm darin Platz. Die Brückenbesatzung warf ihr unbehagliche, unfreundliche Blicke zu.

»Mr. Sulu«, sagte sie, »richten Sie die Phaser auf die nächste discordianische Stadt.«

Er ignorierte sie. »Mr. Sulu«, sagte sie scharf, »haben Sie mich nicht gehört?«

»Ich habe Sie gehört«, erwiderte er und schaute stur nach vorn.

»Warum führen Sie meine Befehle dann nicht aus?«

»Mit allem gebührenden Respekt, Sie sind nicht berechtigt, mir Befehle zu erteilen. Ma'am.«

»Ich übernehme das Kommando, Mr. Sulu. Und jetzt tun Sie, was ich gesagt habe.«

»Nein.«

»Mr. Chekov«, sagte sie, »lösen Sie Sulu an seiner Station ab. Sicherheitswächter, bringen Sie Mr. Sulu in die Arrestzelle.«

»Njet«, sagte Chekov. »Lassen Sie Ihre schmutzige Arbeit von einem anderen erledigen, Sie Kosakin.«

Sie drehte sich auf dem Sessel um und sah die beiden Sicherheitswächter an, die neben der Tür standen. »Worauf warten Sie?« herrschte sie sie an. »Wir haben hier eine Meuterei.«

»Sicherheitswächter«, sagte Sulu scharf, »bitte entfernen Sie Kommissarin Wayne von der Brücke.«

Die beiden Männer in roten Hemden traten vor.

Wayne drückte auf den Knopf eines Geräts, das sie in der rechten Hand verborgen hatte.

Die Turbolifttüren öffneten sich. Klingonen stürzten auf die Brücke. Die Sicherheitswächter wirbelten herum. Einer griff nach seinem Phaser und wurde niedergeschossen, bevor er die Waffe ziehen konnte. Der andere warf sich auf den Mann, der seinen Partner betäubt hatte, rang mit ihm und versuchte, ihm die Waffe wegzunehmen.

Lieutenant Lu Kok Tak trat aus dem Lift, sah die beiden Kämpfenden und schoß mit ihrem Phaser auf sie. Beide brachen zusammen.

Sulu hatte die Ablenkung genutzt, um schnell eine Kodesequenz in sein Pult einzugeben. Dann sprang er auf und griff nach seinem Phaser. Der klingonische Lieutenant sah die Bewegung aus dem Augenwinkel. Sie wirbelte zu ihm herum und ließ sich auf ein Knie fallen. Sein Strahl zischte über ihren Kopf und traf die Tür des Turbolifts. Der ihre schlug voll in seine Brust ein. Er stürzte zu Boden.

»Hikaru!« rief Uhura und sprang auf. Ein halbes Dutzend Klingonen standen noch. Sie deckten die gesamte Brücke mit ihren Phasern ab. Uhura blieb, wo sie war.

Der klingonische Lieutenant griff nach hinten und betätigte die manuelle Kontrolle neben dem Turbolift. Damit setzte sie die Kabine außer Betrieb und verhinderte, daß weitere Sicherheitswächter zur Brücke vordringen konnten. Sie lächelte. Manches machten die Erdlinge richtig.

Ein Klingone lief zum Pult des Steuermanns und hämmerte mit seinen Fingern auf die Knöpfe. Dann drehte er sich um und sagte schnaubend etwas zu Lu Kok Tak.

Sie zog die Lippen von den Zähnen zurück. »Der *yIntag* hat das Pult blockiert!« rief sie. »Die Kontrollen reagieren nicht.«

Nach der absoluten Dunkelheit des Abstiegs schien der Schacht nun wie eine unregelmäßige rote Sonne zu leuchten. Arkazha streckte die Hand aus und schaltete die Innenbeleuchtung aus, so daß das Tauchboot nur noch von dem unbeständigen Tanz der Instrumentendisplays und dem düsteren Schein des Grabens erhellt wurde.

»Und jetzt, Spock«, sagte sie, »öffnen Sie Ihren Geist.«

»Warum sollte ich mich nach Ihren Wünschen richten, Doktor?«

»Weil es Sie nichts kostet. Weil ein sehr großes Unrecht geschehen wird, wenn Sie es nicht tun. Weil Ihr Schiff und Ihr Captain in Gefahr geraten werden, wenn Sie es nicht tun.«

Sie beugte sich vor. »Und weil Sie sich den Rest Ihres Lebens fragen werden, warum ich Sie hierher gebracht habe, wenn Sie es nicht tun.«

Er musterte sie in der Dunkelheit. Dann nickte er. Er legte die Hände auf die Schenkel, schloß die Augen und kapselte sich völlig ab von ihr, dem winzigen, mit Instrumenten vollgestopften Raum, dem schrecklichen, bedrohlichen Gefühl, daß Milliarden Tonnen Wasser auf sie drückten.

Nachdem er dann jede Ablenkung blockiert hatte, zwang er seinen Geist, sich dem zu öffnen, was vor ihm lag.

Und dann fing er zu schreien an.

21

Kirks Körper fühlte sich an wie ein nasser Sandsack. Es gelang ihm hauptsächlich, sich durch irgendeine Kraft der Levitation zu erheben, von der er gar nicht wußte, daß er sie beherrschte. Diese klingonischen Phaser mußten es wirklich in sich haben. Wieso hatte er das bislang nicht mitbekommen?

Doch nun schüttelte er die Wirkung langsam ab. Er hatte jetzt sogar einen Plan. Er mußte nur noch die nötigen Kräfte sammeln, um ihn in die Wirklichkeit umzusetzen.

Genauso gut hätte er sagen können: Falls ihm ein Hebel von ausreichender Länge und der richtige Drehpunkt zur Verfügung stünden, könnte er Discord aus der Umlaufbahn schieben.

Der einzige Teil seines Körpers, in dem zur Zeit überhaupt noch Leben zu sein schien, war seine Brustmuskulatur, dort, wo der Schuß der Klingonin ihn getroffen hatte. *Die* zuckte unablässig, als versuche ein wildes Tier, aus ihm auszubrechen und ungehindert durch die Gänge der *Enterprise* zu streifen.

Er schätzte seine Lage ein, was unter solchen Umständen stets ein Fehler und deprimierend war; doch irgendwie fühlte er sich dazu verpflichtet. Also hatte Kain von Anfang an irgendeine Hinterlist im Sinn gehabt; das war nicht gerade eine Überraschung. Die große Frage war nur, welche. Und darauf hatte er noch keine Antwort.

Und Moriah … Er kniff die Augen zu, und gelbe Funken tanzten hinter der Lidern. *Moriah, Moriah.* Er hatte in ihr viel gefunden, das man bewundern konnte… wenigstens zu Anfang. Sie hatte ihre Prinzipien, ihre Überzeugungen. Er respektierte ihre Unerbittlichkeit, weil sie sich von der seinen kaum unterschied.

Er hatte sie sogar geliebt, oder zumindest mit ihr geschlafen. Diese Episode kam ihm jetzt fern und unwirklich vor, als wäre es in einem Traum geschehen oder einer anderen Person widerfahren. *Und vielleicht liegt das daran, weil ich einfach nicht akzeptieren will, daß ich mit… einem Geschöpf geschlafen habe, das zu dem fähig war, was sie getan hat.*

Er sah abrupt zur Decke hoch. Dort zeichnete sich der Umriß der Vertäfelung eines Zugangstunnels ab. Sein Weg in die Freiheit. Falls er seine noch immer tauben Glieder irgendwie überreden konnte, ihn dorthin zu schaffen.

»Levitation«, krächzte er. »Das ist das Geheimnis.«

Ein Flackern in der Luft, eine goldene Lichtflut. Ein weiterer Klingone erschien neben dem Steuerpult auf der Brücke. Er war von mittlerer Größe, und schwarzes Haar hing glatt von seinem Schädelwulst herab. In der Brusttasche seiner Uniformjacke steckte eine Scheide aus Schlangenwurmhaut, die den Stoff vor Beschädigungen durch sein leichtes Stylus und andere kleine Geräte schützen sollte.

Dieser Umstand verriet, daß es sich bei ihm um einen Computertechniker handelte.

Kain schaute vom Hauptbildschirm aus zu, der zeigte, wie er auf dem fellbedeckten Stuhl in seinem unterirdischen Hauptquartier saß, und nickte zufrieden. »Sie können sich jetzt entspannen, Moriah«, sagte er. »Q'reygh wird herausfinden, wie wir den Feuerleitstand wieder in Betrieb nehmen können, bevor die anderen *Tera'ngan* herausgefunden haben, daß etwas nicht in Ordnung ist.«

Der Techniker nickte und lächelte Wayne zu. Er war dermaßen von ihr beeindruckt, daß er weiterhin lächelte und nickte, bis Lu Kok Tak ihm von hinten mit den Fingerspitzen einen harten Schlag auf die Stirnwulst versetzte. Er fauchte gereizt auf. Dann kniete er vor der Konsole nieder, schraubte die vordere Abdeckung auf und machte sich an die Arbeit.

Mit einem schweren Stöhnen zog Kirk sich durch das Loch in der Decke. Seine krampfhafte Anstrengung stieß die Wäschebündel um, auf die er sich gestellt hatte. Zum Glück entstand dabei kein großer Lärm.

Einen Moment lang lag er da und schnappte wie ein gestrandeter Fisch nach Luft, während seine Beine noch in den Lagerraum hinabbaumelten. *Ich muß unbedingt abnehmen,* dachte er. *Und diesmal warte ich nicht, bis Pille mich deshalb nervt.*

Zentimeter um Zentimeter wand er den Rest seines Körpers in die Jefferies-Röhre. Dann blieb er erst einmal liegen und gab sich eine Weile dem existentiellen Vergnügen hin, einfach zu atmen. Sein Kopf wurde allmählich wieder klar. Langsam fühlte er sich nicht mehr, als wäre sein gesamter Körper ein großer Musikantenknochen, der gegen eine Tischkante prallte.

Er rief sich die Rißzeichnungen in Erinnerung zurück, die er und Scotty während des Flugs von Starbase 23 hierher so viele Stunden lang studiert hatten. Ungefähr wußte er bereits, wie er zur Brücke gelangen konnte. Aber er mußte sich schnellstens Verstärkung verschaffen, und die Sicherheitswächter würden ihm im Augenblick keine große Hilfe sein. Diese kompetente Hexe *luHoHta'* hatte die Brücke bestimmt abgeriegelt. Und es gab nur eine bestimmte Anzahl von stämmigen Sicherheitswächtern, die er durch die Zugangstunnels und Luftschächte scheuchen konnte.

Nein, sagte er sich. *Ich brauche sie sowieso nicht. Das ist noch immer* mein *Schiff.*

»Hilflos«, krächzte er. »Ich werde dir zeigen, wer hilflos ist.«

Unter großen Schmerzen, aber entschlossen, kroch er weiter.

Spock hob den Kopf und riß die Augen auf. Arkazha verkrampfte sich; sie wußte nicht, was sie erwartete.

Er machte einen Satz auf die Kontrollen zu. Sie schlang dickhäutige Arme um ihn. Er wehrte sich.

Sie hielt ihn fest. Diese Tatsache war so überraschend, daß er sich etwas beruhigte und wenigstens den Anschein erweckte, sich wieder unter Gewalt zu bekommen.

»Muß ... gehen«, sagte er, als müsse er jedes Wort einzeln über die Lippen zwingen. »*Sie* ... haben mir gesagt ... daß Gefahr ... besteht. Muß ... es sehen.«

Sie zögerte einen Augenblick und ließ ihn dann los. Er sprang zum Bug des winzigen Schiffes, zog in dem engen Raum die Beine an und zwängte sich dann in eine Schale, die eigentlich für ein Wesen bestimmt war, das nur halb so groß wie er war. Er sah mit den Knien an den spitzen Ohren lächerlich aus, aber Arkazha verspürte keine Erheiterung. Sie ahnte nur allzu gut, was er durchmachte.

Er gab einen Kurs ein und aktivierte den Autopiloten. Dann schnellte er sich vom Pilotensitz, kauerte sich gegen die Wand und schlang die Arme fest um die Knie.

»Ich habe sie zuerst in meinen Träumen wahrgenommen, als ich in Tiefsee-Fünf schlief«, sagte sie und setzte sich neben ihn. »Ich dachte, ich würde verrückt. Dann fuhr ich ins Höllentor hinab, und die Stimmen füllten meinen Kopf aus. Ich bin jedoch nicht telepathisch begabt, und deshalb konnte ich nie mehr ausmachen als einen schrecklichen Druck im Schädel.«

Spock antwortete nicht. Er hatte die Augen fest geschlossen. Seine Lippen bewegten sich, aber kein

Geräusch kam über sie. Sie bückte sich, hielt ein Ohrloch vor seine Lippen und glaubte, ein ganz leises Flüstern zu hören: *»Ich ... bin Spock. Ich bin Vulkanier. Ich lebe. Ich bin Spock.«*

Sie berührte seine Stirn. Sie war so kalt wie das Bullauge, bei dem keine noch so gute Isolierung verhindern konnte, daß die lichtlose Tiefe dem Tauchboot Wärme entzog.

Ob er sie gehört hatte oder nicht, konnte sie nicht sagen. Vielleicht sprach sie eigentlich ja gar nicht zu ihm. Vielleicht sprach sie nur zu sich selbst.

»Eins habe ich gewußt – sie wollen uns nicht schaden. Sie verursachen den Schmerz durch die Fremdartigkeit ihrer Gedanken. Sie sind stark – Sie werden es aushalten.«

Sie nahm den Kopf in ihre Arme und drückte ihn gegen ihre gummiähnliche Brust. Auf diese Weise fuhren sie durch die Tiefen – er, während er immer wieder sein Mantra aufsagte, das ihm vielleicht sein Ich zurückgeben würde, sie, während sie mit brüchiger und zitternder Stimme ein uraltes russisches Schlaflied krächzte.

Wayne saß in Kirks Sessel, Lu Kok Tak auf der einen und ein riesiger klingonischer Rohling auf der anderen Seite neben ihr. Sie vermittelte den Eindruck von absoluter Autorität. Endlich würden die Dinge auf Okeanos in Ordnung gebracht werden, und es war einzig und allein ihr Werk – wenn auch mit tatkräftiger Hilfe durch den großartigen Captain Kain und seine Besatzung. Sie mußte sich eingestehen, daß diese Klingonen ein ziemlich rauher Haufen sein konnten. Aber sie sah auch ganz genau die natürliche hohe Gesinnung in ihnen.

Kain hingegen ertrug die Verzögerung mit wesentlich weniger Anmut. Er saß zusammengesunken und stirnrunzelnd da und trommelte mit den Fingern auf die Lehne seines Sessels, als der unsicher wirkende Techniker sich endlich aufrichtete und »*pItl!* Es ist vollbracht!« rief.

Kain nickte energisch. »Ausgezeichnet. Lieutenant?«

Lu Kok Tak sprang zur Konsole des Steuermanns. Es juckte sie schon ihr ganzes Leben lang, einmal die Hauptphaser eines Schiffes abfeuern zu können.

»Die Stadt Storm befindet sich direkt unter uns«, sagte Wayne. »Erfassen Sie mit den Phasern das größte Regierungsgebäude.«

»Kommissarin«, sagte Uhura verächtlich, »die Discordianer *haben* keine großen Regierungsgebäude.«

»Oh. Na ja, dann suchen Sie sich eben ein anderes großes und beeindruckendes Gebäude in der Stadtmitte aus.«

Lu Kok Tak war bereits dabei. Sie hatte ein vergrößertes Bild von Storm auf den Hauptbildschirm gelegt und ihren Captain auf einen kleineren Nebenbildschirm verbannt. Das Bild verschob sich hierhin und dorthin, während sie mit dem in die Konsole eingebauten Trackball nach geeigneten Zielen suchte. Ihre Zungenspitze ragte aus dem Mund heraus, doch sie konzentrierte sich so stark, daß sie es nicht bemerkte.

»Lieutenant Uhura«, sagte Wayne, »öffnen Sie einen Kanal nach Storm.« Sie lächelte. »Es ist wohl nur fair, wenn wir sie vor dem warnen, was ihnen bevorsteht.«

»Sie werden nicht antworten«, sagte Uhura.

»Versuchen Sie es trotzdem.« Sie zeigte mit dem Daumen auf den Klingonen, der neben ihrem – *ihrem!* – Kommandosessel stand. »Oder *er* wird Sie am Hals packen und ordentlich durchschütteln.«

Der große Klingone knurrte. Uhura drehte sich zu ihrer Station um.

»Hier ist etwas«, sagte Lu Kok Tak. Sie hatte ein kreisrundes Gebäude gefunden, bei dem es sich dem Aussehen nach entweder um einen Trinkwasser-Sammelbehälter oder ein Sportstadion handeln konnte. Auf jeden Fall stellte es ein beeindruckendes Ziel dar.

»Kommissarin, ich bekomme keine Antwort«, sagte Uhura.

»Dann senden Sie auf allen Frequenzen eine Warnung! Die Leute sollen da verschwinden!«

Die Brückenbesatzung – einschließlich Sulu, der langsam wieder zu sich kam – starrte sie an und fragte sich, warum sie so plötzlich mit Mitgefühl für die genetisch veränderten menschlichen Siedler erfüllt war.

»Vielleicht ist sie wieder zu Verstand gekommen«, murmelte Sulu. Die Bemerkung brachte ihm von einem der beiden Klingonen, die neben ihm standen, einen Hieb in die Rippen mit einem Schlagstock ein.

Lu Kok Tak war es gelungen, ihr Ziel zu erfassen. Mit einem triumphierenden Schrei hämmerte sie die Handfläche auf den Feuerknopf.

Auf dem Bildschirm durchbohrten plötzlich Lichtstrahlen das große, runde Bauwerk. Metall glühte kirschrot auf. Metallschwaden stiegen empor wie Wasserdampf.

»Was tun Sie da?« rief Wayne. »Ich habe den Schießbefehl noch nicht erteilt!«

Der klingonische Lieutenant warf ihr einen tödlichen Blick zu und schaute dann zu ihrem Kommandanten auf dem Bildschirm hinüber. Sie schien stumm zu fragen: Kann ich sie jetzt töten? Kain schüttelte fast unmerklich den Kopf. Sie zuckte mit den Achseln und nahm den Finger vom Feuerknopf.

»Verzeihen Sie ihr, Moriah«, sagte Kain. »Sie ist jung – ihr natürlicher Überschwang hat sie mitgerissen.«

Wayne runzelte die Stirn und rutschte im Sessel hin und her; sie hatte von den Klingonen eine bessere Disziplin erwartet. Aber sie mußte sich wohl damit abfinden, daß keine Spezies perfekt war.

Eine dritte Salve der Phaserbänke. Das Gebäude explodierte zu einem sich schnell ausdehnenden Gasball. Dann war nur noch eine kreisrunde Wunde übrig, blaues Wasser, umgeben von weißglühendem Metall.

Wayne bemerkte plötzlich, daß sie sich eifrig im Sessel des Captains vorgebeugt hatte. Sie lehnte sich wieder zurück. »Wir werden ein paar Minuten warten«, sagte sie, »und ihnen Zeit geben, die Sache zu verdauen. Dann zerstören wir ein weiteres Gebäude.«

»Ich suche eins aus«, sagte Lu Kok Tak.

»Achten Sie darauf, daß Ihre Ungeduld Sie nicht wieder überkommt«, sagte Wayne.

Die Klingonin ignorierte sie.

Ein paar Minuten verstrichen. Hinter Kain waren Klingonen zu sehen, die sich zielstrebig bewegten. Wayne wußte nicht, was sie taten – und es war ihr auch gleichgültig. Sie hatte hier das Sagen; das war ihr großer Augenblick. Sie würde diesen arroganten Mutantenbastarden *zeigen*, was Macht war!

»Kommissarin«, sagte Chekov, »die Stadt bricht auseinander.«

Sie starrte ihn an. Ihr lag der Befehl auf der Zunge, ihn bewußtlos zu prügeln. Dann dachte sie darüber nach, was er tatsächlich gesagt hatte.

»Wovon in aller Welt sprechen Sie, junger Mann?«

Er deutete auf einen Hilfsbildschirm, der die gesamte Stadt zeigte. Unter ihren Blicken schienen die Ränder der Stadt zu schmelzen.

»Was geht da vor?« fragte sie.

Lu Kok Tak murmelte etwas, das Wayne für einen Fluch hielt. »Ich weiß es nicht. Aber sehen Sie doch!« Auf dem großen Bildschirm lösten sich die Gebäude eines ganzen Blocks voneinander. Eine Brücke fiel klatschend ins Wasser. Ein langes ovales Gebäude versank und zog in der Mitte durchgebrochene Laufstege wie Seetang hinter sich her.

»Das ist unglaublich«, flüsterte sie. »Was *tun* sie da?«

»Wenn Sie den Discordianern auch nur die geringste

Beachtung geschenkt hätten«, sagte Uhura, »wüßten Sie es. Jedes Haus, jedes Geschäft, fast jedes Gebäude auf Discord ist ein *Schiff*. Sie können die Leute auf diese Weise nicht bedrohen, Kommissarin. Sie brechen einfach ihre Zelte ab und verschwinden.«

»Dann schießen Sie auf sie, Lieutenant! Lassen Sie sie nicht entkommen!«

Lu Kok Tak erfaßte mit den Phasern ein großes ovales Gebäude. Es verschwand prompt unter der Wasseroberfläche und ließ lediglich schäumende Blasen zurück.

»Ich versuche es«, sagte der Lieutenant und knirschte mit den Zähnen.

Gurg war ein Klingone, der eine militärische Fachlaufbahn eingeschlagen hatte, für die man in erster Linie groß und häßlich sein mußte, und mit diesen Eigenschaften hatte die Natur ihn großzügig ausgestattet. Er stand direkt neben dem Sessel des Captains, den Phaser in der Hand, und schüchterte diese aufrecht gehenden denebianischen Schleimteufel mit finsteren Blicken ein, die so wenig entgegenkommend waren wie ein Schlachtschiff. Er war ein Mann, der seine Arbeit liebte und mit einer geradezu künstlerischen Begabung ausführte.

Seine Augen waren starr geradeaus gerichtet. Da die wissenschaftliche Station nicht bemannt war, befand die gesamte Brückenbesatzung sich in seinem Blickfeld – ein Konstruktionsmerkmal der Erdlinge, das ein guter *thlIngan* durchaus zu schätzen wissen konnte, zumindest einer, der etwas gründlicher über solche Dinge nachdachte, als Gurg es tat. Gurg war eher der direkte, empirische Typ.

Natürlich achtete auch sonst niemand darauf, was hinter ihnen vorging. Demzufolge war Gurg der einzige, der *nicht* überrascht war, als aus dem Zugangspaneel der Jefferies-Röhre neben dem desaktivierten

Turbolift ein Phaserstrahl aufblitzte. Gurg war da schon zu sehr damit beschäftigt, bewußtlos zu sein.

Kirk hatte sich entschlossen, ihn zuerst auszuschalten, weil er der einzige Feind auf der Brücke war, der bereits eine Waffe in der Hand hielt. Sein nächstes Ziel war Lieutenant Lu Kok Tak, die bereits herumwirbelte und ihre Waffe ziehen wollte. Sie war schnell wie ein Leopard. Und sie war auch klug. Noch während sie sich drehte, trat sie einen Schritt nach rechts und ging in die Knie, womit sie ihrem Feind kein so großes Ziel mehr bot.

James Kirk war auch nicht gerade der langsamste, was die Reflexe betraf. Aber er war noch etwas benommen von dem Phaserschuß, den er abbekommen hatte. In seiner Hast, den ersten Treffer zu landen, überkompensierte er etwas. Sein Schuß traf den Bizeps ihres Waffenarms. Der Phaser fiel aus ihren Fingern.

Dann war sie nur noch eine verschwommene Bewegung, flog auf ihn zu. Bevor er einen weiteren Schuß abgeben konnte, schoß ihr Stiefel sichelförmig herum und trat ihm den Phaser aus der Hand.

Derweil war die Brückenbesatzung der *Enterprise* auch nicht gerade untätig. Vielleicht hatten die Leute insgeheim – und wider jede Vernunft – damit gerechnet. Ihr Captain hatte nun einmal die Angewohnheit, sich für sie einzusetzen, normalerweise genau dann, wenn die Aussichten am schlechtesten standen.

Lieutenant Uhura erhob sich abrupt. Der Klingone, der ihre Kommunikationsstation bewachte, gaffte sie ob dieser Impertinenz an. Sie riß das Knie hoch und trat ihm zwischen die Beine. Als er sich krümmte, ergriff sie ihn an den Haaren und zerrte seinen Kopf zu ihrem anderen Knie hinab, das sie nun hochriß. Dann ließ sie ihn los. Er taumelte zurück und versuchte, sich an zwei Körperstellen gleichzeitig zu fassen. Dann prallte er gegen den Techniker, der völlig verwirrt dastand.

Doch nun kam der scharfe Klingoneninstinkt zum Zuge. Sich noch immer mit einer Hand zwischen die Beine greifend, drehte der Wachposten sich halbwegs um und schlug mit der anderen Hand wild auf die Gestalt an, die er für seinen neuen Widersacher hielt. Der Techniker jaulte auf und fiel auf den Hintern.

Sulu drehte sich und riß dem unaufmerksamen Klingonen links neben ihm den Schlagstock aus der Hand. Dann warf er sich in die andere Richtung und trieb die schwere Messingspitze in den Solarplexus des Klingonen rechts von ihm. Er drehte sich blitzschnell wieder um und blockte einen von oben geführten Schlag ab, indem er dem Klingonen einen Hieb auf die Innenseite des sich senkenden Unterarms versetzte. Schließlich rammte er dem Klingonen den Schlagstock von unten gegen den Kopf, und der Krieger brach zusammen.

Senior-Lieutenant Lu Kok Tak war zu Kirk in die enge Jefferies-Röhre vorgedrungen. Sie trat mit den Knien nach ihm und versuchte, ihn zwischen den Beinen zu treffen. Er hatte die Hüften zur Seite gelegt und fing die Stöße mit der Schenkelmuskulatur ab. Es fühlte sich an, als hämmerte einer der riesigen Ureinwohner von Taurus II mit einer Steinkeule auf ihn ein.

Es gelang ihm, einen Fuß zu heben und ihr einen verzweifelten Tritt ins Zwerchfell zu versetzen. Sie taumelte drei Schritte zurück und fing sich dann wieder. Bevor sie erneut vorkriechen konnte, war Kirk mit gehobenen Fäusten über ihr, die linke Körperseite vorgestreckt.

Sie wollte ihn wieder in den Unterleib treten. Er schob die Hüfte dazwischen. Vor Wut schreiend, schlug sie auf sein Gesicht ein. Sie konnte nur die linke Hand einsetzen; die rechte baumelte noch herab wie eine Socke, die man gerade aus der Waschmaschine gezogen hatte. Er wehrte die Schläge mit hochgerissenen Unterarmen ab.

Sie krallte die Finger zu Klauen zusammen und

schlug nach seinen Augen. Er riß den linken Arm hoch und schlug zu. Der Hieb traf sie mitten auf die schöne, schmale Nase und brach sie.

Lu Kok Tak streckte sich und riß die Augen weit auf. Blut floß über ihre Oberlippe. Der schleimige Erdenwurm hatte sie tatsächlich *verletzt*!

In genau diesem Augenblick hämmerte der schleimige Erdenwurm ihr eine rechte Gerade gegen das Kinn. Knochen brachen. Sie sackte abrupt zusammen.

Kirk schaute sich um und mußte sich davon abhalten, die rechte Hand zu schütteln. Sie fühlte sich an, als sei zwischen seinen Mittelhandknochen soeben eine Bombe explodiert. Er bekam gerade noch mit, wie Sulu den Klingonen niederschlug, dem er den eigenen Stock in den Leib gerammt hatte, und plötzlich befand sich kein einsatzfähiger Feind mehr auf der Brücke.

»Touché!« rief Sulu.

»Bringen Sie da nicht Ihre Kampfsportarten durcheinander, Mr. Sulu?« fragte Kirk. »Ein echter *Escrimadore* schreit bestimmt nicht ›touché‹, wenn er jemanden niedergestreckt hat.«

Sulu entblößte in einem wilden Grinsen seine Zähne. »Ich weiß nicht, was ein *Escrimadore* sagt, Captain. Das ist auf den Videos nicht enthalten …«

»Captain«, rief Uhura, »der Turbolift …«

Kirk wirbelte herum und bekam gerade noch mit, wie die Turbolifttür sich schloß. Die manuelle Sperre, die die Kabine festhielt, war aufgehoben worden.

Er lief schnell zu seinem Sessel und schlug mit der unverletzten Hand auf den Interkom-Knopf. »Hier spricht der Captain. Alarmstufe Rot. Ich wiederhole – Alarmstufe Rot. Alle Besatzungsmitglieder auf ihre Posten. Das ist keine Übung. Ich brauche sämtliche zur Verfügung stehenden Sicherheitswächter sofort auf der Brücke. Wir brauchen mehrere schwere Handschellen.«

Er hielt inne und sah sich auf der Brücke um. »Alle Mannschaftsmitglieder halten nach Kommissarin

Moriah Wayne Ausschau. Sie könnte bewaffnet sein und muß als gefährlich gelten.«

Er sah sich erneut um. Wut schwelte in seinem Bauch, das Gefühl, verraten worden zu sein.

»Und was Sie betrifft, Captain Kain …« Kirk drehte sich zu dem Nebenbildschirm um.

Nur um zu sehen, wie der Klingone im Aufleuchten eines Transporterstrahls verschwand.

22

Kirk betrachtete seine Brückenbesatzung. Sie alle standen über den bezwungenen Klingonen und schienen irgendwo zwischen Benommenheit und Triumph zu verharren.

»Haben wir nichts zu tun?« fragte Kirk. »Wir befinden uns im Krieg, Leute. Alle Mann an die Stationen. Marsch, Marsch.«

Alle liefen gleichzeitig zu ihren Konsolen. Kirk ignorierte die kurze Konfusion und nahm in seinem Sessel Platz, als sei nichts geschehen. Er achtete jedoch darauf, mit der rechten Hand nirgendwo anzustoßen.

»Mr. Sulu«, sagte er, »Schilde hoch. Erfassen Sie sofort den Kampfkreuzer. Wenn er Anstalten macht, seinen Waffen Energie zuzuführen, haben Sie die Erlaubnis, ihn ohne Vorwarnung aus der Umlaufbahn zu schießen.«

»Jawohl, *Sir!*«

»Lieutenant Uhura, suchen Sie den Kanal, auf dem Miss dinAthos Kontakt mit mir aufgenommen hat. Ich will sofort mit ihr sprechen.«

»Aye, Sir.«

Die Turboliftür öffnete sich, und Sicherheitswächter kamen auf die Brücke. Sie waren bis an die Zähne bewaffnet und strotzten vor Kampfeslust. »Männer«, sagte Kirk, ohne sich umzudrehen, »der Kampf ist vorbei – zumindest hier. Aber ihr könnt zumindest noch aufräumen.«

Die Sicherheitswächter fesselten die bewußtlosen

Klingonen und trugen sie hinaus. Ein stämmiger Mann mit lockigem blonden Haar und eine blonde Frau, die überraschend klein für eine Sicherheitswächterin war, halfen Lu Kok Tak, deren Gesicht blutverschmiert war, auf die Füße. Ihre Hände waren auf dem Rücken gefesselt. Sie schwankte und funkelte Kirk wütend an.

»Sie haben mich nur durch Glück besiegt!« fauchte sie. »Durch reines Glück!«

Er wollte schon die flapsige Antwort geben, daß es ihm in Wirklichkeit nur gelungen war, weil er an der Starfleet-Akademie all die Jahre lang gegen Finnegan angetreten war. Dann riß er sich zusammen.

»Es war kein Glück«, sagte er ruhig. »Machen Sie sich doch nichts vor. Das ist *mein* Schiff, Lieutenant. Sie hatten nicht die geringste Chance.«

Er winkte mit der rechten Hand. Sofort stellte sich ein Gefühl darin ein, als würde jemand mit einer glühenden Säge an den Knochen scharren. »Normalerweise würde ich mich dafür entschuldigen, eine Dame geschlagen zu haben. Aber irgendwie habe ich den Eindruck, daß Sie diese Geste nicht zu schätzen wissen.«

Sie spuckte ihm gutturale klingonische Flüche an den Kopf und versuchte, sich loszureißen. »Reichert, van Pelt«, sagte Kirk, »kümmern Sie sich um sie. Sie wird Sie auf Trab halten.«

Die winzige van Pelt ergriff den Arm der Klingonin direkt über dem Ellbogen und drückte zu. Lu Kok Tak erstarrte.

»Wir wissen *genau*, wie wir mit ihr umgehen müssen, Captain«, sagte van Pelt zuckersüß. Die beiden zerrten die Gefangene hinaus.

»Laut Sensoren befindet sich nur eine Stammbesatzung an Bord des Kampfkreuzers, Sir«, sagte Sulu.

»Wo sind die verdammten Teufel nur?« fragte Chekov.

»Das weiß ich nicht, Mr. Chekov«, erwiderte Kirk. »Aber ich habe das Gefühl, daß wir es bald herausfinden werden.«

»Ich habe Ai… Miss dinAthos, Captain«, meldete Uhura.

Kirk atmete tief durch. »Auf den Schirm.«

Aileeas Gesicht füllte den Bildschirm aus. »Ich habe von Ihrem Angriff auf Storm gehört, Captain.« Sie schüttelte den Kopf. Tränen flossen wie Regentropfen ihre Wangen hinab. »Ich weiß nicht, wie ich mich in Ihnen so habe täuschen können!«

»Miss dinAthos, Ihr Kraftwerk wurde von der stellvertretenden Kommissarin Wayne sabotiert, die, allein und in ungeheuerlicher Verletzung der Föderationsgesetze handelnd, eine klingonische Bombe neben den Fusionsreaktor von Harmony gebeamt hat. Dann hat sie anscheinend ein klingonisches Enterkommando auf die *Enterprise* gebeamt. Diese Gruppe hat vorübergehend die Kontrolle über die Brücke an sich gerissen und das Feuer auf die Stadt Storm eröffnet. Die Klingonen wurden mittlerweile festgenommen, die *Enterprise* ist wieder unter unserer Kontrolle, und … verdammt. Einen Augenblick.«

Er drückte auf den Interkom-Knopf. »Maschinenraum.«

»Hier Scott, Sir. Was ist da oben los?«

»Ein Pandämonium, Mr. Scott. Schicken Sie bitte vier Bewaffnete in den Transporterraum und lassen ihn sichern.«

»Ich werde selbst gehen …«

»Sie werden nichts dergleichen tun, Mr. Scott. Ich brauche Sie genau da, wo Sie sind. Vielleicht benötigen wir in Kürze volle Warpgeschwindigkeit.«

»Ich habe die Triebwerke schon warmlaufen lassen«, sagte Scott fröhlich. »Sie schnurren wie zufriedene Kätzchen.«

»Ausgezeichnet. Kirk Ende. Miss dinAthos, bitte verzeihen Sie, daß ich Sie habe warten lassen, aber es war unumgänglich.«

Sie schaute ihn aus feuchten Augen an. Dann kniff sie eben diese Augen zu Jadeschlitzen zusammen. »Wenn das irgendein Trick ist…«

Kirk nickte und bedachte sie mit einem breiten, zufriedenen Lächeln. »Sie sind mir auf die Schliche gekommen, Oberst dinAthos. All diese Klingonen, die gerade hier hinausgeschleppt werden, haben sich freundlicherweise bereit erklärt, sich blutig prügeln und betäuben zu lassen, um mir dabei zu helfen, Ihnen weiszumachen, wir wären unschuldig. Aber als kluge Frau, die Sie nun mal sind, haben Sie mich sofort durchschaut.«

»Ich wünschte, ich könnte Ihnen glauben… Jim«, sagte sie. »Aber… nun ja, wir haben mit Ihren Leuten gesprochen. Wir haben gehört, was Sie den Bewohnern von Gamma Trianguli Sechs angetan haben, wie Sie deren Beschützer Vaal vernichtet haben, damit sie gezwungen waren, um ihr Überleben zu kämpfen, damit sie Leid, Krankheit und Tod kennenlernen… alles nur zu ihrem Besten. Was können *wir* dann von Ihnen erwarten?«

»Ich bin es langsam leid, daß man mir ständig diesen gottverdammten Tyrannosaurierkopf mit dem Horn auf der Stirn vorwirft. Ich bin in der Hitze des Gefechts etwas großspurig geworden, habe eine dumme Rede gehalten. Verdammt noch mal, das Ding hat versucht, mein *Schiff* zu fressen!

Und ich bin es auch leid, mir bei Ihnen den Mund fusselig zu reden. Ich stelle ein Ultimatum, und ich möchte, daß es überall verbreitet wird. Ich will meine Leute zurückhaben, und zwar sofort. Sonst werde ich jede verdammte Waffe, die Mr. Sulus Sensoren aufspüren können, in die Luft jagen. *Angefangen* mit diesen Koman-Raketen, die Sie gerade in der alten Heimat installiert haben. Habe ich mich klar ausgedrückt?«

»Captain«, sagte Uhura abrupt, »jemand ruft Sie ...«

»Bitte unterbrechen Sie mich nicht, Lieutenant. Ich bin gerade dabei, gute alte herrische Kanonenboot-Diplomatie zu betreiben.«

»Aber, Sir ... es ist Mr. Spock!«

»Stellen Sie ihn durch.«

Spocks Gesicht ersetzte das Aileeas auf dem Bildschirm. Es wirkte abgespannt. Vielleicht lag es auch nur am Licht. Ein Gewirr von Instrumenten und Bildschirmen umgab ihn.

»Captain«, sagte er, »ich habe soeben mit den wahren Ureinwohnern dieses Planeten gesprochen.«

»Mit den Susuru?« fragte Kirk.

»Nein, Captain. Mir ist bereits vor einiger Zeit aufgefallen, daß die Susuru ungewöhnlich schlecht an das Leben auf dieser ihrer angeblichen Heimatwelt angepaßt sind. Sie scheinen sich als Savannenläufer entwickelt zu haben. Man fragt sich unwillkürlich, wie das auf einem Planeten geschehen konnte, dessen Oberfläche zum überwiegenden Teil von Wasser bedeckt ist, zumal das wenige Festland, das es überhaupt gibt, gebirgig ist?«

Kirk bedeutete ihm mit der Hand, er solle fortfahren, und bedauerte es prompt. »Und die Antwort ist?«

»Die Susuru stammen nicht von diesem Planeten. Sie sind kurz nach der Ankunft der menschlichen Siedler hier eingetroffen.«

»Und wer genau hat Ihnen das gesagt?«

Das Bild veränderte sich in ... was? »Ich sehe etwas, das wie ein rotes Loch aussieht, das man in ein schwarzes Stück Papier geschnitten hat, Mr. Spock. Wären Sie so freundlich und würden mir erklären, was auf Erden das ist?«

»Nichts auf Erden, Captain, sondern auf dem Grund des Höllentor-Grabens. Es ist ein Vulkanschlot. Die intelligenten Einheimischen von Discord sind Kolonien von Mikroorganismen, die unter venusähnlichen Bedingungen leben, die in diesen Tiefseeschächten herrschen.«

»Und Sie haben mit ihnen … gesprochen.«

»Ich habe mit den Schachtformen telepathisch kommuniziert, in einer Art Mentalverschmelzung. Die Erfahrung war recht … entsetzlich.«

»Das kann ich mir vorstellen. Solche Intelligenzwesen müssen noch fremdartiger als die Horta sein …«

»So gern ich es auch möchte, mir bleibt keine Zeit, näher darauf einzugehen, da diese Wesen mich auf etwas hingewiesen haben.«

»Und worauf?«

»Auf das.«

Es lag wie eingekeilt auf dem Boden des Grabens, eine schattenhafte, in etwa dreieckige Masse, die ohne ersichtlichen Grund bedrohlich wirkte. Er beugte sich vor und kniff die Augen zusammen, als würde ihm das helfen.

»Ich kann es nicht richtig erkennen …«

»Captain!« rief Chekov. »Es ist ein klingonischer Kampfkreuzer!«

»Nein, ist es nicht«, sagte Sulu. »Es ist größer. *Viel* größer.«

Damit hatte er recht, dachte Kirk. Statt der Form des klassischen klingonischen *may'Duj*, die wie eine abgeflachte Schildkröte mit Flügeln aussah, war dieses Schiff eine riesige, sperrige Pfeilspitze. Nase und Flügelspitzen waren zu stumpfen Winkeln gestutzt. Das Ding erweckte den Eindruck von fürchterlicher Macht.

»Es ist *riesig*«, flüsterte Uhura.

Sulu starrte entsetzt seine Instrumentenkonsole an. »Captain, ich kann das Schiff nicht orten! Es muß eine Masse von einer Viertelmillion Tonnen haben, und hier zuckt nicht mal eine Nadel!«

»Bedenken Sie, Mr. Sulu, es liegt unter einer gewaltigen Wassermasse … Wasser mit einem außergewöhnlich hohen Metallanteil. Es ist von zehntausend Meter dicken Metallwänden umgeben, ganz zu schweigen von dem starken fließenden Magnetfeld. Es ist nicht unsichtbar, sondern wurde lediglich äußerst geschickt versteckt.«

Der Interkom summte. »Captain, hier ist Satterfield aus der technischen Abteilung. Wir haben den Transporterraum gesichert. Zellich und Tenney lagen betäubt und gefesselt hinter der Kontrollstation. Die Kommissarin haben wir nicht gefunden.«

»Gut gemacht, Mr. Satterfield. Benachrichtigen Sie die Krankenstation; sie soll Tenney und Zellich abholen. Sie bleiben bei Ihrer Gruppe im Transporterraum. Seien Sie auf der Hut, falls jemand an Bord beamen will.«

»Aye-aye, Sir.«

McCoy kam auf die Brücke.

»Da kommt aber auch alles zusammen«, sagte Kirk.

»Das kannst du laut sagen. Jim, was ist hier los? Ich war in meinem Büro, habe mich um meinen eigenen Kram gekümmert, den *Farmer-Almanach* gelesen, plötzlich jaulen Sirenen und flackern Lichter auf, und die Leute rennen hier und her, und meine Krankenstation füllt sich mit stöhnenden Klingonen.«

Er hielt inne und betrachtete Kirks Hand. »Was in drei Teufels Namen ist damit passiert? Du hast doch nicht wieder mit bloßen Fäusten auf jemanden eingeschlagen?«

»Du weißt doch, Pille, ich bin ein Trottel, der auf jedes hübsche Gesicht reinfällt.«

McCoy wollte eine temperamentvolle Antwort geben. Dann fiel sein Blick auf den Bildschirm, und er öffnete nur den Mund. »Um Himmels willen, was ist denn *das*?« fragte er schließlich.

»Das hat aber auch gar nichts mit dem *Himmel* zu tun, Pille. Es ist das neueste Modell eines klingonischen Kampfkreuzers. Obwohl man es eigentlich besser als

Großkampfschiff bezeichnen sollte, wenn ich genauer darüber nachdenke.«

Blasen stiegen säulenförmig um den dunklen Schiffskörper auf. Schlickschleier wirbelten um die Hülle.

Sulu bekam Stielaugen. »Wie auch immer Sie es nennen wollen, Captain, es steigt auf!«

23

Das Wasser am Grund des Höllentor-Grabens übertrug den Schall hervorragend. Spock und Arkazha konnten deutlich das Poltern und Scheppern hören, als das große Kriegsschiff langsam aufstieg.

Spock hob den Kopf. »Wir befinden uns in der Nähe des Schiffs«, sagte er. »Es gibt eindeutig nur eine Vorgehensweise.«

»Sie haben absolut recht, mein Freund«, sagte Mona Arkazha. Er drehte den Kopf zu ihr um und sah, daß sie seinen Phaser auf ihn richtete.

»Warum, Mona?« fragte er. Sie schoß auf ihn. Er brach zusammen.

Sie ignorierte den Aufschrei aus dem Kommunikator, steckte den Phaser vorsichtig in sein Halfter und verfuhr mit seinem persönlichen Kommunikator und dem Tricorder genauso.

»Ich weiß, daß Sie nicht bewußtlos sind«, sagte sie und hob ihn unter den Armen hoch, als sei er nicht schwerer als ein Kind, »sondern nur bewegungsunfähig. Sie sind viel widerstandsfähiger als ein normaler Mensch.«

Sie setzte ihn wie eine Puppe gegen die Wand. Er betrachtete sie mit Blicken, die von seiner Hilflosigkeit zeugten.

»Sie müssen verstehen, daß ich mich nicht opfere«, sagte sie. »Was ich tue, tue ich für mich selbst. Sie und Ihre Freunde dürfen die Früchte gern ernten – falls es welche gibt.«

Sie wandte das Gesicht dem Bildschirm zu. »Captain Kirk, eine Person an Bord beamen. Ich nehme an, Sie können den Kommunikator Ihres Freundes erfassen?«

»Mr. Sulu versucht es«, sagte Kirk. »Der Sturm über Ihnen hat sich aufgelöst, aber die gleichen Faktoren, die den Klingonen vor uns verbargen, erschweren es, Spock zu erfassen.«

»Wir haben ihn!« rief Sulu.

Kirk nickte. »Sind Sie sicher, daß wir Sie nicht ebenfalls hochbeamen sollen, Doktor? Der große Brocken da unten läßt es langsam angehen, damit er sich nicht verrät und unsere Instrumente nicht verrückt spielen, aber in einer halben Minute oder so wird es da unten verdammt unangenehm werden.«

Sie lächelte. »Ich komme schon klar, Captain.«

Sie drehte sich um, bückte sich und küßte Spock auf die Stirn. Dann stieg sie in den Pilotensessel und übernahm die Kontrollen.

»Wenn Sie bereit sind, Captain …«

Ihre Instrumente spielten verrückt. Das Licht wurde schwächer, und sie hörte das seltsame Lied des Transporters hinter sich.

»Leben Sie wohl, mein Freund«, flüsterte sie und gab Schub auf die Turbinen. Ein gewaltiges Tosen erhob sich um sie herum, als das riesige Kriegsschiff die Impulstriebwerke zündete. Das langsame, unwiderstehliche Branden des verdrängten Wassers schob das kleine Boot zurück, so daß es den tödlichen Wänden der Meeresschlucht gefährlich nahe kam.

Sie bediente gekonnt die Düsen und Turbinenschaufeln, um den scharfen Metallstreben auszuweichen, die nach ihr zu greifen schienen. Das Tosen wurde immer lauter, während sie das Tauchboot ausrichtete. Die Schlucht füllte sich mit einem schrecklichen blauweißen Glanz.

Sie gab vollen Schub und raste auf den Leviathan zu.

Dr. McCoy stand neben der Transporterfläche, um Spock aufzufangen, als er erschien und haltlos vorwärts fiel. Schwester Chapel stand mit einer Antigravtrage bereit. Sie half McCoy, den gelähmten Vulkanier darauf zu legen.

Qeyn HoD wa'DIch nahm im Sessel des Captains Platz. Das Prickeln der unmittelbar bevorstehenden Schlacht sang in seinen Adern, ein Rausch, den alle wahren Klingonen viel beeindruckender fanden als den, den irgendeine Droge hervorzurufen vermochte. Moriah Wayne stand neben ihm. Er schenkte ihr keine Beachtung.

»Verbindet mich mit Kirk!« rief er. »Ich will sein Gesicht sehen, wenn er stirbt!« Und er warf den Kopf zurück und lachte.

Er spürte, wie ein Zittern das Schiff durchlief, und runzelte die Stirn. Wenn sie eine Felswand berührt hatten, würde sein Steuermann mit seinem *Kligat* in Berührung kommen. Er hatte nicht so lange gewartet und gearbeitet und sich geduldet, damit seine wilde Fahrt endete, bevor sie richtig angefangen hatte.

»Was war das?« schnaubte er.

»Captain«, meldete sein Ortungsoffizier, »ein kleines Tauchboot scheint uns in der Nähe der äußeren Steuerbordmündung des Impulstriebwerks gerammt zu haben. Es sind keine Schäden entstanden.«

»Also hat einer Ihrer discordianischen Freunde versucht, eine letzte heldenhafte Geste zu unternehmen.« Er griff nach oben. Moriahs bleiche Hand glitt in seine, die in einem schwarzen Handschuh steckte. »Es war vergeblich, wie es letztlich all solche Gesten sind.«

Wayne schmiegte sich glücklich an seinen starken Bizeps. »Nicht alle«, sagte sie.

Er lachte erneut.

»Captain Kirk«, sagte das stattliche schnauzbärtige Gesicht auf dem Bildschirm. »Wir begegnen uns erneut. Bereiten Sie sich auf den Tod vor.«

»Kühne Worte, Kain. Können Sie sie auch in die Tat umsetzen? Oder sind sie so hohl wie Ihre angeblich friedlichen Absichten?«

»Ich hatte immer friedliche Absichten, Captain. Ich sehe, daß Sie skeptisch dreinschauen. Nun, hören Sie mich an: Ich werde erst Frieden kennen, wenn Sie tot sind. Ich werde Sie jetzt töten. Damit werde ich dann wirklich ein Friedensstifter sein.«

Er machte eine ausholende Bewegung mit dem Arm. »Sehen Sie mein Schiff«, sagte er. »Eine Bauzeit von fünf Jahren, in einer Werft, die so geheim ist, daß die Föderation keine Ahnung von ihrer Existenz hatte – bis vor acht unserer Monate. Dann erwischten wir eine Ihrer Robotsonden, die dort herumschnüffelte. Wir mußten davon ausgehen, daß die Anlage entdeckt worden war.«

Er lächelte. »Daß wir diese Welt gefunden haben, war ein Geschenk des Schicksals, Kirk. Wir konnten das Schiff hierher bringen und auf dem Grund des Meeres verbergen, wo Sie es trotz all Ihrer Sensoren und Spionagegeräte niemals gefunden hätten, während wir ihm den letzten Schliff gaben.«

»Da Sie unbedingt reden wollen, Kain … was ist das für ein Ungetüm?«

Kain lachte. »Der Prototyp eines neuen Kampfschiffes, Captain. Ich habe bei der Konstruktion selbst mitgewirkt. Indem wir Sie vernichten, wir beide, das Schiff und ich, wird es sich als würdig erweisen, zum Ahnherrn einer großen Anzahl von Kriegsschiffen zu werden.«

Er strich mit dem Finger über seinen langen Kiefer. »Sie haben es *Ungetüm* genannt – und Sie haben recht damit. Mir fällt die Ehre zu, dieses Schiff zu taufen. Bislang habe ich Abstand davon genommen, da es sehr verheißungsvoll ist, einem Schiff unmittelbar vor der Schlacht einen Namen zu geben, damit es mit Feindesblut getauft wird. Ich bin ein großzügiger Mann. Also werde ich die abergläubischen Vorstellungen Ihrer Freunde und Verbündeten ehren.

Ich taufe dich auf den Namen *bIQ'a'veqlarg'a'*, Großer Dämon des Meeres. Oder kurz und knapp – *Leviathan*.

Der Teufel im Meer.

Der Sie jetzt töten wird. *Phaser ... Feuer frei!*«

Fünftausend Meter Wasser lagen noch über dem *Leviathan*. Aber das spielte keine Rolle; die Wassermoleküle, die im Weg der Phaserstrahlen lagen, hörten einfach zu existieren auf. Die Waffen bohrten zwei Löcher durch das Wasser, und die Phaserstrahlen rasten in den Weltraum.

Die Schilde der *Enterprise* leuchteten hell auf. »Phaserbänke aufgeladen und bereit, Ziel erfaßt, Captain«, sagte Sulu.

»Ein Viertel Impulskraft, Mr. Chekov. Halten Sie sie in dieser Umlaufbahn. Mr. Sulu, mit dem Feuer noch warten.«

»Aber, Captain ...« Sulu warf einen Blick über die Schulter zurück.

»Ich habe gesagt, mit dem Feuer noch warten, Mister! Soll er seine Energie verschwenden, indem er Wasser zum Kochen bringt. Unsere Bänke werden noch voll sein, wenn er durch die Oberfläche bricht.«

»Die Energieladung dieser Waffen ist unglaublich!« sagte Chekov leise.

»Ich bin nicht sicher, daß unsere Schilde lange genug halten werden, Sir«, sagte Sulu.

»Das werden sie ganz sicher, Mr. Sulu. Man braucht nur ein wenig Vertrauen. Maschinenraum!«

»Hier Scott, Sir.«

»Ich brauche mehr Energie für die Schilde, Mr. Scott.«

»Wir befinden uns bereits im roten Bereich, Sir. Wenn

ich Ihnen viel mehr Energie gebe, könnten die Dilithiumkristalle sich endgültig verabschieden. Und dann heißt es: Auf Wiedersehen, Warpantrieb.«

»Das heißt es auch, wenn er unsere Schilde durchdringt. Und das gilt nicht nur für das Warptriebwerk. Geben Sie mir mehr Energie, Mr. Scott!«

»Sie haben sie bereits, Captain.«

»Er nähert sich der Oberfläche, Sir!« rief Sulu. »Fünfhundert Meter, Tendenz rapide abnehmend.«

»Er kommt schnell hoch, Sir«, sagte Chekov.

»Auf meinen Befehl, Mister – warten Sie noch!«

»Unsere Schilde, Sir!« rief Sulu.

»Da kommt er!« meldete Chekov.

»Feuer aus allen Phasern, Mr. Sulu!«

Rote Strahlen stachen aus der *Enterprise* hinab und hüllten den *Leviathan* in ein tödliches grelles Licht. »Captain, unsere Schilde halten nicht mehr lange durch«, sagte Sulu.

»Halten Sie das Schiff ruhig, so lange es eben geht, Mister. Feuer beibehalten.«

Die Schilde brachen zusammen. Ein klingonischer Strahl verfehlte die *Enterprise*, ein anderer grub sich in die Strebe, die die Hauptschiffshülle auf Höhe des Maschinenraums mit der Warpgondel verband. Kirk verzog wie in körperlichem Schmerz das Gesicht, als er das von der Hüllenstruktur übertragene Kreischen des Metalls hörte, das aufgelöst und ins All verwirbelt wurde.

»Ruhig halten!« befahl er. Sulu drehte ein angespanntes, bleiches Gesicht nach ihm um.

Die Strahlen des klingonischen Schiffs erloschen.

»Ihre Batterien sind erschöpft, Captain!« rief Chekov.

»Hämmern Sie weiter auf sie ein, Sulu!«

Von der niederdrückenden Last des Wassers befreit, beschleunigte der *Leviathan* schnell auf Überschallgeschwindigkeit und zerriß den Himmel über Discord mit einem Schrei. Aber das Schiff war nicht schnell genug, um der versengenden Liebkosung durch die Hauptbatterie der *Enterprise* zu entkommen. Seine Schilde leuchteten auf, flackerten und brachen zusammen.

Die Strahlen der *Enterprise* berührten das bloße Metall der Hülle des *Leviathans*. Die Panzerung des Schiffes war dick und hart, löste sich unter der Berührung dieser Energielanzen jedoch zu superheißen Gaswolken auf. Die beiden Strahlen gruben sich tief in die Eingeweide des riesigen Kriegsschiffs.

»Captain, den Sensoren zufolge laden seine Phaserbänke sich wieder auf und verfügen bald wieder über volle Energie«, meldete Sulu. »Unsere Schilde bauen sich wieder auf, werden diesen Gewalten aber nicht lange standhalten können.«

»Volle Kraft auf die Impulstriebwerke. Bringen Sie uns auf die andere Seite des Planeten, Mr. Chekov.«

Erneut griffen die Phaserstrahlen des *Leviathan* nach ihnen. Die Schilde fingen sofort zu flackern an. Durchschlagende Energien bewirkten, daß Kirks Haare auf dem Kopf zu Berge standen.

»Mr. Scott, vergessen Sie die Schilde. Wir brauchen jetzt mehr Impulskraft!«

Der Chefingenieur ersparte sich die Mühe, gegen diesen Befehl zu protestieren. »Sie sind der Captain«, sagte er und erteilte seinen Leuten Anweisungen.

Dann waren sie auf der anderen Seite, und die blaue Scheibe des Planeten schnitt den feindlichen Energiestrahl ab.

Die Brückenbesatzung brach in Jubel aus. »Schluß mit dem Lärm!« fauchte Kirk. »Wir haben lediglich etwas Zeit gewonnen.«

Er schaute auf den Hauptbildschirm. Discord strafte seinen Namen Lügen; der Planet wirkte völlig friedlich. Unvorstellbar, daß der Tod hinter der ruhigen Planetenkugel lauerte, ein Mörder diese Kugel als Tarnung benutzte. Unvorstellbar, bis man darüber nachdachte, wie der Planet *wirklich* war – im Gegensatz zu dem Bild, das er von hier oben ergab.

»Eins nach dem anderen. Mr. Chekov, schlagen Sie einen neuen Orbit um den Planeten ein. Lassen Sie Ihre Phantasie spielen. Ich will nicht auf derselben Flugbahn wieder auftauchen, auf der er uns gesehen hat. Er wird uns wahrscheinlich mit einer Salve Intervallerstrahlen eindecken.«

Der Turbolift öffnete sich zischend. »Jim«, hörte er McCoys Stimme, »ich habe versucht, ihn aufzuhalten.«

»Wirklich, Dr. McCoy, Ihre Besorgnis ist fehl am Platz. Sie wären besser beraten, die Hand des Captains zu versorgen.«

Kirk fuhr herum. »Spock! Sind Sie in Ordnung?«

»Natürlich, Captain. Ich war lediglich vorübergehend indisponiert.« Er ging zur wissenschaftlichen Station und beugte sich über die Konsole, als wäre er nur kurz fort gewesen, um einen Schluck Wasser zu trinken.

Kirk hatte seine gebrochene Hand tatsächlich vergessen, bis Spock sie nun erwähnt hatte. Jetzt fing sie zu pochen an, als würde ein discordianisches Gewitter in ihr toben. Dr. McCoy rief Schwester Chapel von der Krankenstation in die Zentrale, damit sie ihm bei der Versorgung der Hand half, während Kirk sich die Schadensberichte anhörte.

Zu seiner Erleichterung erfuhr er, daß es keine Toten oder Verletzten gab. Die Strebe war schwer beschädigt worden, aber nicht so ernst, daß die Strukturfestigkeit gefährdet war. Hoffte zumindest die Abteilung Schadenskontrolle.

»Was ist mit den Schilden?« fragte Kirk.

»Praktisch nicht mehr vorhanden, Captain.«

»Mr. Scott, geben Sie mir meine Schilde zurück.«

»Ich kann nicht zaubern, Captain. Ein Dilithiumkristall ist bereits gesprungen. Ich lasse ihn gerade ersetzen …«

»Keine Zeit. *Schilde,* Scotty.«

Er beendete die Verbindung und schaute sich auf der Brücke um. »Die Frage lautet … wie schwer haben wir ihn beschädigt?«

»Angeschlagen ist er auf jeden Fall, Captain«, sagte Sulu. »Ich habe genug gesehen, um das zu wissen.«

»Aber mit seinem nächsten Treffer«, sagte Chekov, »wird er uns wohl endgültig erledigen.«

Kain roch Rauch auf der Brücke des *Leviathan* und runzelte die Stirn. Er hatte Schreie gehört, als die Strahlen der *Enterprise* das Schiff getroffen hatten. Es war einiges erforderlich, um einen Klingonen zum Schreien zu bringen.

Schreie und Rauch – kein gutes Zeichen. Die Schadensberichte zeigten, daß er schwere Verluste an Leben und Material hatte hinnehmen müssen. Aber der *Leviathan* hatte beides im Überfluß.

»Seltsam«, sagte Moriah Wayne. »Es überrascht mich wirklich, aber ich hatte keine Angst.«

»Wären Sie eine Klingonin«, sagte er, ohne seine Verachtung zu verbergen, »wäre es ein Geschenk und keine Tugend, keine Angst zu haben.«

Er empfand eine seltsame Freude daran, daß sie das Gesicht wie unter einem Schlag verzog. Dann richtete er seine Aufmerksamkeit auf wichtigere Dinge.

»Vang«, rief er.

»Captain«, erwiderte sein taktischer Offizier am Feuerleitstand.

»Wie schätzen Sie die Lage ein?«

Vang zögerte. Er verabscheute es, einem Mann von Kains Ruf eine Beurteilung der Lage zu unterbreiten. Das bezog sich sowohl auf den Taktiker Kain als auch auf den Mann mit einem gefährlich unberechenbaren

Temperament. Nur in einer Hinsicht war Kains Temperament absolut vorhersagbar – und zwar, wenn man seine Befehle nicht umgehend und vollständig ausführte.

»Die *Enterprise* ist angeschlagen«, sagte er vorsichtig, »aber weiterhin ein gefährlicher Gegner.«

»Fagh!« fauchte Kain und senkte die Hand auf den Griff des *Kligat*. Vang zuckte zusammen. »Sie sind genauso verschwommen wie ein Erdling. Verdammt, sagen Sie mir etwas, das mir *weiterhilft!«*

»Wir können warten, mit Impulskraft stationär über der Planetenoberfläche verharren, und ihn auf uns zukommen lassen. Wir sind der *Enterprise* an Feuerkraft überlegen, Captain. Wir können diesen Vorteil nutzen und …«

Er verstummte, als Kain sich mit einem gefährlichen Leuchten im Auge vorbeugte. »Sie raten uns, hier passiv herumzusitzen und zu *warten*? Was sind wir, Susuru, daß wir uns fürchten, die Initiative zu ergreifen? Einen besseren Rat haben Sie nicht anzubieten, Taktischer Offizier? Vielleicht ziehen Sie es vor, die letzte Schlacht von außerhalb des Schiffes zu beobachten – aber ohne die Belastung durch einen Raumanzug?«

Wayne schnappte nach Luft und ergriff seinen Arm. Vang wurde aschfahl.

»Wenn … wenn der Zeitfaktor eine Rolle spielt, sollten wir sie so schnell wie möglich angreifen«, sagte er. Die Worte sprudelten nur so heraus; er hatte zwar Angst, sie auszusprechen, aber noch größere, nichts zu sagen. Und dann folgte die Bemerkung, vor der er sich am meisten fürchtete: »Die Reaktionszeiten der Föderationscrews sind … beträchtlich kürzer als unsere. Wir können diesen Vorteil ausgleichen, indem wir den Augenblick bestimmen, in dem der Kampf beginnt, und dann so schnell an den Feind herankommen, daß wir ihn mit unserer überlegenen Feuerkraft überwältigen können.«

Kain lächelte. »So langsam glaube ich, daß Sie tatsächlich *denken* können, Vang. Gut gemacht.«

Er lehnte sich zurück und tätschelte die Hand der Kommissarin. »Haben Sie Geduld, meine Liebe. Bald werden Sie das Vergnügen haben, James Kirk sterben zu sehen.«

24

Wo ist das Schiff?« murmelte Sulu. »Wenn wir doch nur durch den Planeten sehen könnten.«

»Wenn das Wörtchen *wenn* nicht wär«, sagte McCoy, »wär mein Vater Millionär.«

»Aber das können wir, Doktor«, sagte Spock. Das Leuchten seiner Konsole warf Lichter auf sein Gesicht und ließ ihn geradezu teuflisch aussehen.

McCoy blinzelte. »Wir können es? Was können wir?«

»Durch den Planeten sehen.«

»Aber das ist doch absurd.«

»Zum Glück nicht. Ich habe eine klare Neutrinospur entdeckt.« Er drückte auf einen Knopf. Ein Punkt tauchte auf und schien sich langsam den Weg über das Meer von Discord zu bahnen. »Die Spur des *Leviathan*. Wie vielleicht sogar Sie wissen, Doktor, haben die meisten Neutrinos weder Masse noch Ladung und können den Kern eines Planeten ungehindert durchdringen.«

»Wieso strahlt der *Leviathan* Neutrinos ab, Spock?« fragte Kirk. »Er wird doch, genau wie wir, mit Neutrinodämpfern ausgestattet sein.«

»Er war es, Captain. Computer, spiele die Bilder des *Leviathan* ab, die während des Gefechts aufgenommen wurden.«

»Bestätigung.« In Zeitlupe hob der *Leviathan* sich aus dem brodelnden Meer und raste ins All davon. Energiestrahlen flackerten wie lineare Sonnen auf.

»Generiere und zeige eine Graphik der Hüllenschäden, die vor dem Kontakt mit unseren Phaserstrahlen entdeckt wurden.«

Das Bild verlor an Substanz, wurde zu einer Rißzeichnung, drehte sich und verharrte dann. Am Heck des Schiffes leuchtete ein roter Punkt auf.

»Aufprallschaden hervorgehoben«, sagte der Computer. Heute war er völlig brav. Wahrscheinlich, weil Wayne nicht an Bord war und Anstoß nehmen konnte.

»Nun markiere den Neutrinodämpfer des Impulstriebwerks an der Steuerbordseite.«

Um den Punkt erschien ein blinkender gelber Kreis.

»Es hat den Anschein, daß Mona Arkazha nicht völlig vergeblich gestorben ist«, sagte Spock leise.

»Das würde ich auch sagen! Berechnen Sie einen Abfangkurs, Mr. Chekov. Mr. Sulu, bewaffnen Sie alle vorderen Photonentorpedoschächte. Mr. Scott, wie gehen die Reparaturen der Schilde voran?«

»Wir können ihn eine kleine Weile abwehren, Sir«, kam die Antwort, »solange er mit nichts Wirkungsvollerem als einer Taschenlampe auf uns schießt.«

»Wir versuchen, ihm keine Gelegenheit zu geben, schwereres Geschütz aufzufahren«, sagte Kirk.

»Und wie genau willst du das anstellen, Jim?« fragte McCoy. »Indem du an seine edle Gesinnung appellierst?«

Kirk biß sich in die Daumenspitze. »Nein«, sagte er, nachdem er kurz nachgedacht hatte. »Wir legen ihn herein. Mr. Sulu, wie ist der Status des Kampfkreuzers?«

»Die Schilde sind gehoben, Sir.«

»Wie viele Besatzungsmitglieder sind an Bord?«

»Bevor sie die Schilde gehoben haben, konnten unsere Sensoren zwölf Personen orten, alles Klingonen«, sagte Spock. »Zwei auf der Brücke, vier im Maschinenraum und sechs bei den Phaser- und Intervallerbatterien. Da ihre Schilde in dem Augenblick, in dem sie unsere Sensoren blockiert haben, auch ihre Transporter außer Betrieb setzten, ist es nur logisch, daß diese Zahl sich nicht verändert hat.«

»Wie lange noch, bis wir in Sichtweite des *Leviathan* kommen?«

»Zwölfhunderteinundzwanzig Komma sieben Sekunden, Captain.«

»Ausgezeichnet. Lieutenant Uhura, öffnen Sie eine Ruffrequenz zur *Dolch*. Sie haben drei Minuten, um ihre Schilde zu senken und sich entern zu lassen. Sicherheitsabteilung, ich möchte in zwei Minuten sechs Mann mit Phasern und Schutzkleidung im Transporterraum haben.« Ein kurzes Zögern. »Achten Sie darauf, daß es sich um Freiwillige handelt. Es könnte einen heißen Tanz geben. Mr. Chekov.«

»Aye, Captain?«

»Übernehmen Sie die Waffenkontrolle. Bereiten Sie einen Photonentorpedoabschuß vor. Wenn der *Leviathan* über den Horizont des Planeten auftaucht, will ich dort auf das Schiff warten. Mr. Spock wird weiterhin die Neutrinospur überwachen; sollte das Schiff den Kurs ändern, informieren Sie mich sofort und berechnen dementsprechend die Abschußzeit und Flugbahn neu. Verstanden?«

»Aye, Sir!«

»Captain«, sagte Uhura, »die Klingonen antworten… sind Sie *sicher*, daß Sie das hören wollen?«

»Die üblichen Beleidigungen?«

Sie nickte.

»Ich glaube Ihnen auch so, Lieutenant.« Er erhob sich. »Mr. Spock, Sie haben die Brücke. Wenn die *Dolch* sich nicht in … einhunderteinundfünfzig Sekunden ergibt, eröffnen Sie mit allen Phaserbänken das Feuer auf sie und behalten es bei, bis ihre Schilde zusammenbrechen. Dann stellen Sie das Feuer ein. Verstanden?«

»Captain …« Er erstarrte. »Verstanden, Sir.«

»Was ist mit mir, Sir?« fragte Sulu.

»Mr. Sulu«, sagte Kirk, »Sie wollten doch schon

immer ein Draufgänger sein. Sind Sie bereit, jetzt wirklich draufzugehen?«

»Natürlich, Sir!«

»Dann folgen Sie mir.«

Er drehte sich um. McCoy trat ihm in den Weg.

»Jim«, sagte der Arzt, »hast du den Verstand verloren?«

»Wahrscheinlich. Und jetzt entschuldige mich bitte – wir haben eine Verabredung mit dem *Leviathan* und wollen doch nicht zu spät kommen.«

Kirk streckte die Arme aus, während Sulu die Verschlüsse der Polymer-Panzerweste um seine Brust befestigte. Es war eng im Transporterraum: die sechs Sicherheitswächter, die sich freiwillig gemeldet hatten, darunter Reichert und van Pelt, drängten sich auf der Plattform. Ihre Anspannung war deutlich zu spüren, auch wenn sie sie nicht zeigen wollten. Dr. McCoy und Schwester Chapel standen mit der Ausrüstung für medizinische Notfälle bereit, und Mr. Scott persönlich befand sich hinter den Transporterkontrollen.

»Brücke an Captain«, sagte Mr. Spocks Stimme aus dem Lautsprecher an der Wand. »Wir haben das klingonische Schiff unter Beschuß genommen.«

»Ausgezeichnet, Mr. Spock. Heizen Sie ihnen ein, bis sie die Schilde senken – oder wir sie zusammengeschossen haben.«

Er drehte sich zu Scotty um. »Alles klar, Mr. Scott? In dem Augenblick, in dem die Schilde des Schiffes zusammenbrechen, beamen Sie mich und Fähnrich van Pelt auf die Brücke. Dann beamen Sie Sulu und seine Gruppe in den Maschinenraum. Danach halten Sie sich bereit, um Gefangene und etwaige Verletzte an Bord zu beamen.«

»Alles klar, Captain«, sagte er und verkniff sich die Bemerkung, daß Kirk ihm nun zum drittenmal dieselben Befehle erteilt hatte.

»Was ist mit den Klingonen an den Waffenstationen, Captain?« fragte Sulu.

»Sie haben sich in zwei Gruppen von je drei Personen aufgeteilt. Wir können sie an Ort und Stelle isolieren, und ich habe weder die Leute noch die Zeit, sie auszuschalten. Beim Improvisieren liegt die Kunst darin, das Mögliche zu bewerkstelligen.«

»Jim, das ist nicht deine Aufgabe«, sagte McCoy flehentlich. »Raumschiffkapitäne sollen *kommandieren*. Und nicht mit Säbeln zwischen den Zähnen Enterkommandos anführen.«

Kirk lachte. »Den Entersäbel nehme ich diesmal nicht mit, Pille. Und jetzt hör auf damit. Wir kennen uns nun schon so viele Jahre, und du müßtest mittlerweile wissen, daß ich *immer* hinüberbeame. Ich bin zu alt, um mich jetzt noch zu ändern.«

»Jim, irgendwann muß die Pubertät mal enden. Sogar bei dir.«

»In welcher Phase meines Lebens ich auch sein mag«, sagte Kirk, »mein größtes Interesse ist es, dafür zu sorgen, daß es länger als die nächsten sechzehneinhalb Minuten dauert.«

»Captain, die Schilde des klingonischen Schiffes werden schwächer«, meldete Chekov über den Interkom.

Er sah von Pelt an. Die beiden traten auf die Transporterfläche und zogen ihre Phaser. Der der Sicherheitswächterin sah in ihrer zierlichen Faust riesig aus.

»Hier Kirk. Ich bin bereit.«

»Die Schilde des klingonischen Schiffes sind zusammengebro ...«

Bevor Chekov den Satz beendet hatte, war die *Enterprise* um sie herum verschwunden. Statt dessen nahm die klingonische Brücke Gestalt an. Wie erwartet, war sie eng und dunkel.

Und überfüllt. Ein dritter Klingone, ein korpulenter Lieutenant mit einem zerfransten Bart, stand neben dem Sessel des Kommandanten und sprach mit dem

Captain Dritten Ranges, der darin saß. Ein weiterer Offizier saß am Steuerpult.

Drei bärtige Gesichter wandten sich Kirk und van Pelt zu, drei Münder verzogen sich zu überraschten »O«s, und drei rote Blitze erhellten die höhlenähnliche Brücke.

Kirk schaute zu den drei zusammengebrochenen Klingonen hinab und atmete langsam aus. Er verspürte eine seltsame Ernüchterung.

»Guter Schuß, Captain«, sagte van Pelt und trat vor, um sich zu überzeugen, daß ihre Opfer tatsächlich betäubt waren und ihnen nicht nur etwas vorspielten.

»Sie waren auch nicht schlecht«, erwiderte Kirk, der genau wußte, daß sie zwei- und er nur einmal geschossen hatte. Nun ja, *sie* war hier der Profi; er war nur Captain eines Raumschiffs, wie Pille immer zu sagen pflegte.

Sein Kommunikator piepte. Er nahm ihn vom Gürtel und klappte ihn auf. »Hier Kirk.«

»Captain, hier Sulu. Der Maschinenraum ist gesichert, Sir.«

In Kirks Magen breitete sich Säure aus. »Wurde jemand verletzt?« fragte er.

»Herring wurde getroffen, Sir. Es sieht nicht gut aus.«

»Mr. Scott soll ihn sofort zurückbeamen. Halten Sie mich über Ihre Lage auf dem laufenden. Kirk Ende. *Enterprise*, ich brauche die genaue Zeit.«

»Neunhundertzwölf Komma sieben Sekunden bis zum Kontakt, Captain«, erwiderte Spock.

»Informieren Sie mich sofort, falls der *Leviathan* den Kurs ändern sollte. Kirk Ende.« Er klappte den Kommunikator zu und versuchte, nicht daran zu denken, daß einer seiner Leute verletzt worden war. Er wußte, es hätte schlimmer kommen können, doch just in diesem Augenblick roch dieser Gedanke nach einem Versuch, sich zu rechtfertigen.

Er nahm im Sessel des Captains Platz. Van Pelt hatte den drei Klingonen schwere Handschellen angelegt, erhob sich nun und trat von den Gefangenen zurück, die sich zu rühren begangen und aus tiefstem Bauch knurrten. Die Geräusche hörten sich an wie schwache Erdbeben. Sie öffnete ihren Kommunikator und drückte zweimal auf den Sendeknopf. Die Klingonen verschwanden in den Transporterstrahlen der *Enterprise.*

»Was ist mit den Leuten in der Feuerleitzentrale?«

Wie zur Antwort erklangen gebrüllte gutturale klingonische Laute aus dem Interkom. Kirk verzog das Gesicht. »Captain«, meldete Spock, »die an Bord der *Dolch* verbliebenen Klingonen haben Energieschirme aktiviert. Wir können weder ein Enterkommando zu ihrer Position noch die Besatzungsmitglieder herausbeamen.«

»Na schön«, sagte Kirk, »dann bin ich an der Reihe.« Er klappte eine Abdeckung unter seiner rechten Hand hoch und betätigte einen Kipphebel. Eine Sirene erklang.

»Alle Abteilungen sind nun mit vakuumsicheren Schotten abgeriegelt«, sagte er, »die zusätzlich mit Meutereiriegeln gesichert sind. Wir sollten der Paranoia der Klingonen dankbar sein. Jetzt kann niemand seine Station verlassen – die Waffenlager und sogar die Zugangsschächte sind blockiert.«

Und das, überlegte er, *ist einer der Gründe, wieso ich mir* mein *Schiff allein zurückholen konnte.* Wie bei den antiken Japanern war das Ideal der Klingonen der absolute Gehorsam: und wie die alten Japaner machten sie sich selbst etwas vor. Meuchelmorde und Revolten waren übliche Methoden der Beförderung. Wenn ein Vorgesetzter sich nicht gegen den Ehrgeiz seiner Untergebenen schützen konnte, war er einfach nicht geeignet, seine Position zu behalten. Der Krieger, der ihn – mit oder ohne Verbündete – ersetzte, wurde als sein rechtmäßiger Nachfolger angesehen.

So abstoßend das System auf die moralische Einstellung der Föderation wirkte, so wirksam war es auf seine Weise. Aber in mancher Hinsicht war es einfach ineffizient. Zum Beispiel gab es auf einem klingonischen Raumschiff keinen ungehinderten Zugang zu beliebigen Sektionen, ganz gleich, ob diese Schiffsteile nach einer schweren Beschädigung repariert oder nur routinemäßig gewartet werden mußten. Daher war Lieutenant Lu Kok Tak nicht in den Sinn gekommen, daß Kirk die Flucht aus seiner Zelle gelingen oder er sich sogar zur Brücke durchschlagen konnte.

Natürlich hatte Kommissarin Wayne auch nicht daran gedacht. *Du hast mich unterschätzt, Moriah,* dachte er mit einem stechenden Schmerz. *Schon wieder.*

Er drückte auf den Interkom-Knopf. »Achtung, klingonische Besatzung«, sagte er. Klingonische Offiziere sprachen Standard – höhere Bildung war bei den Klingonen ein wichtiger Klassenunterschied. Wenn die Mannschaften ihn nicht verstanden, würden die Offiziere seine Worte übersetzen. »Hier spricht Captain James T. Kirk von der USS *Enterprise.* Ich habe nun das Kommando über dieses Schiff. Ich befehle Ihnen, Ihre Waffen niederzulegen und sich zu ergeben.«

»Niemals!« brüllte eine vor Zorn kaum verständliche Stimme aus dem Lautsprecher. »Hier spricht Lieutenant Vokh, und ich schaue trotzig in Ihr bleiches Gesicht. Wir werden auf unseren Stationen sterben. Und wir werden Sie mit in den Tod nehmen, *Tera'ngan.*«

»Wenn Sie es unbedingt so haben wollen«, murmelte Kirk.

»Ich weiß, Sie können die Waffen von hier oben abfeuern, Captain«, sagte van Pelt, »aber was ist mit Sabotage?«

»Gute Frage, Miss van Pelt. Die Antwort lautet: Sie müssen sich den Weg hierher freischneiden, und dafür werden sie eine Weile brauchen.«

»Aber wir wissen nicht, wie lange ›eine Weile‹ dauert, Sir.«

Er zuckte mit den Achseln. »Nein. Also müssen wir einfach hoffen, daß es lange genug dauern wird.«

Er betrachtete die Kontrollen. Sie waren mit klingonischen Buchstaben beschriftet, die er nur rudimentär deuten konnte. Aber das spielte keine Rolle. Er war bezüglich der klingonischen Schiffsbautechnik nicht so bewandert wie Scotty, konnte sich aber einigermaßen vorstellen, wie die Brücke eines Kampfkreuzers angelegt war. Schließlich hatte das klingonische Enterkommando auch gewußt, wie es die *Enterprise* handhaben mußte.

Er überprüfte die Waffensysteme. Die Phaserbänke waren geladen und feuerbereit. Die beiden vorderen Photonentorpedoschächte waren geladen. Sobald er die Torpedos abgeschossen hatte, waren die Schächte nutzlos, doch solange er das Schiff nicht über Gebühr beanspruchte – oder beschädigte –, konnte er es fliegen und damit kämpfen. Zumindest so lange, bis die Klingonen an den Waffenstationen eine Möglichkeit gefunden hatten, Unheil anzurichten.

Sie brauchten gut zehn Minuten. Die Uhr auf der taktischen Anzeige stand auf einhundertundelf Sekunden, als in der Lehne des Kommandosessels ein purpurnes Licht aufleuchtete.

»Was hat das zu bedeuten, Captain?« fragte van Pelt.

»Keine Ahnung«, sagte Kirk, »aber wahrscheinlich nichts Gutes.«

Aus dem Interkom erklang ein triumphaler Schrei: »*Qapla'!* Wir haben die Sicherung der Photonentorpedos ausgeschaltet. Wir werden den Torpedo jetzt manuell zünden und Sie mit uns ins Vergessen reißen, Kirk!«

»Sind Sie sicher, daß Sie es unbedingt so haben wollen, Vokh? Sie werden ein paar Minuten brauchen, um die Abdeckung der Konsole für die manuelle Waffenkontrolle zu entfernen. Bis dahin ist Ihr Schiff wahrscheinlich sowieso nur noch eine Plasmawolke.«

Eine Pause. »Machen Sie sich nicht über mich lustig, Erdling.«

»Nichts läge mir ferner, Lieutenant.« Er klappte seinen Kommunikator auf. »Kirk an *Enterprise*. Mr. Scott, beamen Sie die Entergruppe an Bord. Fangen Sie mit Mr. Sulus Abteilung an.«

Die Sekunden zogen sich dahin wie Ewigkeiten. Kirk hielt den Hauptbildschirm im Auge, auf dem noch immer Discord hing. Er befand sich jetzt auf der Nachtseite. Der Planet war eine schwarze Scheibe.

Dreißig Sekunden vor dem Kontakt leuchtete van Pelt auf und verschwand.

»Lieutenant Vokh«, sagte Kirk über den Interkom, »das ist Ihre letzte Gelegenheit, Ihre Schirme auszuschalten und sich in Sicherheit beamen zu lassen.«

»Bereiten Sie sich auf den Tod vor, Erdling.«

»Das habe ich bereits, Lieutenant.«

Er drückte auf einen Knopf. Die Schilde der *Dolch* wurden aktiviert. Nun gab es keine Rettung mehr für ihn mehr – er war allein mit den Klingonen und ihrer Bombe und wartete darauf, daß in ein paar Sekunden der *Leviathan* mit der Sonne zum Vorschein kam.

»Captain«, sagte Spocks Stimme, »sind Sie sicher, daß Ihre Vorgehensweise klug ist?«

»Nein, Mr. Spock. Es ist lediglich die Vorgehensweise, die uns – oder zumindest der *Enterprise* – die größten Überlebenschancen einräumt.«

Und Eris setzte die Weltkugel in Brand.

25

Photonentorpedos abgefeuert, Captain«, meldete Chekovs Stimme.

»Sehr gut, Mr. Chekov. Neu laden und auf mein Kommando erneut feuern.«

»*Qeyn HoD wa'DIch*«, rief Vang, »die Sensoren entdecken ein Schiff, das gleich in Sichtweite kommt!«

»Er trifft zu früh zu unserer Verabredung ein«, sagte Kain und tippte mit den behandschuhten Fingern auf die Sessellehne. »Mit allen Waffen erfassen.«

Der Steuermann riß an seiner Konsole die Augen auf. »Ich empfange einen Identifikationsruf. Es ist die *Taj*, Sir. Sie hat die Schilde aktiviert.«

»Warum hat sie seine Umlaufbahn geändert?«

»Vielleicht ist es ihr gelungen, die Erdlinge in eine Kampfhandlung zu verwickeln, Captain«, sagte Vang.

»Wenn dem so wäre, überrascht es mich, daß sie die *Dolch* nicht aus dem Weltall geschossen haben – die *Enterprise* könnte sie mit einer Salve erledigen. Erfassen Sie sie mit den Phasern und halten Sie nach der *Enterprise* Ausschau. Ich rieche eine Falle.«

Vang warf seinem Captain tatsächlich einen erschrockenen Blick zu, gehorchte dann aber. Einen Moment später rief er: »Die *Taj* hat die Waffen auf uns gerichtet!«

»Feuer frei.«

Die Schutzschirme der *Dolch* leuchteten auf wie das Feuerwerk am Föderationstag. Hinter dem Gleißen der

Phaser konnte Kirk das schwarze, riesige Ungetüm ausmachen.

»Captain«, sagte Spock von der *Enterprise*, die dem entführten Kampfkreuzer in einer Entfernung von zehntausend Kilometern folgte. »Jim. Die Schirme der *Dolch* werden der Energie der Hauptbatterien des *Leviathan* nur noch zwanzig Komma zwei Sekunden lang widerstehen können.«

»Als ob ich das nicht wüßte, Mr. Spock«, erwiderte er und hielt den Schildenergie-Anzeiger im Auge, der langsam, aber gleichmäßig gegen Null fiel. »Mr. Scott.«

»Ich bin bereit, Captain.«

Die Phaser des gekaperten Schiffes feuerten aus vollen Rohren. Die Energieanzeiger belegten, daß die Schirme des *Leviathan* den Beschuß durch die verhältnismäßig schwachen Waffen des kleinen Kreuzers nicht einfach so wegstecken konnten. Der erste Angriff der *Enterprise* hatte dem Ungetüm zu schaffen gemacht. *Aber haben wir es auch* schwer genug *beschädigt?*

Der Anzeiger war bei Null angelangt. Das Feuerwerk auf dem großen Bildschirm erlosch.

»Jetzt, Mr. Scott.«

Kirk sah, daß der gesamte Vorderteil der Brücke rot aufleuchtete, während die starken Phaser des *Leviathan* nach ihr griffen. »Wenn Sie so freundlich wären, Mr. Scott«, sagte er.

»Und jetzt, Erdling«, bellte Vokhs Stimme aus dem Interkom, »werden wir alle sterben!«

James Kirk spürte ein vertrautes Zerren. Er verschwand aus dem Sessel des Captains einige Millisekunden, bevor ein unerträglich heller Phaserstrahl durch die Brücke fuhr und sie in einzelne subatomare Partikel auflöste.

»Tun Sie sich keinen Zwang an, Lieutenant«, sagte Kirk, als er auf der Transporterfläche der *Enterprise* materialisierte.

»*Qapla'!*« rief Vang, als die *Dolch* explodierte. »Erfolg!«

Moriah Wayne drückte Kains rechte Schulter. Er runzelte die Stirn. »Sie Narr«, sagte er, »wir haben gerade eins unserer eigenen Schiffe zerstört! Begreifen Sie denn nicht, daß das nur eine Ablenkung war?«

»Die Sensoren haben etwa zehntausend Kilometer hinter den Trümmern der *Taj* ein Schiff erfaßt, Sir«, meldete der Steuermann.

»Unsere Schilde halten noch«, sagte Kain und beugte sich mit dem Lächeln eines Raubtiers vor. »Sie haben sich ein paar Sekunden Frist verschafft, Kirk, mehr nicht. Die *Enterprise* mit allen Waffen erfassen.«

Und Vang kreischte: *»Photonentorpedos im Anflug!«*

Kirk erreichte seinen Sessel auf der Brücke gerade noch rechtzeitig, um zu sehen, wie die Reste des Nebels, der von der *Dolch* übriggeblieben war, auf dem Bildschirm verblichen. Links davon leuchteten vier Miniatursonnen, die Photonentorpedos der *Enterprise*, die jeden Augenblick in den *Leviathan* einschlagen würden.

»Captain«, meldete Sulu, der sich wieder an seiner Station befand, »die Geschütze des *Leviathan* haben uns erfaßt.«

»Feuern Sie mit allen Waffen, Mr. Sulu.«

Das Wortspiel, zu dem er sich hatte hinreißen lassen, bevor er mit Sulu an Bord des klingonischen Kampfkreuzers gebeamt war, erinnerte Kirk an das blasphemische Gebet der kämpfenden Matrosen aus der Zeit der Segelschiffe.

»Lieber Gott, wir danken dir für alles«, sagte er laut, »was du uns bescheren magst!«

Die Schilde der *Enterprise* fielen in sich zusammen wie Kartenhäuser. Ein Strahl durchbohrte die Untertassensektion und zerstörte mehrere Kabinen. Was er berührte, flammte auf und verschwand – Wände kaum weniger bereitwillig als Menschen. Er schnitt sich nach oben, streifte die Brücke und ließ die Atmosphäre mit einem kreischenden Sturm entweichen.

Es galt der allgemeine Grundsatz, keine losen Gegenstände mit auf die Brücke zu nehmen, um bei einem Treffer nicht von ihnen gefährdet zu werden. Als dieser Treffer nun kam, war es erstaunlich, wie viele solcher Gegenstände trotzdem den Weg dorthin gefunden hatten: Papiere, Minicomputer, Schreibstifte, Kirks Lieblingskaffeebecher – und Sulu.

Mit einem Schrei flog er dem Loch entgegen, das sich in die gähnende Schwärze öffnete. Chekov gelang es, ihn an den Beinen festzuhalten, seine Stiefel unter die Arme zu klemmen und ihn zurückzuziehen.

Und dann schlug die Torpedosalve ein.

Ein Torpedo verfehlte das feindliche Schiff völlig. Der zweite entlud sich an den Schilden des *Leviathan* und überlastete sie, wonach die Schiffshülle nicht mehr geschützt war.

Der dritte verfehlte die Brücke nur um ein paar Meter und fraß sich an der Mittschiffslinie entlang, zerstörte das zentrale Warpantriebsrohr und die Turbinen auf beiden Seiten. Der Torpedo und die sekundären Explosionen in seinem Kielwasser töteten in weniger als einer halben Sekunde ein Viertel der Besatzung des *Leviathan*.

Der letzte Torpedo schlug in die Steuerbordschwinge der stumpfen Pfeilspitze namens *Leviathan* ein. Er traf den Lagerraum der Photonentorpedoschächte auf der Steuerbordseite und löste eine Kettenreaktion aus, die diesen Teil des Schiffes einfach abriß.

Der *Leviathan* raste torkelnd auf die *Enterprise* zu. Alle Systeme brachen schnell zusammen. Die drei Treffer hatten über vierhundert Klingonen das Leben gekostet, und die sekundären Explosionen zerrten weiterhin am Innenleben des mächtigen Kriegsschiffs. Es war bereits so gut wie tot.

Aber wie das prähistorische Ungetüm, von dem der *Leviathan* seinen Namen bekommen hatte, brauchte er eine Weile, um endgültig zu sterben. Und während er starb, schlug er mit dämonischer Wut zurück.

Der *Leviathan* und die *Enterprise* glitten lediglich fünfhundert Kilometer voneinander entfernt aneinander vorbei. In traditionellen Begriffen hieß das: Breitseite an Breitseite.

Die Schilde des *Leviathan* waren zusammengebrochen, seine Phaserbatterien hingegen noch fast intakt. Ihre überwältigenden Energieladungen ließen die Schirmfelder, die der *Enterprise* verblieben waren, in Sekundenschnelle zusammenbrechen. Während die Wege der großen Schiffe sich kreuzten, krallten sie sich aneinander fest wie Tiere.

Die *Enterprise* versetzte der Brücke des *Leviathan* einen Streifschuß. Die Hitze des Strahls riß hyperschnelle Ströme verdampften Metalls mit sich; einer davon traf Vang in die Brust und warf ihn brennend zurück. Der obere Teil von ihm – den Arm noch in einer letzten, makaberen Geste ausgestreckt – wurde in einer schwarzen Wolke, die aus seinem eigenen Blut bestand, durch das Loch in der Schiffswand gerissen.

Die gleiche Gasflamme, die den taktischen Offizier tötete, trennte Kains linkes Bein direkt unter dem Knie ab. Der Klingone ignorierte den Blutschwall, legte die Hände um Moriah Waynes Hüfte, stieß sich mit dem unverletzten Bein und dem blutigen Ende des Stumpfes mit aller Kraft ab und warf sich, einen Herzschlag bevor die gepanzerte Notfallplatte zuknallte, durch das Schott achtern.

Da der *Leviathan* auf die *Dolch* gefeuert hatte, hatten seine Phaserbänke sich zuerst entleert. Die Bewaffnung der *Enterprise* war schwächer, richtete aber verheerende

Schäden in den Abteilungen und Gängen des verlorenen Schiffes an, bevor auch ihre Waffenenergie erschöpft war. Während das Schiff Wolken aus Trümmern und komprimierter Luft ausstieß, rasten die Kombattanten wieder voneinander fort, um die Welt namens Discord herum.

Eris beobachtete sie und schüttete lachend Strahlung aus. Sie war eine grausame Göttin.

Zu den Modernisierungen, mit denen die *Enterprise* in Starbase 23 ausgestattet worden war, gehörte ein neues System zur schnellen Versiegelung von Hüllenbrüchen, solange sie nicht zu groß waren. Als der Computer einen Integritätsverlust entdeckte, erzeugte er ein Feld, das die Brücke mit einer luftdichten Energieblase umgab. Die Besatzungsmitglieder konnten weiterhin atmen – solange die Energieversorgung gewährleistet blieb.

Wie durch ein Wunder war kein Angehöriger der Brückencrew verletzt worden. Der Rest des Schiffes hatte nicht so viel Glück gehabt. Kirk schenkte den Schadensmeldungen nur so viel Aufmerksamkeit, daß er die Kampfbereitschaft einigermaßen genau abschätzen konnte.

»Scotty«, sagte er, »geben Sie uns ein paar Schilde zurück.«

Unten im Maschinenraum leuchtete Scotts Gesicht wie von einem Sonnenbrand, was allerdings von der Streuung des Strahls hervorgerufen worden war, der seine Abteilung verwüstet hatte. Durch den Schmutz auf seinen Wangen zogen sich Tränenspuren.

»Unsere Hauptreaktoren sind ausgefallen, Captain«, sagte er. »Und zwanzig meiner prächtigen Männer und Frauen sind tot. Sie glauben offensichtlich wirklich, daß ich zaubern kann.«

Zwanzig Tote allein im Maschinenraum. Kirk schloß kurz die Augen. *Denk nicht darüber nach. Wenn du jetzt die Verluste zusammenrechnest, wirst du nicht mehr die Kraft haben zu tun, was noch getan werden muß.*

»Offensichtlich glaube ich das«, sagte er heiser. »Lassen Sie mich nicht als Trottel dastehen, Mr. Scott.«

Der *Leviathan* umkreiste Discord wie ein Mond, dessen Antlitz mit klaffenden Wunden überzogen war. Mit einem Viertel Impulskraft flog die *Enterprise* im Orbit einen Abfangkurs.

»Die *Enterprise* ruft das klingonische Schiff *Leviathan*. Die *Enterprise* ruft den *Leviathan*.«

»Ich bin hier, Kirk.« Ein Gelächter. Schnee stöberte über den Hauptbildschirm, und dann erschien Kain. Ein blutiger Riß überzog seine Wange, und er hatte die Augenklappe verloren. Dort, wo einmal sein linkes Auge gewesen war, war nun faltiges rosafarbenes Narbengewebe zu sehen. Er hatte sich mit einer Handvoll seiner Offiziere auf die Notfallbrücke retten können. Um den Stumpf seines Beins lag ein primitiver Druckverband, der sich vor Blut bereits schwarz gefärbt hatte.

Kommissarin Wayne stand hinter ihm. Das grüne Kleid, das sie getragen hatte, war auf fast kunstvolle Weise zerrissen, ihr Haar in theatralischer Unordnung. Sie sah wunderschön aus – und durch und durch verrückt.

»Ich bin nicht so einfach umzubringen, wie Sie es erwartet haben, was?«

»Ich hatte nicht erwartet, daß es einfach wird«, sagte Kirk mit fester Stimme. »Und es war auch nicht einfach. Aber ich will Sie nicht töten, Kain. Ich fordere Sie auf, sich zu ergeben. Dann werden wir Sie und Ihre Mannschaft ehrenvoll behandeln.«

Der Klingone drückte sich aus dem Sessel hoch und balancierte auf seinem unverletzten Bein. »Glauben Sie wirklich, Sie könnten mir so leicht entkommen, Kirk?« brüllte er.

Kirk ignorierte den Ausbruch. »Des weiteren fordere ich Sie auf, die stellvertretende Kommissarin Wayne auszuliefern.« Er befeuchtete seine Lippen. »Sie wird zur Föderation zurückgebracht und wegen Verrats und Völkermords angeklagt.«

Wayne warf den Kopf zurück und lachte. Es war ein wildes, durch Mark und Bein gehendes Geräusch.

»*Sie* verstoßen gegen die Föderationsgesetze, Kirk!« kreischte sie. »Sie sind der gesetzlose Rebell! Wir dienen nur dem Frieden und der Gerechtigkeit ...«

Kain wirbelte herum. Das *Kligat* flog aus seiner Hand, ein funkelndes Rad. Es traf Moriah Wayne in die Magengrube. Blut spritzte hervor. Sie knickte ein, brach zusammen und blieb jammernd vor Schmerz liegen.

»Ich konnte ihr Kläffen nicht mehr hören«, sagte Kain, »und sie war mir nicht mehr nützlich. Sie war nur ein Mittel zum Zweck, Kirk – nur ein Mittel, um Ihnen einen Schlag zu versetzen.«

Kirk kniff die Augen zusammen. Fast hätte er den Befehl gegeben, das Feuer zu eröffnen. Noch einmal das Wort an Kain zu richten, kam ihm vor, als würde er sich sozusagen mit einem Messer die Haut aufschneiden.

»Geben Sie auf, Kain. Welchen Sinn hat es, dieses ... dieses Gemetzel fortzusetzen?«

»Ehre. *Rache.*«

»*Leere Worte.*«

Kain zeigte auf seine Augenhöhle. »Sie haben mich ein Auge gekostet. Ist auch das nur ein Wort? Sie haben mich auch meinen Bindungsbruder gekostet. Wollen Sie auch das einfach so abtun?«

»Kras war Ihr Bindungsbruder?«

»Das war er.«

»Es ... tut mir leid. Das habe ich nicht gewußt.«

Kain starrte ihn an. Sein Gesicht war vor Zorn schneeweiß. »Fast zwanzig Jahre meines Lebens habe ich der Aufgabe gewidmet, mich an Sie heranzupirschen, meine Rache in aller Perfektion zu planen... *dafür*? Damit Sie sagen können, es tut Ihnen *leid*?«

Er hob die Hände über den Kopf. »Phaser...«

»... Feuer!« rief James Kirk.

Strahlen zerstörerischer Energie rasten in beide Richtungen. Die Schilde der *Enterprise*, die durch kaum mehr als Lieutenant Commander Scotts schiere Willenskraft aufgebaut wurden, hielten eine Handvoll Millisekunden lang.

Mehr war nicht nötig. Der Captain Ersten Ranges Kain, seine Mannschaft und der *Leviathan* wurden zu einem riesigen Plasmaball, der wie eine Sonne aufleuchtete und sich dann einfach auflöste.

26

Angesichts der Unendlichkeit des Alls«, sagte Spock, »ist es nahezu undenkbar, daß zwei Gruppen politischer Flüchtlinge aus zwei völlig verschiedenen Spezies, die aus völlig unterschiedlichen Richtungen kommen, innerhalb einiger weniger Jahre auf ein und demselben bislang unbewohnten Planeten landen.«

Die *Enterprise* umkreiste Discord; sie war mittlerweile so weit zusammengeflickt worden, daß sie den Rückflug zur Starbase 23, wo sie endgültig repariert werden sollte, schaffen würde. Bei einigen Verletzungen würde es länger dauern, bis sie geheilt waren. Das galt vor allem für die Besatzungsmitglieder mit Brandwunden und Knochenbrüchen in McCoys überfüllter Krankenstation und die Lücken in dem Gebilde namens *Enterprise,* die die Toten hinterlassen hatten.

Neben dem Raumschiff trieben die Transportflotte und ihr Begleitschiff im Orbit, die USS *Potemkin,* ein Schwesterschiff der *Enterprise.* Ständig flogen Leichter zwischen dem Planeten und der Flotte hin und her und nahmen Vorräte für die bevorstehende lange Reise auf.

»Jetzt hören Sie aber auf, Mr. Spock«, sagte Kirk. »Es ist doch bestimmt schon Seltsameres passiert. Zum Beispiel …«

Er hob die Hände und spreizte sie, als schlüge er ein Buch auf. Alle anderen auf der Brücke sahen ihn an. Das Schweigen zog sich lange und unangenehm dahin.

»Na ja«, sagte Kirk, »wenn jemandem etwas einfällt, kann er mir gern aus der Patsche helfen.«

»Immerhin ist es dieses eine Mal geschehen«, sagte McCoy, »und zum Teufel damit, wie gering die Aussichten dafür waren. Vielleicht führt das dazu, daß Sie Ihren Glauben an die Allmacht Ihrer wertvollen Logik einmal überdenken, Spock.«

»Ein einziges ungewöhnliches Ereignis wird mich wohl kaum dazu bringen, der Logik abzuschwören, Doktor«, sagte Spock, »genauso wenig, wie der scheinbare Erfolg eines Voodooarztes, der einen schwer erkrankten Patienten auf dem Sterbebett heilt, Sie dazu bewegen würde, Ihren medizinischen Tricorder gegen eine Rassel und Perlenkette einzutauschen. Obwohl« – und einen Moment lang hätte Kirk schwören können, der Vulkanier sei bereit, das Risiko eines Lächelns einzugehen –, »wenn ich nun darüber nachdenke ...«

»Sagen Sie es nicht!« rief McCoy. »Wagen Sie es ja nicht, es zu sagen.«

Uhura drehte sich von ihrer Konsole zu ihnen um. »Captain«, sagte sie, »nun, da alles vorbei ist, tut mir Kommissarin Wayne einfach leid.«

»Ein tragischer Fall«, sagte Spock.

In der Föderation war eine Untersuchung eingeleitet worden. Hightower, Kommissar für interspeziäre Angelegenheiten, war ein enger Freund des verstorbenen Ratsmitglieds Cornelius Wayne gewesen. Er hatte die brillante, aber labile Tochter des Ratsmitglieds unter seine Fittiche genommen. Offensichtlich hatte er sich auch große Mühe gegeben, ihre Verfehlungen zu vertuschen.

Vielleicht vertuschte er aber auch etwas viel Dunkleres, viel Tieferliegenderes. Neue Beweise über das Ratsmitglied selbst kamen ans Licht, Geschichten von gewalttätigen Ausbrüchen, die aufgrund seines enormen Einflusses jahrelang unter den Teppich gekehrt worden waren. Das Personal des Haushalts der Waynes auf Jotunheim bestätigte, daß das Ratsmitglied Moriah geistig und körperlich brutal behandelt hatte. Vielleicht hatte er auch mehr als nur das getan.

Doch was auch immer Hightower darüber gewußt hatte, in welcher Hinsicht Cornelius Wayne seine Tochter mißhandelt hatte, seine Bemühungen zugunsten seines Freundes und seines Schützlings hatten dem Kommissar nur Ärger eingebracht. Der Umstand, daß Moriah zu den Klingonen übergelaufen war, hatte das Amt für interspeziäre Angelegenheiten ins Rampenlicht gerückt, das nun sehr viele Unregelmäßigkeiten erhellte.

Zwei traditionelle Feinde von Starfleet – Wayne senior und Hightower – gerieten nun durch und durch ins Zwielicht. Kirk zog keine Befriedigung aus diesem Umstand. Die ganze Angelegenheit kam ihm nur traurig und schäbig vor. Er konnte es kaum abwarten, Discord und diese Erinnerungen hinter sich zu lassen.

Von der Oberfläche kam ein Ruf für Kirk. Er nahm ihn entgegen. Aileea dinAthos lächelte vom Bildschirm.

»Wie gehen die Reparaturen voran, Jim?«

»Zufriedenstellend, wenn man bedenkt, daß sie von Regierungskräften vorgenommen werden«, sagte er, »doch ich bezweifle, daß das in Ihren Augen ein sehr hoher Standard ist. Und wie sieht es da unten aus?«

»Wir ertragen den Verlust von Harmony – wir haben im Lauf der Jahre gelernt, vieles zu ertragen. Storm findet allmählich wieder zusammen, sieht aber ganz anders aus und wird wahrscheinlich einen neuen Namen bekommen … auch das wird in gewisser Hinsicht auf dem Marktplatz entschieden werden.«

»Wie fühlen Sie sich?«

»Erleichtert und glücklich, verängstigt und traurig, und irgendwie einfach leer«, sagte sie. »Ich kann mir nur schwer vorstellen, daß der Krieg nach all diesen Jahren einfach vorbei ist.«

»Sie werden die Aufregung vermissen, was?«

Ein schüchternes Lächeln und ein Nicken. »Ich befürchte es. Das ist einer der Gründe, wieso die Varis gern auf das herabschauen, womit ich lange Jahre meinen Lebensunterhalt bestritten habe – es ist nicht leicht, ohne auszukommen. Ganz gleich, wie sehr wir es zu hassen glauben, wenn wir es nicht mehr haben, sehnen wir uns kurz darauf danach.«

Kirk schaute nachdenklich drein. Wie würde er sich fühlen, wenn er nicht mehr das Kommando über ein Raumschiff hatte ... er konnte es nicht ertragen, daran zu denken.

»Komisch ist nur«, sagte sie, »ich kann die Susuru noch immer nicht hassen. Das soll ihr Vorgehen nicht entschuldigen, aber ... ich verstehe vollkommen, warum sie immer Angst vor uns hatten.«

Die Susuru hatten Angst vor *allen*. Aus sehr guten Gründen.

Kirk sah weder Flink noch einen seiner viermal Fünf wieder. Er erkundigte sich nicht allzu hartnäckig danach, was aus ihnen geworden war. Die klingonischen Gefangenen an Bord der *Enterprise* hatten mit verächtlicher Offenheit über ihre Absicht gesprochen, die Susuru zu versklaven und ihren Planeten auszubeuten, sobald sie ihre Aufgabe erfüllt hatten, den schlimmsten Feind des Imperiums als Köder in eine Falle zu locken und zu vernichten.

Flinks Nachfolger als Erster Geher war ein viel jüngerer Susuru namens Weise, und Kirk hoffte, daß dieser Name ein Omen darstellte. Ob er ihm nun gerecht wurde oder nicht, Weise war wesentlich mitteilsamer bezüglich der Geschichte seines Volkes als sein Vorgänger.

Die Susuru waren früher ein friedliches, hauptsächlich Ackerbau betreibendes Volk gewesen. Über einen – zumindest nach Kirks Auffassung – gewaltigen Zeitraum hinweg hatten sie eine technische Zivilisation einschließlich des begrenzten Raumflugs entwickelt.

Dann waren sie von einer Spezies überfallen worden, die nur ein erkennbares Ziel hatte: die Auslöschung allen anderen intelligenten Lebens im Universum.

Dreimal hatten die Susuru einen neuen Anfang auf einem unbewohnten Planeten gemacht. Dreimal hatten ihre Peiniger sie gefunden und alle bis auf eine Handvoll getötet, der die Flucht gelungen war. Doch beim letztenmal hatten die Susuru irgendwie den Warpantrieb entwickelt – oder ihn von jemandem erworben; entweder wußte der Erste Geher es nicht genau, oder er wollte es nicht sagen.

Sie waren – in der Hoffnung, so viele Lichtjahre zwischen sich und ihre Feinde zu bringen, daß diese sie nie mehr finden würden – jahrelang durchs All geflogen. Dann war das Warptriebwerk zusammengebrochen. Nach zweihundert Jahren unterlichtschnellen Flugs war die erste einigermaßen bewohnbare Welt, die sie erreichen konnten, Discord gewesen. Dort gefiel es ihnen nicht – aber sie hatten keine Wahl.

Sie waren entsetzt gewesen, als sie ein halbes örtliches Jahr nach ihrer Ankunft herausfanden, daß sie den Planeten mit einer Rasse aufrecht gehender, haarloser Zweifüßer teilten. Natürlich hatten die Susuru versucht, sie zu vernichten. Fremde Wesen waren für sie eine Bedrohung.

Das Problem war nur, daß die Susuru in der Kriegführung nicht besonders gut waren. Und die Discordianer wollten einfach nicht fair kämpfen und massenhaft auf das Land kommen, damit man sie einfach und bequem abschlachten konnte. Sie zwangen die Susuru, sie mit Schiffen anzugreifen.

Die ehemaligen Savannenbewohner Susuru *haßten* das Meer geradezu.

Sie mochten auch die Klingonen nicht leiden, als das Imperium dann zufällig über sie stolperte. Aber sie waren für so gewiefte Burschen eine leichte Beute. Die Anführer der Susuru waren versessen darauf, die Macht über ihr Volk zu konsolidieren, und geradezu fanatisch in ihrem Bestreben, den Planeten von den verhaßten Eindringlingen zu säubern. Auch wenn die Eindringlinge zufälligerweise zuerst dort eingetroffen waren.

Und die Klingonen versprachen, das alles mit einem Minimum an Aufwand und Theater zu erledigen, keine Anzahlung, bequeme monatliche Raten. Die Susuru waren nicht die erste Spezies, die auf diesen Schwindel hereinfielen. Und Kirk bezweifelte, daß sie die letzte sein würden.

»Die größten Probleme bereitet mir«, sagte Aileea, »daß die Susuru zwar bereit waren, um Discord zu kämpfen, es ihnen hier aber niemals gefallen hat. Sie haben uns einfach nur mehr gehaßt als den Planeten.«

»Und nun hat die Föderation ihnen angeboten, sie umzusiedeln«, sagte Kirk. »Sie werden trotzdem lernen müssen, sich mit Nachbarn abzufinden. Aber wenigstens werden sie auf einer für sie behaglichen Welt leben.«

Die wahren Einheimischen von Discord, die Kolonien der Lebensformen, die die venusähnlichen Mikrolebensräume der Vulkanschlote auf dem Grund des Höllentor-Grabens bewohnten, hatten keine Einwände, daß die Susuru und die Varis auf ihrer Welt blieben. Ganz im Gegenteil: Sie waren imstande, telepathisch alles wahrzunehmen, was sich auf Discord ereignete, über und unter dem Meer, und sie fanden die Kolonisten beider Spezies unterhaltsam.

Aber die Susuru hatten die Nase voll von der Welt, die sie Insel nannten, und nahmen die Föderation beim Wort, sie von dort wegzubringen.

»Ich frage mich, ob sie sich anpassen werden«, sagte Aileea.

»Interessiert Sie das wirklich?«

Sie schüttelte den Kopf. »Nein.«

Kirk lachte leise und schüttelte ebenfalls den Kopf, weil ihm ihre Antwort etwas abstoßend und unbegreiflich vorkam. Und doch wußte er, daß sie eine warmherzige Person war, bereit, ihr Leben für einen Freund zu riskieren und die Gastfreundschaft des Hauses, in dem sie ihre Kindheit verbracht hatte, auf einen fast völlig Fremden auszudehnen, dessen mögliche Ziele die vollständige Zerschlagung von allem beinhalten konnten, was ihr lieb und teuer war.

Sie ist eine vielschichtige Persönlichkeit, so viel steht fest.

»Sie bleiben doch noch ein paar Tage, oder?« fragte sie.

»Aber wirklich nur ein paar Tage«, sagte er. »Wir fliegen mit den ersten Transportern zurück.«

»Tja, ich weiß, daß Hikaru vor Ihrem Aufbruch noch etwas Zeit mit Gita verbringen will. Und Jason und Uhura wollen die Ranch besuchen. Warum tun wir uns nicht alle zusammen, und ich bringe Ihnen das Tauchen bei und zeige Ihnen etwas mehr von unserer heimischen Tierwelt?«

Langsam breitete sich ein Lächeln auf seinem Gesicht aus. »Wissen Sie«, sagte er, »genau das wird der Onkel Doktor mir vielleicht verschreiben.«

»Und da wir gerade von Ärzten sprechen«, sagte Aileea, »warum bringen Sie diesen wunderbaren Dr. McCoy nicht mit? Er hat sich fast zu Tode geschuftet und kann jetzt nichts mehr für Ihre Verletzten tun. Meine Tante Maritza ist Chirurgin in Serendip. Vielleicht kann sie ihm noch das eine oder andere beibringen.«

Und vielleicht bin ich doch nicht versessen darauf, Discord so schnell zu verlassen, dachte Jim Kirk.

STAR TREK™

in der Reihe
HEYNE SCIENCE FICTION & FANTASY

STAR TREK: CLASSIC SERIE

Vonda N. McIntyre, Star Trek II: Der Zorn des Khan · 06/3971
Vonda N. McIntyre, Der Entropie-Effekt · 06/3988
Robert E. Vardeman, Das Klingonen-Gambit · 06/4035
Lee Correy, Hort des Lebens · 06/4083
Vonda N. McIntyre, Star Trek III: Auf der Suche nach Mr. Spock · 06/4181
S. M. Murdock, Das Netz der Romulaner · 06/4209
Sonni Cooper, Schwarzes Feuer · 06/4270
Robert E. Vardeman, Meuterei auf der Enterprise · 06/4285
Howard Weinstein, Die Macht der Krone · 06/4342
Sondra Marshak & Myrna Culbreath, Das Prometheus-Projekt · 06/4379
Sondra Marshak & Myrna Culbreath, Tödliches Dreieck · 06/4411
A. C. Crispin, Sohn der Vergangenheit · 06/4431
Diane Duane, Der verwundete Himmel · 06/4458
David Dvorkin, Die Trellisane-Konfrontation · 06/4474
Vonda N. McIntyre, Star Trek IV: Zurück in die Gegenwart · 06/4486
Greg Bear, Corona · 06/4499
John M. Ford, Der letzte Schachzug · 06/4528
Diane Duane, Der Feind – mein Verbündeter · 06/4535
Melinda Snodgrass, Die Tränen der Sänger · 06/4551
Jean Lorrah, Mord an der Vulkan Akademie · 06/4568
Janet Kagan, Uhuras Lied · 06/4605
Laurence Yep, Herr der Schatten · 06/4627
Barbara Hambly, Ishmael · 06/4662
J. M. Dillard, Star Trek V: Am Rande des Universums · 06/4682
Della van Hise, Zeit zu töten · 06/4698
Margaret Wander Bonanno, Geiseln für den Frieden · 06/4724
Majliss Larson, Das Faustpfand der Klingonen · 06/4741
J. M. Dillard, Bewußtseinsschatten · 06/4762
Brad Ferguson, Krise auf Centaurus · 06/4776
Diane Carey, Das Schlachtschiff · 06/4804
J. M. Dillard, Dämonen · 06/4819
Diane Duane, Spocks Welt · 06/4830
Diane Carey, Der Verräter · 06/4848

STAR TREK™

Gene DeWeese, Zwischen den Fronten · 06/4862
J. M. Dillard, Die verlorenen Jahre · 06/4869
Howard Weinstein, Akkalla · 06/4879
Carmen Carter, McCoys Träume · 06/4898
Diane Duane & Peter Norwood, Die Romulaner · 06/4907
John M. Ford, Was kostet dieser Planet? · 06/4922
J. M. Dillard, Blutdurst · 06/4929
Gene Roddenberry, Star Trek (I): Der Film · 06/4942
J. M. Dillard, Star Trek VI: Das unentdeckte Land · 06/4943
David Dvorkin, Die Zeitfalle · 06/4996
Barbara Paul, Das Drei-Minuten-Universum · 06/5005
Judith & Garfield Reeves-Stevens, Das Zentralgehirn · 06/5015
Gene DeWeese, Nexus · 06/5019
D. C. Fontana, Vulkans Ruhm · 06/5043
Judith & Garfield Reeves-Stevens, Die erste Direktive · 06/5051
Michael Jan Friedman, Das Doppelgänger-Komplott · 06/5067
Judy Klass, Der Boacozwischenfall · 06/5086
Julia Ecklar, Kobayashi Maru · 06/5103
Peter Norwood, Angriff auf Dekkanar · 06/5147
Carolyn Clowes, Das Pandora-Prinzip · 06/5167
Diana Duane, Die Befehle des Doktors · 06/5247
V. E. Mitchell, Der unsichtbare Gegner · 06/5248
Dana Kramer-Rolls, Der Prüfstein ihrer Vergangenheit · 06/5273
Michael Jan Friedman, Schatten auf der Sonne · 06/5179
Barbara Hambly, Der Kampf ums nackte Überleben · 06/5334
Brad Ferguson, Eine Flagge voller Sterne · 06/5349
Gene DeWeese, Die Kolonie der Abtrünnigen · 06/5375
Michael Jan Friedman, Späte Rache · 06/5412
Peter David, Der Riß im Kontinuum · 06/5464
Michael Jan Friedman, Gesichter aus Feuer · 06/5465
Peter David/Michael Jan Friedman/Robert Greenberger, Die Enterbten · 06/5466
L. A. Graf, Die Eisfalle · 06/5467
John Vornholt, Zuflucht · 06/5468
L. A. Graf, Der Saboteur · 06/5469
Melissa Crandall, Die Geisterstation · 06/5470
Mel Gilden, Die Raumschiff-Falle · 06/5471
V. E. Mitchell, Tore auf einer toten Welt · 06/5472
Victor Milan, Aus Okeanos Tiefen · 06/5473
Diane Carey, Das große Raumschiff-Rennen · 06/5474
Diane Carey, Kirks Bestimmung · 06/5476

STAR TREK™

STAR TREK: THE NEXT GENERATION

David Gerrold, Mission Farpoint · 06/4589
Gene DeWeese, Die Friedenswächter · 06/4646
Carmen Carter, Die Kinder von Hamlin · 06/4685
Jean Lorrah, Überlebende · 06/4705
Peter David, Planet der Waffen · 06/4733
Diane Carey, Gespensterschiff · 06/4757
Howard Weinstein, Macht Hunger · 06/4771
John Vornholt, Masken · 06/4787
David & Daniel Dvorkin, Die Ehre des Captain · 06/4793
Michael Jan Friedman, Ein Ruf in die Dunkelheit · 06/4814
Peter David, Eine Hölle namens Paradies · 06/4837
Jean Lorrah, Metamorphose · 06/4856
Keith Sharee, Gullivers Flüchtlinge · 06/4889
Carmen Carter u. a., Planet des Untergangs · 06/4899
A. C. Crispin, Die Augen der Betrachter · 06/4914
Howard Weinstein, Im Exil · 06/4937
Michael Jan Friedman, Das verschwundene Juwel · 06/4958
John Vornholt, Kontamination · 06/4986
Mel Gilden, Baldwins Entdeckungen · 06/5024
Peter David, Vendetta · 06/5057
Peter David, Eine Lektion in Liebe · 06/5077
Howard Weinstein, Die Macht der Former · 06/5096
Michael Jan Friedman, Wieder vereint · 06/5142
T. L. Mancour, Spartacus · 06/5158
Bill McCay/Eloise Flood, Ketten der Gewalt · 06/5242
V. E. Mitchell, Die Jarada · 06/5279
John Vornholt, Kriegstrommeln · 06/5312
Laurell K. Hamilton, Nacht über Oriana · 06/5342
David Bischoff, Die Epidemie · 06/5356
Diane Carey, Abstieg · 06/5416
Michael Jan Friedman, Relikte · 06/5419
Michael Jan Friedman, Die Verurteilung · 06/5444
Simon Hawke, Die Beute der Romulaner · 06/5413
Rebecca Neason, Der Kronprinz · 06/5414
John Peel, Drachenjäger · 06/5415
Diane Duane, Dunkler Spiegel · 06/5417
Susan Wright, Der Mörder des Sli · 06/5438
W. R. Thomson, Planet der Schuldner · 06/5439
Michael Jan Friedman & Kevin Ryan, Requiem · 06/5442
Dafydd ab Hugh, Gleichgewicht der Kräfte · 06/5443

STAR TREK™

STAR TREK: DIE ANFÄNGE
Vonda N. McIntyre, Die erste Mission · 06/4619
Margaret Wander Bonanno, Fremde vom Himmel · 06/4669
Diane Carey, Die letzte Grenze · 06/4714

STAR TREK: DEEP SPACE NINE
J. M. Dillard, Botschafter · 06/5115
Peter David, Die Belagerung · 06/5129
K. W. Jeter, Die Station der Cardassianer · 06/5130
Sandy Schofield, Das große Spiel · 06/5187
Lois Tilton, Verrat · 06/5323
Diane Carey, Die Suche · 06/5432
Esther Friesner, Kriegskind · 06/5430
Melissa Scott, Der Pirat · 06/5434
Nathan Archer, Walhalla · 06/5512
Greg Cox/John Gregory Betancourt, Der Teufel im Himmel · 06/5513
Robert Sheckley, Das Spiel der Laertianer · 06/5514

STAR TREK: STARFLEET KADETTEN
John Vornholt, Generationen · 06/6501
Peter David, Worfs erstes Abenteuer · 06/6502
Peter David, Mission auf Dantar · 06/6503
Peter David, Überleben · 06/6504
Brad Strickland, Das Sternengespenst · 06/6505
Brad Strickland, In den Wüsten von Bajor · 06/6506
John Peel, Freiheitskämpfer · 06/6507
Mel Gilden & Ted Pedersen, Das Schoßtierchen · 06/6508
John Vornholt, Erobert die Flagge! · 06/6509
V. E. Mitchell, Die Atlantis Station · 06/6510
Michael Jan Friedman, Die verschwundene Besatzung · 06/6511
Michael Jan Friedman, Das Echsenvolk · 06/6512
Diane G. Gallagher, Arcade · 06/6513
John Peel, Ein Trip durch das Wurmloch · 06/6514
Brad & Barbara Strickland, Kadett Jean-Luc Picard · 06/6515

STAR TREK: VOYAGER
L. A. Graf, Der Beschützer · 06/5401
Peter David, Die Flucht · 06/5402
Nathan Archer, Ragnarök · 06/5403
Susan Wright, Verletzungen · 06/5404
John Betancourt, Der Arbuk-Zwischenfall · 06/5405